LUZIFER
VERLAG

A.R. SHAW

SURVIVOR

BAND 3

GRAHAMS WIDERSTAND

Dieser Roman ist fiktiv. Namen, Figuren, Orte und Ereignisse sind ein Produkt der Fantasie des Autors. Zum Teil werden originale Schauplätze und öffentliche Namen für atmosphärische Zwecke eingesetzt. Jede Ähnlichkeit mit tatsächlich existierenden Personen, lebendig oder tot, oder mit Unternehmen, Veranstaltungen, Institutionen oder Schauplätzen ist rein zufällig.

LUZIFER VERLAG

Deutsche Erstausgabe
Titel der Originalausgabe: THE CASCADE PREPPERS

www.luzifer.press

Umschlaggestaltung: Michael Schubert | Luzifer-Verlag
Übersetzung: Raimund Gerstäcker
Lektorat: Astrid Pfister

ISBN: 978-3-95835-519-4

Dieses Buch wurde nach Dudenempfehlung (Stand 2020) lektoriert.

Bibliografische Information der Deutschen Nationalbibliothek:
Die Deutsche Nationalbibliothek verzeichnet diese Publikation in der Deutschen Nationalbibliografie; detaillierte bibliografische Daten sind im Internet über *http://dnb.d-nb.de* abrufbar.

Gewidmet meiner wunderbaren Tochter Sarah Melanie.
Dich bei mir zu haben, macht mein Leben erst komplett.

VORWORT

Willkommen in Grahams Welt. Als Schriftstellerin versuche ich stets die Rückblicke in Grenzen zu halten, die von den Lesern ohnehin meist übersprungen werden. Deshalb berichte ich in diesem Band nicht oft über das, was Sie bereits gelesen haben. In den folgenden Zeilen werde ich jedoch versuchen, Sie darüber zu informieren, was bereits geschehen ist – falls meine Leser es zwischen den Veröffentlichungen vergessen haben sollten.

Zu Beginn dieser Buchreihe sterben achtzig Prozent der Weltbevölkerung an einer Infektion mit dem H5N1-Virus. Die Krankheit wird allgemein als China-Pandemie bezeichnet. Graham ist gerade dabei, seinen Vater zu begraben, das letzte Familienmitglied, das noch gelebt hat, als Hyun-Ok, Bangs Mutter, ihn aufsucht. Sie stirbt, nachdem er sich bereit erklärt hat, sich ihres Sohnes anzunehmen. Zuvor warnt sie ihn aber noch vor den kommenden Gefahren.

Gemeinsam machen sich Graham und Bang auf den Weg zur Blockhütte der Familie, die sich nördlich des Skagit Rivers nahe der fiktionalen Stadt Cascade befindet (inspiriert von der Stadt Rockport, Washington). Auf dem Weg dorthin treffen sie auf einen gewalttätigen Wahnsinnigen namens Campos. Graham muss Campos schließlich töten, um den Mann davon abzuhalten, die Zwillinge Macy und Marcy umzubringen, die auf dem Weg zur Wohnung ihres Vaters sind. Sheriff, ein streunender Polizeihund, taucht zusammen mit den Zwillingen auf, er ist einer der wenigen Hunde, die noch nicht vor Hunger verwildert sind, und wird schnell zu einem treuen Begleiter der Mädchen (Sheriff ist zu einer geliebten Figur geworden; fast jede Woche erhalte ich Fanpost, in der ich gebeten werde, ihn am Leben zu erhalten).

Graham, Bang, die Zwillinge und Sheriff erreichen schließlich die Blockhütte bei Cascade, in der Graham Ennis vorfindet, einen griesgrämigen alten Mann und Tala, die von den amerikanischen Ureinwohnern abstammt und sehr krank ist. Die Gruppe lernt miteinander auszukommen und ihr Überleben zu organisieren, bis sie eines Tages auf Menschen in Schutzanzügen treffen, die ihnen einen Jungen namens Mark übergeben.

Die Mitglieder von Grahams Gruppe sind allesamt Träger des Virus, und die Menschen in den Schutzanzügen gehören einer Organisation von Preppern an, die die Katastrophe vorausgesehen hat. Die Prepper sind jedoch anfällig für das Virus, das Grahams Gruppe in sich trägt.

Allmählich lernen die beiden Gruppen, zu koexistieren, wobei sie sich aber an sehr genaue Quarantäneregeln halten. Dies geht so lange gut, bis eines Tages eine marodierende Bande Tala entführt. Die Prepper helfen Graham dabei, sie zu retten, aber ein Prepper namens Sam, wird bei der Rettungsaktion dem Virus ausgesetzt. Er überlebt allerdings und ist auf diese Weise fortan ebenfalls Überträger der Krankheit. Für seine siebenjährige Tochter bedeutet dies, dass sie nun als Waise aufwachsen muss. Sie bleibt bei den Preppern, während sich Sam Grahams Gruppe anschließt. Damit endet Buch 1, *Grahams Prüfung*. Sam darf seine kleine Tochter nur aus sicherer Entfernung begegnen – sie auf der einen Seite des Skagit Rivers, er auf der anderen.

Zu Beginn von Buch 2, *Grahams Hoffnung* bricht der Winter herein. Wir erfahren zunächst, dass Sam Teil der Gruppe geworden ist und Graham und Tala befinden sich mittlerweile in einer Beziehung. Alles, was schiefgehen kann, geht auch schief in Buch 2. Sam nimmt Mark und Marcy mit auf einen Jagdausflug, auf dem sie einem Schneesturm und einer

Katastrophe ausgesetzt werden. Ennis erkrankt schwer, Graham sucht die Stadt auf und wird von einem wilden Hund schwer verletzt, aber von einem Neuankömmling namens McCann gerettet, der zu Pferd nach Cascade gekommen ist. Im Lager der Prepper wütet außerdem ein verheerendes Feuer, woraufhin Sam alle Quarantäneregeln bricht, um seine Tochter Addy in Sicherheit bringen zu können – ein Unterfangen, das ihn selbst fast umbringt. Daltons Frau Kim und zahlreiche weitere Prepper sterben in dem Feuer.

Am Ende von Buch 2 haben sich die verletzten Mitglieder von Grahams Camp nahezu wieder erholt, aber Ennis stirbt. Die Wissenschaftlerin Clarisse, das wertvollste Mitglied der Prepper, schafft es einen Impfstoff zu entwickeln, um diejenigen schützen zu können, die noch für das Virus anfällig sind. Diese Ereignisse und die Neuigkeit, dass Tala schwanger ist, beenden *Grahams Hoffnung* sowohl mit dem Licht der Zuversicht als auch mit dem Schatten der Unsicherheit.

Damit ist der Weg frei und ich darf Ihnen nun Band 3, *Grahams Widerstand*, präsentieren.

DUTCHS KARAWANE

Dutch spürte ihre Blicke und konnte die Angst der Stuten beinahe riechen. Die wilden Hunde hatten sie die ganze Nacht über verfolgt. Nach dem langen Marsch, den sie durch den Staat Washington hatten unternehmen müssen, um den Invasoren entkommen zu können, erschien es ihm wie eine grausame Fügung des Schicksals, jetzt von Hunden aufgestöbert und gejagt zu werden.

Langsam hob er die Hand, um der Fahrerin des Trucks hinter ihm zu signalisieren, dass sie anhalten sollte. Dann ballte er die Hand zur Faust. Sie verstand das Zeichen und schaltete den Motor aus. Während er die Zügel der Stuten, die vor den Wagen gespannt waren, straff hielt, zog Dutch langsam und kaum merklich seine Remington 870 auf den Schoß. In Hinblick auf die unvermeidliche Konfrontation mit den wilden Bestien hatte er die Schrotflinte zuvor bereits mit einer Kombiladung aus zwei Schrotpatronen Number-One-Buckshot, gefolgt von zwei Ladungen Double-Ought-Buckshot und ergänzt von zwei Flintenlaufpatronen, geladen. Insgesamt verfügte er somit über sechs Schuss. Die Erfahrung hatte ihn gelehrt, dass es eine gute zusätzliche Absicherung war, seine Waffe auf diese Weise zu laden. Sollte das Ganze wider Erwarten nicht funktionieren, hatte er noch weitere Möglichkeiten zur Verfügung.

Damit ihm auch nicht das geringste Anzeichen von Gefahr entging, lehnte er sich jetzt auf der Sitzbank des Wagens nach vorn und neigte seinen Kopf, um in die Dunkelheit zu lauschen. Er schloss die Augen, denn das half ihm dabei, sich zu konzentrieren. Er hatte sie ohne Rücksicht auf Verluste vorwärtsgetrieben, bis die Dunkelheit über sie hereingebrochen war. Das Heulen der Wildhunde hatte ihn schon beim Anbruch der Dämmerung vor ihren fleischfressenden Absichten gewarnt. In regelmäßigen Abständen waren ihre glühenden Augen im immer dunkler werdenden Wald zu sehen gewesen.

Die Zeit, ein Feuer zu machen und das Lager aufzuschlagen, war leider vorbei. Der gleichmäßige Rhythmus des fünf Tonnen schweren US-Army-Trucks mit Anhänger, vollgepackt mit Vorräten, dröhnte laut, während sich der kleine Konvoi dem Rand der Cascade Mountains näherte. Die Vorräte und die Ausrüstung waren für eine Heimat bestimmt, die sie neu gründen wollten. Sie zu finden, hatte sich Dutch zur Mission gemacht. Er führte den Konvoi in einem offenen Wagen an, der ähnlich schwer beladen war der Army-Truck. Zwei Lineback-Pferde, die sich der gegenwärtigen Gefahr anscheinend äußerst bewusst waren, zogen den Wagen.

Die junge Frau am Steuer des Trucks hinter ihm hatte sich durchaus als nützlich erwiesen. Aber wenn es nicht erforderlich gewesen wäre, beide Fahrzeuge mitzunehmen, hätte Dutch sie in der Nähe des Grand-Coulee-Staudamms an der State Route 20 rausgeschmissen. Er fürchtete nicht nur, von den Invasoren verfolgt zu werden, noch mehr Sorgen bereitete es ihm, dass er sich allmählich für die Sicherheit der Frau verantwortlich fühlte, die im Vergleich zu ihm noch ein halbes Kind war. Die Verantwortung, die ihm ihre bloße Anwesenheit in seiner Nähe auferlegte, könnte ihrer beider Tod bedeuten, und er hatte sich geschworen, nie wieder für andere Menschen

Verantwortung zu übernehmen ... weder jetzt noch irgendwann in der Zukunft.

Sein Plan war es deshalb, sie so bald wie möglich loszuwerden. *Sie muss lernen, auf sich selbst aufzupassen,* sagte Dutch seinem schlechten Gewissen immer wieder, das tief in ihm regelmäßig seine Stimme erhob. Er war jetzt beinahe fünfzig Jahre alt, und sie schien Anfang zwanzig zu sein. Sie brauchte keinen Beschützer, schon gar nicht so einen alten Knacker wie ihn, und eine weinerliche Zwanzigjährige zu babysitten, noch dazu in ihrer aktuellen Lage, wo es vor allem ums Überleben ging, löste in ihm ganz und gar keine Jubelstürme aus.

Nicht, dass sie tatsächlich weinerlich war, ganz im Gegenteil. Am meisten irritierte es ihn an ihr, dass sie überhaupt nicht sprach. Von dem Moment an, als er ihr vor vier Tagen in der Gegend von Saint Maries, südlich von Coeur d'Alene, Idaho, begegnet war, hatte sie ihn mit ihrem Schweigen fast in den Wahnsinn getrieben. Leider hatte er keine andere Wahl gehabt, als sie mitzunehmen, da er auf dem ganzen Weg hierher keiner anderen lebenden Seele begegnet war. Sie war fleißig, das musste er ihr zugestehen. Ein paar Tage lang würde er sie noch tolerieren, bis sie wieder ganz zu sich gefunden hatte. Er hoffte, dass die derzeitigen Bewohner von Cascade sie aufnehmen würden, sobald er sie vor der kommenden Gefahr gewarnt hatte. Er würde ihr sogar einen vollgepackten Rucksack und eine der Stuten, die hinten am Wagen angebunden waren, als Bezahlung mitgeben und sie fortschicken.

Der wahre Grund, warum er es gewagt hatte, sie überhaupt mitzunehmen, war, dass er wusste, was mit ihr geschehen wäre, wenn er sie dort zurückgelassen hätte: Sie wäre den Invasoren zum Opfer gefallen. Da diese mittlerweile längst ins Landesinnere eingedrungen waren, vermutete er, dass sie inzwischen entlang der Interstate 90 Jagd auf Überlebende der Seuche machten und dabei ihr neu erobertes Territorium in Augenschein nahmen.

Die Regeln der Invasoren waren wahrhaftig simpel: Entweder man schloss sich ihnen an, oder man wurde umgebracht. Sie waren dafür bekannt, keine Munition zu verschwenden. Sie erledigten den Job mit brutaler Ernsthaftigkeit, zur Not mit bloßen Händen oder mit einem Beil, einem Messer oder dem Schwert. Sie liebten es, auf diese animalische Weise zu töten. Auf die gleiche Art handhabten sie auch die Dinge in ihren eigenen Ländern. Schusswaffen sparten sie für die Jagd auf, Ungläubige schlachteten sie lieber mit der Klinge ab. Sie waren schließlich die Bodentruppen Gottes ... nur, dass es dieses Mal amerikanischer Boden war, auf dem sie sich bewegten.

China war lediglich der Anbieter der Waffe gewesen, und die Chinesen übers Ohr zu hauen war eine leichte Übung für sie gewesen. In den Kühlkammern ihrer Labors hatten die Chinesen bereits die waffenfähige Version ihres Virus gelagert, also war es nur eine Frage des Geldes gewesen, um die notwendigen Informationen zu beschaffen und das Geschäft abzuwickeln. Was China allerdings nicht auf dem Schirm gehabt hatte, war die Notwendigkeit, die Schuld auf sie zu lenken und dafür zu sorgen, dass die Chinesen als Erschaffer des Virus bloßgestellt wurden, war dabei nur passend gewesen. So waren sie es letzten Endes, die die gesamte Welt als der einzig mögliche Schuldige am Tod von Hunderttausenden sah.

Die laufende Invasion war Phase 3 eines äußerst ausgeklügelten Fünf-Punkte-Plans, um den Dschihad über die Welt zu bringen und auf allen Kontinenten die Herrschaft zu übernehmen. In Phase 1 hatten sie zuerst das H5N1-Virus verbreitet, indem sie mehrere Attentäter damit infizierten. Sobald sich das tödliche Virus in ihnen vermehrt hatte, hatten sie die Flugzeuge bestiegen. Dank der Umluftsysteme in den Kabinen waren innerhalb kürzester Zeit alle anderen Passagiere ebenfalls infiziert worden und somit zu ahnungslosen Kurieren geworden, die in ihre Heimat zurückkehrten und dort zahlreiche weitere Menschen ansteckten, bevor sie schließlich starben. Auf diese Weise verbreitete sich das Virus exponentiell und der Völkermord war perfekt.

In Phase 2 brauchten sie dann nur zu warten, bis der Tod seine Arbeit erledigte. Gleichzeitig manipulierten sie ihre Statistiken, die nun eine höhere Sterblichkeitsrate bei ihnen angab, als es tatsächlich der Fall war – eine einfache, aber effektive Täuschung. Dass Tausende der ihren dem Virus zum Opfer fielen, war notwendig im Sinne des Dschihad. Essenziell für die Auslöschung des größten Teils der Weltbevölkerung war außerdem, den Hass in allen Formen zu schüren. Keine Beleidigung war zu schändlich, auf kein Tabu wurde Rücksicht genommen, nichts wurde mehr als heilig angesehen.

Da die Kontamination früh erfolgt war, war Europa, von innen zerstört, wie ein Kartenhaus in sich zusammengefallen. Nun würde bald auch das, was von den Vereinigten Staaten noch übrig war, unter ihre Herrschaft fallen. Der Dschihad war ein langfristiger Plan, doch die ersten beiden Phasen waren höchst erfreulich verlaufen … Amerika, wie es einst gewesen war, gab es nicht mehr.

Dutch war auf seiner zweiten Tour im Irak gewesen, als ihm ein improvisierter Sprengsatz seinen linken Unterschenkel direkt unterhalb des Knies genommen hatte. Das war es dann für ihn gewesen. Während seiner Genesung hatte er sich allerdings bemerkenswert schnell an die Prothese gewöhnt. Immer wieder hatte er versucht, seine Vorgesetzten davon zu überzeugen, dass er in noch besserer Form war als zuvor, aber Regeln waren nun mal Regeln und blieben es. Laut Abschnitt 313 der Armeevorschriften gehörte sein Name angeblich eindeutig in die Spalte, die die Überschrift *Entlassungen* trug. Nach einer längeren Genesungsphase hatte er schließlich seine Siebensachen gepackt und war in die Vereinigten Staaten zurückgekehrt.

Die verlassene Ranch seines Vaters südlich von Coeur d'Alene, Idaho, war letzten Endes zu seinem Rückzugsort geworden. Dort hatte er sich mit der gleichen Intensität in die Landwirtschaft und die Viehzucht gestürzt, die ihm im Krieg zu eigen gewesen war, denn andere Optionen waren zu dieser Zeit Mangelware. Dutch hatte niemals geheiratet, und seine Eltern waren ein Jahr vor seiner Verwundung verstorben. Auf gewisse Art und Weise war er sogar froh darüber, dass es so gekommen war, denn er war sich nicht sicher, ob seine Mutter seine Verletzung hätte ertragen können. Sein Vater hingegen hätte zweifellos von ihm erwartet, dass er bis zum bitteren Ende seinen Mann stand.

Sein Bruder Clive hatte zu dieser Zeit in Kalifornien gelebt. Zweimal hatte er Dutch angerufen, als die Pandemie über das Land hereingebrochen war. Beim ersten Anruf hatte er ihm erzählt, dass seine Frau an der Virusinfektion erkrankt war, und beim nächste Anruf hatte er verzweifelt berichtet, dass seine Tochter direkt nach der Mutter gestorben war. Dutch war deshalb nicht überrascht gewesen, seinen Bruder sagen zu hören, dass dieser sich gleich nach dem Gespräch das Leben nehmen würde. Er hatte gar nicht erst versucht, Clive aufzuhalten, denn er konnte es ihm ehrlich gesagt, nicht verübeln. Wofür sollte er denn noch leben? Deshalb hatte er ihm nur geantwortet: »Ich liebe dich, Bruder«, bevor er den Anruf beendet hatte.

Noch oft hörte Dutch in der folgenden Zeit dieselbe traurige Geschichte. Sie wiederholte sich wieder und wieder im ganzen Land. Er wartete geradezu darauf, dass er sich selbst ebenfalls das unvermeidliche Virus einfing. Er hätte es durchaus begrüßt und war sogar in ein paar lokale Bars gegangen, nachdem er sich mit der Arbeit auf der Ranch fast umgebracht hatte, in der Erwartung, das verdammte Ding mit nach Hause zu nehmen. Aber das Virus hatte sich einfach nicht in ihm festgesetzt. Eines Tages war er mit Schnupfen aufgewacht und hatte gedacht: *Okay, jetzt geht es los.* Aber ein paar Tage später war er so fit wie zuvor. Mit der Zeit stellte er fest, dass er … nun ja, irgendwie enttäuscht war.

Dutch half seinen Nachbarn und kümmerte sich um ihr Vieh, so gut er konnte. Doch dann starben sie einer nach dem anderen, und eines Tages fiel ihm auf, dass er der Einzige war, der sich noch durch die Stadt bewegte. Er klapperte daraufhin die Viehställe und Weiden der verstorbenen Bauern ab und ließ das gesamte Vieh frei … alle Rinder, Pferde, Esel, Schweine, Schafe, Ziegen und Hühner. Er öffnete einfach die Tore und Gatter und sah zu, wie sie davonliefen. Zunächst zögerten die Tiere, aber dann zerstreuten sie sich schnell. Jetzt waren sie endlich frei und konnten zusammen mit den Maultierhirschen und umherstreunenden Elchherden auf Futtersuche gehen. Schließlich würde sich niemand mehr um sie kümmern, also sah er es als seine Pflicht an, sie gehen zu lassen, bevor sie elendig in ihren Ställen verhungerten. Zumindest hatten sie so anstelle des sicheren Hungertodes die Chance, sich an die wilde Seite des Lebens anzupassen.

Irgendwann hatte er dann begonnen, den Funk abzuhören. Lange Zeit hatte sich nichts getan, bis es vor ein paar Monaten schließlich losgegangen war. Das Funksignal, das ihm als Erstes aufgefallen war, war über das Hochfrequenzband gesendet worden. Es war eine Übertragung in Morsezeichen gewesen. Das Signal kam noch immer regelmäßig aus dem Nordosten des Bundesstaates Washington herein. Zuerst hatte er es für ein automatisches Signal gehalten, eine Art Funk-Leuchtfeuer, denn die Nachricht wiederholte sich immer wieder, und es war deshalb gut möglich, dass einfach nur niemand mehr übrig war, um es auszuschalten. Dutch war ein bisschen aus der Übung, doch nach einer Weile hatte er es geschafft, die Nachricht zu entziffern. Es war ein Schock für ihn gewesen, als er begriffen hatte, dass es dort draußen noch mehr Überlebende wie ihn gab.

Er wollte sofort Kontakt aufnehmen, doch dann zögerte er. Jemandem da draußen einfach so zu vertrauen war für ihn keine Option. Also wartete er und ließ sich diese Möglichkeit für einen späteren Zeitpunkt offen. Doch dann begann Dutch plötzlich, Übertragungen ganz anderer Art aufzufangen. Die damit einhergehende allmählich einsickernde Erkenntnis zog ihm den Boden unter den Füßen weg. Er war alles andere als begeistert über die neue Entdeckung. Die Nachricht wurde nämlich in einer Sprache gesendet, die er bislang nur in fernen, vom Krieg zerrissenen Ländern gehört hatte. Ländern, in denen versteckte Bomben lauerten und sogar Frauen und Kinder verdächtig waren, weil auch sie dazu benutzt wurden, dich zu töten.

Nach ein paar Tagen erhöhter Aktivität hatten die losen Punkte schließlich mehr und mehr Sinn ergeben. War das Ganze etwa ein geplanter Angriff gewesen? Es gab keine andere Schlussfolgerung, die sich noch anbot. Die Verschwörungstheoretiker hatten also tatsächlich die ganze Zeit über recht gehabt. Anfangs war es nur ein Verdacht gewesen, dass es sich hierbei um ein waffenfähiges Virus handelte, doch jetzt war er sich sicher, dass dieser Verdacht auf der Wahrheit beruhte.

Dutch sprach selten laut auf seiner einsamen Ranch, es sei denn, er sagte etwas zu seinen beiden Hunden, doch als ihm allmählich bewusst wurde, was die Übertragungen bedeuteten, die er die ganze Zeit mitgehört hatte, sagte er in den leeren Raum hinein: »Ihr habt euch wohl nicht getraut, Mann gegen Mann gegen uns zu kämpfen ... ihr gottverdammten Feiglinge.«

Einige Wochen lang verfolgte er die Funksprüche und erkannte dadurch, dass sich die schlimmste seiner Befürchtungen bestätigt hatte: Hier lief gerade eine Invasion der Vereinigten Staaten. Sie hatten bereits mehrere Teams losgeschickt, um die Großstädte zu sichern. Verdammt, sie mussten also schon im Land gewesen sein, bevor die Viruserkrankung überhaupt ausgebrochen war. Schläfer, die sich im Schatten versteckt hatten. Dutch wurde klar, dass sie eine Art Impfstoff haben mussten, denn sonst wären sie dieses Risiko nicht eingegangen.

Ein paar Wochen später bewegte sich der Feind dann in der Dunkelheit der Nacht nördlich an ihm vorbei. Sie benutzten die Interstate Highways und fuhren in langen, lärmenden Konvois. Alle Gemeinschaften von Überlebenden wurden auf ihrem Weg unbarmherzig abgeschlachtet. Mit einem seiner Pferde unternahm er etliche Aufklärungsausritte und beobachtete sie aus sicherer Entfernung, bevor er den Plan entwarf, sie zu umgehen und die Gruppe im Norden vor ihnen zu warnen. Er durfte es auf keinen Fall riskieren, dass sie einen seiner Funksprüche abfingen, der automatisch seinen Standort verraten würde. Zu Pferd unterwegs zu sein, war die sicherste Alternative. Er musste es nur von Saint Maries nach Coeur d'Alene schaffen.

Auf einem seiner Aufklärungstrips hatte Dutch in einer dunklen, kalten Frühlingsnacht immer lauter werdende feindliche Stimmen gehört und war kurz darauf Zeuge eines brutalen Mordes geworden. Ein anderer amerikanischer Überlebender, der ebenfalls nicht willens gewesen war, sich den Invasoren zu unterwerfen, hatte letzten Endes um sein Leben gefleht. Der Mann hatte schließlich seine Waffe niedergelegt und seinen Tod akzeptiert. Sie hatten ihn so bestialisch zu Tode geprügelt, wie sie es zu Hause wahrscheinlich nicht einmal mit ihren schlimmsten Kriminellen taten.

In derselben Nacht war Dutch dann dem rothaarigen Mädchen begegnet. Sie war in eine schwarze Burka gehüllt gewesen. Wie ein aufgeschrecktes Reh war sie in dem dunklen Wald direkt in seine Richtung geflohen, womit sie beinahe seine Position verraten hätte. Als er sie abfing, hatte sie sich erbittert gewehrt. Er hatte ihr Entsetzen und all ihre Blutergüsse gesehen und einen Augenblick lang überlegt, ihr sofort das Genick zu brechen, um sie von ihrem Elend zu erlösen. Es wäre eine barmherzige Tat gewesen, doch stattdessen war sie in seinen Armen zusammengebrochen und hatte ihre angsterfüllten hellgrünen Augen weit aufgerissen, als versuche sie, aus einem Albtraum zu erwachen. Er hatte sie hastig zurück in den Schatten gezogen und im Schutz der Nacht alles darangesetzt, sie davon abzuhalten, auch nur das kleinste Geräusch von sich zu geben, bis die Feinde meilenweit entfernt waren.

Als er seine Hand von ihrem Mund genommen hatte, hatte sie nicht ein Sterbenswort gesagt – nicht einmal, als er sie nach ihrem Namen gefragt hatte. Sie hatte sich nur fest an seinen Oberkörper geklammert und die Hände zu Fäusten geballt, bis ihr Körper allmählich erschlaffte, während er sie im Schutz der Dunkelheit wegführte.

Dutch hatte kein Auge zugemacht in dieser Nacht, stattdessen war er damit beschäftigt gewesen, sein Lager zusammenzupacken. Er hatte zuerst seine Habseligkeiten und dann das Mädchen verladen, als gehöre sie mit zu seinen Besitztümern. Danach waren sie zu seiner Ranch in Saint Maries zurückgeritten. Als sie kurz vor Tagesanbruch an seiner Hütte angekommen waren, hatte sie tief und fest geschlafen.

Er hatte ihren schlaffen, zerbrechlich wirkenden Körper von Gus, dem Lineback-Pferd, das sich jetzt an der Spitze des Gespanns befand, das den Wagen zog, heruntergezogen. Nachdem er sie in seiner Hütte hingelegt hatte, begannen sich die Hunde Elsa und Frank für die Fremde zu interessieren. Sie stupsten mit ihren nassen Nasen in die flammendroten Haare, die über ihr schlafendes Gesicht fielen, bis Dutch schließlich das Handzeichen gab, das die gut ausgebildeten, belgischen Schäferhunde, die wie er beim Militär gedient hatten, zurückpfiff. Sie ließen widerwillig von ihren Nachforschungen ab und bewachten sie danach aufmerksam, während Dutch sich draußen um die anliegenden Aufgaben kümmerte.

Kurz nach Sonnenaufgang hatte das Mädchen die Augen geöffnet und sich sofort in eine Ecke zurückgezogen, bis sie mit dem Rücken an der Wand saß. Die glänzenden Augenpaare der Hunde versetzten sie offenbar in Angst und Schrecken, obwohl die beiden Hunde ihre Zungen heraushängen ließen, was für angeblich furchterregende Kreaturen ein niedlich-schräges Lächeln ergab.

Dutch konnte nicht an sich halten und musste kichern, als er die beiden Hunde so sah, die neugierig das merkwürdige Mädchen beobachteten. Als sie sich in seine Richtung drehte, fing er ihren wütenden Blick ein. Einen Blick, der Mord bedeutete, und zwar möglichst kaltblütig.

»Jetzt mach mal halblang«, sagte Dutch daraufhin mit einem leichten Vorwurf in der Stimme, während er die Hunde mit einer Handbewegung dazu brachte, zur Seite zu gehen und sich hinzulegen. Je weiter sie sich entfernten, desto mehr verließ auch der tödliche Blick das Gesicht des Mädchens, und Dutch sah ihr an, dass sie abzuschätzen versuchte, welche Lebewesen im Raum wohl gerade die größere Bedrohung darstellten.

»Niemand wird dir hier etwas tun.« Er machte eine kurze Pause und fügte dann hinzu: »Es sei denn, du versuchst, mich umzubringen. In dem Fall kann ich für nichts garantieren.«

Sie konzentrierte ihren Blick jetzt auf ihn, blieb aber weiterhin stumm. Er sah zu, wie das Unvermeidliche geschah. Ihre Augen folgten der Linie seines großgewachsenen Körpers vom Kopf aus nach unten, bis sie sein rechtes Bein erreichten, wo sie anstelle eines Stiefels die Metallprothese sahen. Es hatte ihn nie sonderlich gestört und an die gelegentlichen Blicke hatte er sich schon längst gewöhnt. Auf die Sympathie der anderen legte er sowieso keinen Wert, also kommentierte er ihre Reaktion gar nicht erst. Er hegte auch keine Wutgefühle oder Hass, wie es ihm die Therapeuten mehrfach einzureden versucht hatten. Mit dem ganzen Bullshit, der angeblich mit so einer schweren Verletzung einherging, wollte er nichts zu tun haben. Dutch war der Meinung, dass sie schon gewonnen hatten, wenn er ihnen diese Genugtuung verschaffte, also hatte er die Schlussfolgerung einfach ignoriert, zu der auch ihr Verstand irgendwann kommen würde.

»Trag deinen Teil zum Ganzen bei und lass die Finger von meinen Sachen, dann werden wir uns blendend verstehen. Ich werde diesen Ort in Kürze verlassen und kann deine Hilfe dabei gut gebrauchen. Wenn du allerdings nicht mitkommen möchtest, kannst du auch gern hierbleiben. Aber ich muss dich warnen, die Hütte wird nicht mehr lange sicher sein, denn die Invasoren nähern sich mehr und mehr. Es ist aber deine Entscheidung. Du brauchst wahrscheinlich ein bisschen Zeit, um darüber nachzudenken, aber diesen Luxus haben wir leider nicht. Ich gehe nach Nordwesten, da gibt es ein Lager mit anderen Überlebenden und ich würde dich mitnehmen. Zusammen haben wir eine bessere Chance gegen diese Verbrecher als allein. Du kannst gern mitkommen, wenn du bereit bist, unterwegs mit anzupacken. Ich brauche jetzt eine Antwort. Bei Einbruch der Dunkelheit breche ich nämlich auf.«

Die Hunde namens Elsa und Frank hatten das Gespräch mitverfolgt und drehten zeitgleich ihren Kopf in Richtung des Mädchens, als warteten sie auf ihre Antwort. Nach einem kurzen, regungslosen Moment nickte sie einfach.

Dutch erinnerte sich noch gut an ihr mürrisches Gesicht an diesem Tag. Das Ganze war jetzt Wochen her und sie hatten es endlich in die Cascade Mountains geschafft, wo sie die Morsezeichen-Nachricht hingeführt hatte. Er hatte sie beide aus der unmittelbaren Gefahrenzone herausgebracht und versorgt. Er fand, dass sie ihm inzwischen zumindest ein wenig Vertrauen schuldete, aber dafür gab es immer noch kein Anzeichen. Nicht einmal ihren Namen hatte sie ihm bis jetzt verraten, und jetzt, dachte er, würde er ihn niemals erfahren, weil sie in Kürze von gefräßigen Wildhunden gefressen werden würden.

Natürlich hatte er nicht vor, es ihnen leicht zu machen. Ganz im Gegenteil, er würde dafür sorgen, dass sie sich an jedem Bissen von ihm verschluckten.

PFLICHTLEKTÜRE

Macy zog ihre Füße aus den Wanderstiefeln und lehnte sich im Bürostuhl zurück. Mit einem absichtlich lauten Geräusch legte sie ihre Füße, an denen sie selbst gestrickte Socken trug, auf den Metalltisch. Durch die festgesteckte Zelttür war der herabprasselnde Frühlingsregen zu hören. Mit einem lauten Seufzen wandte sie sich dem nächsten Kapitel des Funkhandbuchs zu, das Rick ihr zum Lesen gegeben hatte. Mit Mühe versuchte sie, sich in die mäandernden Texte von jemandem zu vertiefen, den sie für einen absolut verrückten Nerd hielt.

Als Macy las, hörte sie auf einmal ein sehr merkwürdiges Knarren im Funkgerät, das vielleicht ein besonders eigentümliches statisches Rauschen war. Sie hörte eine Weile zu, entschied dann, dass es nichts weiter als eine Störung war, und griff nach dem Lautstärkeknopf, damit sie sich wieder auf dieses nervige Handbuch konzentrieren konnte. Das ganze Ding war voll mit einer für sie nicht verständlichen Fremdsprache. Dreimal las sie den letzten Absatz des aktuellen Kapitels, und dennoch gelang es ihrem Verstand nicht, das Ohmsche Gesetz und seine Formel *Strom gleich Spannung geteilt durch Widerstand zu verstehen. Genauso wenig konnte sie nachvollziehen, warum Volt wichtiger als Watt sein sollte, geschweige denn, warum das jetzt überhaupt noch jemanden interessieren sollte. Aber Rick war unerbittlich. Sie wusste, dass er die Standards der alten Welt unbedingt beibehalten wollte, aber das hier, das war einfach lächerlich. »Ach leck mich doch!« Macy warf das Funkhandbuch für ARRL-Techniker genervt zu Boden, was Sheriff aufschreckte, der gerade sein Mittagsschläfchen begonnen hatte.*

»Warum sollen wir uns denn noch an diese alten Regeln halten?«, fragte sie Sheriff, der ein wenig grummelig wirkte. Der Hund stellte die Ohren auf und neigte seinen Kopf zur Seite, als wolle er sagen: *Verdammt, woher soll ich das denn wissen? Stell mir gefälligst nicht solche bescheuerten Fragen, Mädchen.*

Macys Stuhl quietschte leise, als sie sich bückte und ihre Finger in seinem Fell versenkte, um ihn hinter den Ohren zu kraulen. »Du hast dich auf dieses neue Leben viel besser eingestellt als wir, nicht wahr, Junge?«

Sie glaubte nicht, dass Sheriff sich besonders für ihre Frage interessierte, viel wichtig schien ihm zu sein, dass sie die richtige Stelle hinter seinem linken Ohr fand. Sie sah zu, wie seine Augenlider langsam über den tiefbraunen, seelenvollen Augen nach unten gingen, als sein ganzer Körper entspannt in seine Komfortzone eintauchte.

Als sie das Kraulen gerade unterbrechen und das weggeworfene Handbuch wieder aufheben wollte, kam Rick ins Kommunikationszelt geschlendert. Er sah das Handbuch auf dem Boden, hob es auf und gab es ihr. »Wie läuft es denn so? Irgendwelche neuen Kontakte?«

Als ob!

»Nein, alles wie immer. Da draußen ist niemand, Rick. Es gibt nur uns. Ich weiß gar nicht, warum wir immer noch nach Signalen von anderen suchen«, beschwerte sich Macy.

Er schlug ihr spielerisch auf die Schulter. »Eines Tages könnten wir Glück haben. Auf der anderen Seite könnte genauso gut eines Tages jemand unser Signal auffangen und feststellen, dass es noch mehr Überlebende gibt. Man weiß nie, und ein wenig Glaube und Hoffnung kann doch nicht schaden. Glaube und Hoffnung, Macy. Was ist heute bloß los mit dir? Normalerweise bist du doch eher der optimistische Typ, aber du wirkst etwas niedergeschlagen. Was ist passiert, Mace?«

Sie starrte ihn an. *Verdammt, er hat mich.* Rick mochte es, Macy zu necken, aber er behandelte sie auch wie eine jüngere Schwester. Es gefiel ihr überhaupt nicht, dass er sehen konnte, wie sie sich fühlte. Sie hatte ganz vergessen, bei wem sie sich da gerade beschwerte, und nun war sie gezwungen, ihre Gefühle mit ihm zu teilen. *Gab es etwas Schlimmeres?*

»Nichts, mir geht es gut«, log sie und hoffte, Rick würde endlich von ihr und ihrer leicht melancholischen Stimmung ablassen. Als sie das Handbuch zuklappte und ihre Wanderschuhe anzog, um sich auf den Weg zurück zu Grahams Camp zu machen, vermied sie bewusst seinen Blick.

Rick kratzte sich an seinem bärtigen Kinn, während er sie aufmerksam musterte. Macy konnte geradezu körperlich spüren, wie seine Augen noch immer auf ihr ruhten. »Okay, wenn du jetzt nicht darüber reden willst, ist das deine Sache, aber ich bin für dich da, wenn du mich brauchst. Okay?«

Sie schaute zu ihm hoch und nickte. Es gab eine Menge, was gerade in ihr vorging und was sie auf keinen Fall herauslassen durfte. Sie konnte einfach nicht anders. Sie wollte weder Graham noch Rick mit ihren Problemen belasten, und im Moment war auch ihre Schwester weit davon entfernt, diejenige zu sein, mit der sie sprechen konnte.

Macy fühlte sich in letzter Zeit oft den Tränen nahe. Der lange Winter war vorbei, der Frühling brachte Blumen und Hoffnung, aber es regnete eindeutig zu viel, um sie für längere Zeit glücklich zu machen. Tala würde sie verstehen, aber die hatte gerade genug damit zu tun, ihre Angst um ihr ungeborenes Kind zu bekämpfen. Macy konnte sich ihr jetzt unmöglich anvertrauen. So, wie die Dinge momentan lagen, versuchten sie, Tala so weit wie möglich aus allem herauszuhalten, weil sie alle Hände voll damit zu tun hatte, sich um ihr eigenes Leben zu kümmern. Tala sollte sich lieber soweit wie möglich auf die anstehende, hoffentlich problemlose Geburt konzentrieren, von der ihrer aller Zukunft abhing.

Macy band ihre Stiefel zu Ende und zog dann ihren grünen Regenmantel an. »Danke, Rick«, sagte sie. Von hinten kam jetzt Sheriff angestürmt und stieß gegen ihre Wade, als er an ihr vorbeirannte, um sie nach draußen zu begleiten.

Im Nieselregen vor dem Zelt winkte sie Daltons Jungen, Hunter und Kade, zum Abschied zu. Pflichtbewusst trugen diese gerade Brennholz von einem Ort zum anderen. Der kleine Bruder stapelte dabei die Scheite auf die ausgestreckten Arme seines größeren Bruders. Hunter schaffte es, trotz der Ladung Holz in seinen Armen ansatzweise zu winken und Kade rief ihr hinterher: »Bye, Macy!«

Sie lächelte in sich hinein, während sie sich auf den Weg zur Brücke über den Skagit River machte. In Moment wie diesem gelang es ihr manchmal, die Lücke zwischen dieser und ihrer Welt wieder zu schließen. Zweimal pro Woche ging sie in das Lager der Prepper und übernahm dort ihre Schicht im Kommunikationszelt, um so viel von Rick zu lernen, wie sie nur konnte … und um nebenbei ab und zu aus Grahams Camp herauszukommen. Sie brauchte das, um wieder ein wenig Normalität zu erleben und um vor etwas fliehen zu können, das sie gar nicht benennen konnte.

Als sie sich dem rauschenden Fluss näherte, fiel ihr auf, dass ein Gespräch mit einem menschlichen Begleiter, den es gar nicht gab, weil nur Sheriff neben ihr lief, gar nicht möglich gewesen wäre, denn das Wasser war ohrenbetäubend laut. Seit der Frühling begonnen hatte und die Schneedecke zu schmelzen begann, war nicht nur der Fluss von einem Rinnsal zu einem mächtigen Strom angewachsen, auch die Erde selbst vermischte sich mehr und mehr mit Schmelzwasser und wurde dick und schlammig. Die einstigen Bewohner dieser Gegend hatten diese Jahreszeit unter dem Namen Schlammsaison gekannt.

Der Regen nahm jetzt immer mehr zu, und Macy blieb eine Minute stehen, um ihre Jacke zu schließen, damit ihre Pistole, die in einem Holster an ihrer Seite steckte, nicht nass wurde. Als Sheriff stehen blieb, bemerkte Macy, dass die dicke braune Masse seine Pfoten komplett bedeckte.

Als sie die Brücke erreichten, zögerte Sheriff, ihr zu folgen. Als Macy schon halb auf der anderen Seite war, drehte sie sich um, klopfte sich auf den Oberschenkel und rief ihn zu sich.

»Du bist wirklich ein ganz schöner Angsthase, was?«, fragte sie ihn, als er langsam die Brücke betrat, bevor er so schnell er konnte, an ihr vorbei auf die andere Seite des Flusses rannte. Sobald sie die Holzbohlen der Brücke verlassen hatte, versanken ihre Stiefel sofort wieder in der feuchten Erde, und es bereitete ihr einige Mühe, in dem rutschigen Matsch nicht hinzufallen, bis sie festeren Boden erreichte.

Sie gingen nun weiter in den Wald hinein, wo es den Regentropfen schwerer fiel, durch den immergrünen Baldachin aus Blättern zu dringen. Hier versanken ihre Füße nicht mehr im Schlamm, sondern traten auf ein Bett aus weichen Nadeln, die bei jedem Schritt ein frisches Kiefernaroma aussandten. Dieser Abschnitt des Weges gefiel Macy immer am besten. Hier, tief im Wald, fühlte sie sich im Einklang mit sich und der Welt. Es war fast so, als durchwanderte sie still ihre eigenen Gedanken. Hier konnte sie sich in Ruhe mit ihren Sorgen auseinandersetzen. Wie so oft ließ sie sich auch dieses Mal Zeit auf ihrem Heimweg unter dem grünen Dach des Waldes und siebte und sortierte all die verwirrenden Ereignisse der Vergangenheit und Gegenwart aus. Nachdem Ennis gestorben war, hatte sie die meiste Zeit im Wald verbracht, weil sie sich ihm an diesem Ort am nächsten gefühlt hatte. Graham hatte sie in den Tagen danach mehr als einmal im Wald gefunden. Er hatte gewusst, dass sie Abstand brauchte, und hatte sie lediglich darum gebeten, ihm Bescheid zu geben, bevor sie das Camp verließ.

Macy hatte Grahams Bitte akzeptiert und war nie zu lange draußen geblieben, weil sie nicht wollte, dass er sich Sorgen um sie machte. Obwohl sie immer langsamer ging, näherte sie sich viel zu früh der Helligkeit des Tages, die am Ende ihres Weges durch das immer lichter werdende Blätterdach brach. Macy und Sheriff tauchten in dem Moment aus dem Wald auf, als der Regen nachließ und der Schlag eines Hammers einen Nagel in sein Ziel trieb.

DER WUNSCH, SIE ZU HEILEN

Sheriff rannte voraus, um Bang zu begrüßen, als sie die Lichtung von Grahams Camp betraten. Bang stand in der Nähe der Leiter und wartete geduldig darauf, Graham die nächste Schindel aus Zedernholz hochzureichen, die anschließend ihren Platz neben den anderen auf dem Dach des neuen Anbaus fand. Graham hatte einen Nagel zwischen seine Lippen geklemmt und murmelte ein Hallo, als er Macy sah.

Er bemerkte, dass sie ihm im Gegenzug zwar anlächelte, ihre Körperhaltung aber etwas ganz anderes ausdrückte. Um sie und um Bang machte sich Graham besonders Sorgen. Beide hatten sich nach dem Tod von Ennis komplett aus der Gruppe zurückgezogen. Er vermutete, dass Bang um Ennis trauerte, sich aber zugleich auch schuldig fühlte wegen der Rolle, die er bei Addys Behinderung gespielt hatte – schließlich war er derjenige gewesen, der sie dem Virus ausgesetzt hatte, wegen dem sie jetzt für alle Zeiten taub war. Was Macy anbetraf, nahm er an, dass Ennis Tod ihre Trauer über den Verlust ihrer eigenen Eltern und die Unsicherheit, wie das Leben weitergehen sollte, noch mehr verschlimmert hatte.

Es gab aber leider nichts, was Graham daran ändern konnte, denn Optimismus war Mangelware in dieser Zeit. Er trieb den Nagel mit einem weiteren Schlag ins Holz und zog dann den nächsten aus seinem Mundwinkel, damit er ungehindert sprechen konnte. Als sie sich der Tür der Blockhütte näherte, rief er ihr hinterher: »Hey, Macy?«

Sie blieb stehen und drehte sich zu ihm um. »Ja?«

Die Worte, die er jetzt hätte sagen sollen, fielen ihm einfach nicht ein. Er wollte sie wieder ins rechte Lot bringen, sie heilen, sie wieder *ganz* machen. Er wollte ihr sagen: *Alles wird gut werden, es wird dir bald wieder besser gehen*, doch stattdessen starrte er sie nur an, als sie so dastand mit ihren schlammbedeckten Stiefeln, der gerunzelten Stirn und Sheriff an ihrer Seite.

»Was ist los, Graham?«

»Äh, könntest du für Tala die Wäsche von der Leine nehmen? Sie wird in diesem Regen einfach nicht trocknen. Wir besuchen gleich Clarisse.« Ja, das war gut. *Etwas zu tun zu haben, wird sie ablenken und ihr helfen, sich besser zu fühlen.* War es nicht auch genau das, was seine Mutter immer zu sagen gepflegt hatte? Es war darum gegangen, dass Müßigkeit eine schlechte Sache war und zu viel Zeit zum Nachdenken ließ.

»Na klar, ich kümmere mich gleich darum«, antwortete Macy, die ihren trübsinnig wirkenden Weg die Veranda hinauf fortsetzte, um sich den Wäschekorb zu holen.

Graham warf einen Blick auf Bang und stellte fest, dass dieser den ganzen Morgen mit ihm draußen gewesen war, die ganze Zeit neben ihm gearbeitet hatte, und trotzdem war der Junge immer noch ein Häufchen Elend. Jeder Versuch, Bang aufzuheitern, hatte diesen scheinbar nur noch verschlossener und in sich gekehrter gemacht. Alles, was er versucht hatte, war scheinbar falsch gewesen und nichts schien zu funktionieren.

Das ist doch alles Bullshit, dachte Graham.

Plötzlich kam ihm das Gegenteil von dem in den Sinn, was seine Mutter ihm beigebracht hatte. Er erinnerte sich, wie seine Mutter ihnen immer gesagt hatte: »Reißt euch zusammen«, wenn er und seine Schwester es in der Öffentlichkeit übertrieben hatten – das Ergebnis war natürlich nur weiteres Kichern und Herumkaspern gewesen. Je älter er wurde, desto mehr war er mittlerweile davon überzeugt, dass seine Mutter eine Meisterin in umgekehrter Psychologie gewesen war.

Was zum Teufel sollte das bedeuten?

Dalton hatte das gleiche Problem drüben im Lager der Prepper. Er hatte nicht nur mit dem Verlust seiner eigenen Frau zu kämpfen, sondern musste sich zugleich auch noch um seine zwei trauernden jungen Söhne kümmern. Eigentlich war es das ganze Lager, das den Verlust der vier Mitglieder noch immer nicht verarbeitet hatte. Die Last all dessen machte Dalton, der über die Zeit zu einem echten Freund geworden war, manchmal distanziert und wütend. Er selbst verstand das nur all zu gut.

Graham schlug den nächsten Nagel mit mehr Kraft als nötig ein und griff dann nach unten, um die Holzschindel aus Bangs Hand entgegenzunehmen. Er versuchte ein Lächeln, erwartete aber nicht, dass es funktionierte. »Möchtest du später mit Tala und mir Clarisse besuchen gehen? Vielleicht ist Addy ja auch da. Dann kannst du dich selbst davon überzeugen, wie gut es ihr geht.«

Bang schüttelte den Kopf und wirkte sogar verletzt wegen dieses Vorschlags.

Verdammt, dachte Graham. *Jetzt reicht es mir! Ich werde es nicht einmal mehr versuchen. Sie brauchen einfach Zeit, dann kommen sie schon von selbst zu mir.*

»Okay. Alles geschafft«, sagte Graham und hämmerte den letzten Nagel ein. Er stieg von der Leiter und zog sie vom Dach. »Geh schon mal vor und sag Tala Bescheid, dass wir gleich zum Lager der Prepper aufbrechen, sobald ich hier aufgeräumt habe.«

Ohne ein Wort eilte Bang davon, während Graham sich in seine Frustration zurückzog. Er klappte die Leiter zusammen

»Was meinst du damit genau?«, fragte sie.

»Sie werden nicht wie wir eine Clarisse oder einen Steven haben, der sie medizinisch versorgt, niemanden wie Dalton oder mich, um sie zu führen und auch niemanden wie dich, der so viel über das Konservieren von Lebensmitteln und das Gärtnern weiß.«

»Warum nicht? Ich dachte, das ist genau das, was wir alle gerade tun – unser Wissen an die Jungen weitergeben und ihnen zeigen, wie sie später überleben können. Clarisse bringt Addy gerade alles bei, was sie über Medizin weiß. Hunter und Kade trainieren, wie man Menschen führt und wie man sich verteidigt. Bang wird eines Tages ein Meisterjäger sein und mit ihm in der Gruppe wird niemals jemand hungern müssen. McCann hat gesagt, dass Bang bereits jede Pflanze benennen kann, auf die er zeigt, und mir hilft der kleine Kerl, die essbaren Kräuter und Pflanzen zu sammeln, die es im Frühjahr gibt, ohne dass er dabei tödliche Fehler macht. Ich denke, es wird sich schon alles finden. Jeder Heranwachsende bei uns wird irgendeine Affinität haben, etwas, das er besonders gut kann und mag. Du machst dir eindeutig zu viele Sorgen«, neckte sie ihn.

»Ganz im Gegenteil. Ich glaube nicht, dass ich mir schon genug Sorgen mache. Außerdem bin ich mir sicher, dass wir dabei irgendetwas Überlebenswichtiges vergessen. Ich weiß nur noch nicht, was es ist«, gab er zurück.

Ihre Unterhaltung wurde unterbrochen, als Graham Tala über den laut tosenden Fluss führte. Die Pause gab ihm die Gelegenheit, über das nachzudenken, was Tala gesagt hatte. Er wusste, dass sie meistens recht hatte, aber er konnte einfach nicht anders, als das Gefühl zu haben, dass sie etwas Entscheidendes übersahen. Noch dazu waren sie in ihren beiden Lagern einfach zu wenige, um eine komplett neue Gesellschaft

aufzubauen … eine Gesellschaft, die Bestand hatte und die wuchs. Als sie die Brücke überquert hatten, wurde das Rauschen des Wassers leiser und er setzte ihr Gespräch fort.

»Im Moment arbeiten wir von Sonnenaufgang bis Sonnenuntergang, und das müssen wir auch tun, bis es wieder zu schneien beginnt. Dann werden wir den Stillstand der Natur im Winter nutzen, um unsere Ausrüstung zu reparieren, Leder zu gerben und all das zu tun, was wir bis jetzt vergessen haben oder wofür in den wärmeren Monaten keine Zeit war. Unser Kind«, sagte er und legte seine Hand behutsam auf Talas Bauch, »wird darauf bauen müssen, dass die jüngere Generation es gleich beim ersten Versuch richtig macht. Denn teure Fehler können sich die Menschen jetzt nicht mehr leisten.«

»Ich weiß«, sagte Tala und versuchte immer noch, seine Sorgen etwas zu lindern. »Aber zumindest haben wir jetzt die Prepper. Macy hat von ihnen sogar gelernt, wie man ein Funkgerät bedient. McCann ist gerade drüben und hilft Sam bei der Lederherstellung, und beide Lager arbeiten zusammen, um Kühe für eine Herde zusammenzutreiben. Das alles hier« – sie hob beide Arme und zeigte auf ihre neue und sich weiter verändernde Umgebung – »ist jetzt wie eine kleine Siedlung. Es ist ein vollkommen neuer Anfang. Wir fangen an zu wachsen und zu gedeihen, nicht nur zu überleben. Es wird alles gut werden, Graham.«

»Im Winter wird es die Hölle sein. Wir haben zwei depressive Kinder bei uns, und ich habe furchtbare Angst, dass du das Baby nach Ennis nennen wirst.«

Tala lachte. »Siehst du es denn nicht, Graham? Wir haben es geschafft! Ja, wir haben Ennis verloren, aber dafür haben wir Addy dazugewonnen. Ja, die Kinder trauern immer noch, aber denkst du nicht auch, dass sie einfach nur ihre Zeit brauchen, um über ihren Kummer hinwegzukommen? Sie müssen den

Schmerz zulassen können, um das Glück wieder wahrnehmen zu können. Mit der Zeit wird es besser werden. Lass ihnen einfach ihre Trauer, sie brauchen sie«, erwiderte Tala und fuhr ihm mit einer Hand sanft über den Nacken. »Auch du trauerst noch, ich kann es sehen«, sagte sie mit ruhiger Stimme und schmiegte sich an ihn, während sie zusammen weitergingen. »Bis der Sommer kommt, werden sie es überwunden haben, ein neuer Mensch wird Teil unserer Gemeinschaft sein und das Leben wird weitergehen.«

Graham küsste sie auf die Schläfe, und sie gingen weiter den Pfad entlang, der rechts und links mit Frühlingsblumen gesäumt war. Bald schon war zwischen den Bäumen hindurch die Quarantänestation zu erkennen, wenn man wusste, wonach man suchen musste. Sie grüßten die Wache, als sie den Eingangsbereich betraten. »Was, dieses Mal werden wir nicht abgetastet? Ihr werdet langsam nachlässig.«

Der Wachposten zwinkerte Graham zu. »Sie ist wie immer hinten in ihrem Büro.«

»Vielen Dank«, antwortete Tala und grinste ihn an.

Als sie die Tür zu Clarisses Büro erreichten, konnten sie sehen, dass ihre medizinische Expertin tief in Gedanken versunken war. Aufmerksam blickte sie in ihr Mikroskop, und ihre kleinere Ausgabe namens Addy saß auf einem Stuhl neben ihr. Addy las gerade ein Buch, das für ein Mädchen ihres Alters ziemlich groß wirkte. Auch sie war vollkommen in das vertieft, was sie tat.

Graham klopfte an den Türrahmen. »Hallo, Frau Doktor ... wie heißt du eigentlich mit Nachnamen?«

Clarisse sah auf und lenkte sofort ab: »Du kannst einfach bei Clarisse bleiben. Schön, dass ihr heute hier seid.« Als sie aufstand, ließ die Bewegung Addy den Kopf heben. Das strahlende Lächeln des Mädchens zeigte, dass auch sie sich freute, sie zu sehen. Sie ging sofort zu Graham und Tala hinüber und umarmte beide.

Tala gebärdete: *Hallo! Was liest du gerade?*

Addy hob ihre kleinen Hände und signalisierte einfach nur *Buch, hielt dann inne und wirkte etwas ratlos. Sie machte einen Schritt zurück und warf Clarisse einen fragenden Blick zu, wie man Über die Anatomie des Menschen* in Zeichensprache ausdrückte.

Graham bewunderte das Mädchen; sie hatte so viel durchgemacht und zeigte dennoch erstaunliche Widerstandskraft. Vor zwei Monaten hatte das gefürchtete Virus, das schon so viele Leben gefordert hatte, beinahe auch Addy geholt. Aber Clarisse hatte mit allen Mitteln dagegen gekämpft und das Mädchen aus der Todeszone zurückgeholt, obwohl sie nicht mit Sicherheit sagen konnte, ob das Virus sich nicht doch irgendwann wieder in einer Krankheit manifestieren würde. Addy war jetzt fast acht Jahre alt und eignete sich bereits Wissen und Fähigkeiten an, die weit über das hinausgingen, was Kinder in ihrem Alter üblicherweise lernten. Ihre Taubheit behinderte den Freigeist des Mädchens kein bisschen.

Sogar ihr Vater, Sam, wies jeden zurecht, der Addy zu verhätscheln oder es ihr einfach zu machen versuchte. Ganz im Gegenteil, er ermutigte sie stets, dazuzulernen und mit ihrer Behinderung umzugehen. Jeden Tag nahm er sie mit in den Wald und brachte ihr bei, wie sich an den Vibrationen der Umgebung wahrnehmen ließ, was um einen herum geschah. So zeigte eine leichte aufkommende Brise, die durch die Bäume strich, dass jemand oder etwas in ihrer Nähe vorbeigegangen war. Ein Zittern des Bodens, das sie durch die Sohlen ihrer Stiefel in der Nähe des Skagit Rivers spüren konnte, bedeutete, dass der Fluss durch die zunehmende Schneeschmelze mehr Wasser führte als am Tag zuvor.

Graham wusste, dass Sam alles versuchte, um seine Tochter auf ein Leben ohne den Hörsinn und auf die kommenden Herausforderungen vorzubereiten. Graham hatte noch niemals zuvor eine solche Hingabe bei einem Vater gesehen und hoffte, es dem Mann später mit seinen eigenen Kindern gleichtun zu können.

»Ihr seid also für die gute alte Vorsorgeuntersuchung in der Schwangerschaft hier? Wie absurd sich das anhört ...«, sagte Clarisse zu Tala.

»So ist es«, erwiderte Tala. »Das Baby hat mich in letzter Zeit ganz schön getreten.«

»Das sind gute Neuigkeiten«, meinte Clarisse und führte sie in den Untersuchungsraum neben ihrem Büro.

Graham half Tala, auf den Tisch zu klettern, den Clarisse für sie vorbereitet hatte und sich dann zurückzulehnen.

»Wir hören uns zuerst mal, mit diesem speziellen Doppler-Stethoskop hier, den Herzschlag an. Damit kann ich den Herzschlag des Babys viel besser wahrnehmen als mit einem normalen Stethoskop«, erklärte Clarisse, während sie den Kopf des Stethoskops auf dem Ultraschallgel platzierte, das sie auf Talas Bauch aufgetragen hatte. Sofort ertönte ein starkes Rauschen. Behutsam schob sie die Membran langsam hin und her, bis ein starkes Klopfen zu hören war. Graham lächelte, er konnte nicht anders. Sein Blick traf Talas und er dachte: *Dieser Moment ist der glücklichste, den wir je hatten, seit all dieser Irrsinn geschehen ist.*

Graham erinnerte sich plötzlich daran, wie er diese Situation schon einmal erlebt hatte, mit seiner ersten Frau. Doch er schob die Erinnerung so schnell, wie er konnte von sich. *Nicht jetzt.* Denn zusammen mit der Erinnerung kam auch der Schmerz und ein seltsames Gefühl des Verrats, obwohl er genau wusste, dass Nelly es verstehen würde.

Er drehte den Kopf und sah, dass Addy an den Türrahmen gelehnt dastand; Clarisse sah sie auch. »Macht es euch etwas aus, wenn sie zuhört? Ich meine, wenn sie dabei ist«, sagte sie sich schnell fangend und zwinkerte Tala zu. »Sie ist immerhin meine offizielle Stellvertreterin.«

»Natürlich nicht«, antwortete Tala, und Clarisse bedeutete Addy daraufhin, zu ihnen zu kommen.

Clarisse legte das Doppler-Stethoskop in Addys Hände, signalisierte ihr die Augen zu schließen und sich auf die Vibrationen zu konzentrieren, die durch das Stethoskop kamen. Graham war erst verwirrt von dieser Geste, aber als Addys Gesichtsausdruck von kontemplativ zu einem strahlenden Lächeln wechselte, verstand er das Ganze. Mithilfe des vibrierenden Geräts in ihren Händen konnte sie den Herzschlag spüren.

»Sie kann die Vibrationen fühlen?«, fragte Graham. Es hatte ihn sehr bewegt, den Herzschlag seines eigenen Kindes zu hören, aber noch mehr berührte es ihn, dass Addy an dieser Erfahrung teilhaben konnte. Eine Erfahrung, von der er gedacht hatte, dass sie Addy vollkommen verloren gehen würde. Sie konnte den Herzschlag des Babys *spüren*!

Addys Lächeln war so ansteckend, dass auch Graham sich davon mitreißen ließ. Er bemerkte, dass auch Tala sich unauffällig ihre eigenen Tränen des Glücks aus den Augenwinkeln wischte. Addy gebärdete *schnell und stark* zu Tala, gab das Gerät dann zurück an Clarisse und legte ihre Hand auf Talas Bauch, in der Hoffnung, dort das gleiche Vibrieren fühlen zu können.

Clarisse sprach nun mit ihnen, während Addy weiter mit der Hand Talas Bauch befühlte.

»Der Herzschlag des Babys ist perfekt für diese Phase der Schwangerschaft. Hast du irgendwelche Schmerzen oder kleinere Wehen?«

»Nein, weder noch.«

»Gut. Ich würde jetzt gern eine Blutprobe nehmen und einige Tests durchführen. Du solltest weiterhin die Vitamine einnehmen und nur das tun, wobei du ein sicheres Gefühl hast, und bitte keine anstrengenden Bewegungen.«

Graham ging ein Gedanke nicht aus dem Kopf, doch er wollte eigentlich nicht danach fragen, konnte aber nicht anders. »Haben wir eine Möglichkeit, schon jetzt zu erkennen, ob das Baby das Virus in sich trägt?«

»Ich fürchte, nein. Wir müssen abwarten. Aber es gibt noch etwas, das ich euch unbedingt sagen sollte«, holte Clarisse aus und hielt in Erwartung ihrer Reaktionen unwillkürlich die Luft an.

Graham gefiel das ganz und gar nicht. »Was? Was ist das Problem?«

»Ich habe noch nie dabei geholfen, ein Baby zur Welt zu bringen.«

Graham riss die Augen auf und Clarisse legte sofort eine Hand auf sein Knie, um ihn zu beruhigen.

»Ich habe meinen Teil an Operationen durchgeführt. Was Geburten angeht, habe ich zumindest alles gesehen. Das heißt, ich bin mit allen Komplikationen vertraut und sehr zuversichtlich, dass ich es kann, aber ich habe es eben noch nie selbst gemacht.«

»Okay, das macht mich jetzt in der Tat verdammt nervös«, brachte Graham mühsam hervor, während sein Herzschlag rapide anstieg.

Tala versuchte ihn zu beruhigen. »Ich bin mir sicher, dass Clarisse es gut machen wird, Graham.«

Addy hatte Talas Bauch wieder bedeckt, nachdem sie das Gel sorgfältig abgewischt hatte. Graham sah, wie Tala dem Kind in Gebärdensprache sagt: *Du wirst eine wunderbare Ärztin werden.*

Dem konnte er nur zustimmen.

Danke, gab Addy zurück, dann huschte sie davon, um sich wieder ihrem Buch zu widmen.

Graham fragte Clarisse: »Ist es ihr am Anfang sehr schwergefallen, nichts mehr hören zu können? Jetzt wirkt es so selbstverständlich für sie ...«

»Oh ja. Sam und ich haben uns fast drei Tage am Stück um ein am Boden zerstörtes kleines Mädchen gekümmert. Wir haben in dieser Zeit keine Minute geschlafen und waren rund um die Uhr bei ihr. Am vierten Tag schien sie den Schmerz über den Verlust ihres Hörvermögens einfach hinter sich gelassen zu haben. Ich habe daraufhin angefangen, ihr die Gebärdensprache beizubringen, und Sam zeigt ihr, wie sie das meiste aus ihren anderen Sinnen herausholen kann. Es ist noch gar nicht so lange her, doch sie hat sich schon bemerkenswert gut angepasst. Sie scheint offenbar die Wahl getroffen zu haben, es einfach hinter sich zu lassen.«

»Das ist großartig«, sagte Graham.

»Wie geht es Bang?«, fragte Clarissa. »Das letzte Mal, als wir gesprochen haben, hatte er es immer noch sehr schwer, mit allem klarzukommen.«

»Das hält leider weiterhin an. Ich frage ihn immer wieder, ob er Addy einmal besuchen möchte, und ich erzähle ihm, dass es ihr wirklich gut geht, doch er will sie nicht sehen. Er kämpft noch immer mit dieser Sache und auch mit Ennis Tod. Für Macy war es allerdings auch schwer.«

»Wir müssen ihnen einfach Zeit geben«, antwortete Clarisse.

»Das machen wir ja. Die beiden müssen einfach viel zu schnell erwachsen werden in dieser Welt«, sagte Tala traurig.

»Wie geht es denn Daltons Jungs?«, fragte Graham.

»Sie sind beide sehr unterschiedlich, deshalb geht jeder auf seine eigene Art und Weise damit um.« Sie schüttelte den Kopf und schloss die Augen. »Es ist schrecklich, dass diese Kinder bereits so viel durchmachen mussten. Hoffen wir, dass diese Tage endgültig hinter uns liegen und wir bald wieder nach vorn blicken können.«

Graham konnte dem nur zustimmen. Vielleicht würde dieses neue Leben in Tala ja auch ein neues Vertrauen unter ihnen allen stiften. Wo so viel Tod gewesen war, brachte die Aussicht auf eine Geburt schließlich Hoffnung für alle.

DREIFACH GELADEN

Über das nervöse Wiehern seiner Pferde hinweg, hörte Dutch das entfernte Knacken eines Zweiges, gefolgt von einem bedrohlichen Knurren. Sofort riss er die Augen auf. Wenn er die Entfernung des Geräusches richtig einschätzte, hatte er gerade noch genug Zeit, von der Sitzbank des Wagens aufzustehen. Während er das tat, hob er die Schrotflinte am Schaft und zielte in die Richtung, in der in einer Nanosekunde sein Ziel auftauchen würde. Ohne die richtige Schusshaltung fuhr der Rückstoß des ersten Schusses durch seinen ganzen Körper und sandte Schockwellen durch die Luft. Die kinetische Energie zwang den Lauf der Waffe nach oben, aber er packte sie auf halbem Weg und zog sie wieder nach unten.

Sofort lud Dutch nach ... die nächste Patrone erreichte die Kammer und er feuerte erneut. Der Schuss traf den zweiten von sechs Wildhunden. Die ersten beiden Patronen waren Number-One-Buckshots gewesen, die ihre Ziele mit einem Hagel aus feinen Schrotkügelchen ausschalteten. Das reichte für die ersten heranstürmenden Bestien, aber den Rest der angreifenden Meute interessierte das scheinbar nur wenig.

Er hatte insgeheim mit einem ganzen Rudel gerechnet und die Waffe deshalb mit einer dreifachen Kombination geladen. Die nächsten Patronen waren zwei Double-Ought-Buckshots, die deutlich gröbere Schrotmunition in den dritten und vierten

Hund pumpten. Die übrigen Hunde griffen weiter an, wobei einer sogar sich in den Bauch der Stute zu verbeißen versuchte. Der Wagen schwankte bedrohlich, als das Pferd panisch auswich. Dutch zog den Ladehebel erneut durch, rief der Stute ein »Ruhig, Brauner« zu, bevor er den vorletzten Schuss seiner Schrotflinte abfeuerte. Das Bleigeschoss, das bei der Jagd eigentlich als Gnadenschuss gedacht war, stoppte den angreifenden Hund mitten im Sprung. Mit klingelnden Ohren lud er rasch ein letztes Mal nach, als der sechste Hund genau auf ihn zu rannte. Das Tier war nicht mehr als drei Fuß von ihm entfernt, als er direkt auf den Schädel der zotteligen Bestie zielte und feuerte. Mit aller Kraft sprang der Hund von seinen Hinterläufen ab, das Maul weit aufgerissen, den Blick auf Dutchs Brust gerichtet.

Es waren Augenblicke, in denen alles ineinanderfloss: Der durchdringende Schrei, der vom Truck hinter ihm erklang, seine Pistole, die er aus dem Holster riss und sein Messer, das er aus der Scheide zog. Dutch war bereit für das, was auch immer als Nächstes auf ihn zukommen würde.

Er drehte sich um und sah, wie das Mädchen den Kopf aus dem Fenster an der Fahrerseite streckte und laut schrie. Die Hunde Elsa und Frank bellten wild im Führerhaus, als ginge es um ihr Leben. Er steckte das Messer wieder in die Scheide zurück und hob eine Hand hoch, die er anschließend zur Faust ballte, sodass die Hunde es sehen konnten. Das Bellen ebbte zwar ab, aber das Mädchen schrie immer noch ohne Unterlass.

»Hey, hör auf damit! Willst du etwa, dass noch mehr kommen?«, schrie er sie frustriert an. Dann fügte er hinzu: »Mir geht hier nämlich gerade die Munition aus, verdammt noch mal.« Er schüttelte den Kopf und murmelte: »Ausgerechnet fucking *jetzt* entschließt sie sich, mit dem Reden anzufangen?«

»Ich wusste nicht … ich wusste nicht, was ich tun sollte«, stotterte sie panisch.

Dutch verdrehte die Augen, aber er glaubte ihr, dass sie kurz davorstand, aus Angst ihren Verstand zu verlieren. Sie waren zu lange unterwegs gewesen, und er hätte es in ihrer Lage wahrscheinlich auch mit der Angst zu tun bekommen, wenn er die ganze gruselige Szene hätte mit ansehen müssen. Er holte deshalb tief Luft und schob das tote Gewicht des Wildhundes, der teilweise auf dem Wagen gelandet war, hinunter. Als er herunterkletterte, musste er über den Haufen der Möchtegern-Killer steigen. Wenigstens waren sie Bestien und keine Menschen, aber die Gefahr und die Lehre daraus waren in jedem Fall die gleiche: sei immer auf der Hut oder stirb.

»Ist ja schon gut. Es war richtig von dir, die Hunde in der Fahrerkabine zu lassen und sich zu schützen.« Als er zu der jungen Dame hinaufsah, erinnerte er sich wieder daran, warum er sie in gewisser Weise schätzte. Denn trotz ihrer Todesangst hatte sie getan, was er ihr gesagt hatte. *Egal was passiert, bleib in der verdammten Kabine und lass mich die Dinge erledigen. Du würdest mir nur in die Quere kommen und uns beide umbringen, wenn du etwas Verrücktes machst.*

Vielleicht hatte sie in letzter Zeit einfach zu viel gesehen. Vielleicht lernte sie aber auch schnell und passte sich wie alle anderen an diese neue Lebensweise an. Was auch immer es war, ihr Verhalten war ein Zeichen dafür, dass sie langsam anfing, ihm zu vertrauen. Er hatte im Krieg viele Männer gekannt, die weniger Neigung gehabt hatten, ihren Kopf zu behalten und das zu tun, was ihnen gesagt wurde. Hätte sie Elsa und Frank herausgelassen, hätte er garantiert mindestens einen der beiden verloren, und wenn sie selbst die Fahrerkabine verlassen hätte, wären die Hunde bestimmt sofort auf sie zugeschossen und sein Vorteil wäre dahin gewesen.

Dutch sah sich ein weiteres Mal in der Dunkelheit um und entschied, dass es an der Zeit war, ein Lager aufzuschlagen. Am Morgen wäre immer noch genug Zeit, die Gegend zu erkunden, und falls jemand die Schüsse gehört hatte, würde er Dutch und das Mädchen bald finden, und genau das war ja sein Plan. Er nahm an, dass die Absender der Funksprüche ehemalige Militärs waren, und diese würden auf jeden Fall die Quelle eines Gewehrfeuers auskundschaften, wenn sie es gehört hatten. Wenn er mit seinem Bauchgefühl wirklich richtig lag, wäre es am besten, sofort deutlich zu machen, dass er keinerlei Gefahr für sie darstellte. Die Nacht über im Freien zu campen und am nächsten Morgen die Umgebung zu erkunden war einfach die beste Option.

»Lass uns hier übernachten«, sagte Dutch deshalb. Er öffnete die Beifahrertür und signalisierte den Hunden, dass sie nach draußen kommen sollen. Beide liefen auf dem kürzesten Weg zu den Angreifern, um sie zu beschnüffeln. Dutch streckte seine Hand aus, um der jungen Frau beim Herunterklettern zu helfen, aber sie lehnte sein Angebot ab und er drehte sich frustriert um. Doch dann überlegte er es sich anders und beschloss, den Stier bei den Hörnern zu packen. »Ich versuche hier nicht, dich zu verführen oder sonst irgendetwas mit dir anzustellen, weißt du? Das verstehst du doch, oder? Ich bin immerhin alt genug, um dein Vater sein zu können.«

»Ich weiß«, antwortete sie, erschrocken über seine abrupte Offenheit. »Ich glaube auch nicht, dass du mir etwas Böses tun willst, aber ich will auf keinen Fall, dass du denkst, ich wäre schwach. Ich kann die Dinge schon für mich selbst regeln.«

»Das verstehe ich ja, aber du könntest mir wenigstens genug vertrauen, um mir deinen Namen zu verraten. Dich immerzu *Miss* oder *Lady* zu nennen ist doch ein bisschen altmodisch, und ich muss in der Lage sein, sofort deine Aufmerksamkeit erlangen zu können, wenn es ein Problem gibt. Wenigstens so weit könntest du mir vertrauen.«

Sie nickte stumm und sah zu der Stätte des Gemetzels hinüber, wo die beiden belgischen Schäferhunde gerade neugierig die Bestien beschnupperten. Wenn sie ehrlich zu sich selbst war, hatte sie die meiste Zeit über furchtbarer Angst und zuzusehen, wie die wilden Hunde Dutch angriffen, hatte sie erneut daran erinnert, wie unmöglich es war, in dieser Welt allein überleben zu können. Dazu brauchte es deutlich mehr Kraft, als sie in sich trug.

Sie wollte nicht von jemandem abhängig sein, aber ihr wurde immer mehr bewusst, dass sie Dutch brauchte. Den Angriff zu sehen und den Kampf auf Leben und Tod zu hören, hatte ihr ein weiteres Mal klargemacht, wie schnell sie wieder ganz auf sich allein gestellt sein könnte. Es brachte automatisch die Gewalt der Bestie in Menschengestalt zurück, der sie nur mit Müh und Not hatte entkommen können, kurz bevor Dutch sie an dieser schicksalhaften Nacht vor vier Tagen gefunden hatte. Sie wollte nicht, dass so etwas jemals wieder passierte. Sie hatte den Mann zwar letzten Endes getötet, aber um Haaresbreite wäre sie es gewesen, die beinahe ihr Leben verloren hätte.

Ihr Glück war es gewesen, dass sie seine Waffe hatte an sich reißen, ihn erschießen und fortrennen können. Sein Blut war über und über auf ihrem Körper gewesen. Nie wieder würde sie einem Mann Vertrauen schenken können. Ihr war durchaus bewusst, dass Dutch ein so guter Kerl war, wie es in dieser Welt überhaupt möglich war, aber sie würde dennoch nie wieder einem Mann ihren wahren Namen nennen. Irgendein Name würde vorerst ausreichen müssen. Ein starker Name … nicht so ein Sissy-Mädchenname.

»Liza«, sagte sie deshalb zu ihm.

Ihre grünen Augen starrten ihn finster an, daher wusste er sofort, woran er war. »Du lügst, aber das reicht fürs Erste trotzdem. Lass uns jetzt erst mal ein Lager aufschlagen«, sagte er und ließ sie schockiert stehen, während er nach den Pferden sah.

SCHÜSSE IN DER FERNE

An diesem Abend überprüfte Rick noch einmal die Aufzeichnungen der Überwachungskameras und rief Macy in Grahams Camp an. »Wir haben leise Schüsse gehört. Was ist los, Mädchen? Habt ihr Besuch bekommen von ein paar Zotteln mit Reißzähnen? Over.«

»Das waren nicht wir, Rick. Over«, antwortete Macy mit einem Anflug von Angst in ihrer Stimme.

Dalton stand neben Rick und hörte das Gespräch mit an, während er sein Holster um die Hüfte schnallte. Rick beobachtete Dalton dabei, wie dieser sein Magazin überprüfte und sicherstellte, dass seine Waffe auch wirklich geladen war, bevor er sie in das Holster steckte.

»Die Schüsse waren ziemlich weit weg, Dalton. Glaubst du wirklich, dass du jetzt da rausgehen musst?«

»Sie waren nah genug. Wir müssen auf jeden Fall überprüfen, was da los ist. Ich nehme Steven mit. Sag Graham aber Bescheid, dass er sich für den Notfall bereithalten soll.«

Rick drückte den Knopf am Mikrofon. »Graham soll sich bereithalten. Over.«

»Zu spät, unser Team ist bereits unterwegs. Over«, erwiderte Macy.

»Ihr solltet euch vorher mit uns abstimmen, bevor ihr irgendetwas unternehmt. Over«, rief Rick wütend.

»Sagt wer? Du bist hier nicht der Boss. Außerdem wollte ich dich gerade kontaktieren, du hast mich nur knapp schneller angepiept. Over.«

Rick schüttelte den Kopf. »Es heißt nicht *anpiepen*, Macy, es heißt *anfunken*. Over.«

»Oh, bitte vergib mir, dass ich das Funkprotokoll nicht hundertprozentig eingehalten habe«, sagte Macy sarkastisch.

»Wenn ich dich erwische, Mädchen …«

»Dazu müsstest du mich erst einmal fangen, außerdem hast du gerade das *over* vergessen. Over.«

»Out!«, schrie Rick.

»Diese verdammte Göre!«, fluchte er und sah zu Dalton hinüber, der nur kicherte.

»Sie hat dich gerade echt vorgeführt, Rick. Da hast du ja anscheinend endlich deine Meisterin getroffen. Gewöhn dich besser schon mal dran.« Dalton schloss den Reißverschluss seiner Jacke, zog seine Strickmütze im Camouflage-Look über den Kopf und prüfte dann das Funkgerät, das Rick ihm gegeben hatte.

»Drück einfach nur dreimal den Sprechknopf für *Alles in Ordnung*.«

»Verstanden.«

Gerade als Dalton sich zur Tür umdrehte, kam Steven in voller Ausrüstung zu ihnen. »Bereit?«, fragte Steven.

Die beiden Männer eilten nun aus dem Lager in die Dunkelheit hinaus, um die Schüsse in ihrer Nähe auszukundschaften. Diese kleinen Missionen bereiteten Rick immer am meisten Sorgen, denn bei all den gefährlichen Aufgaben, die sie in der Vergangenheit schon hatten bewältigen müssen, waren es gerade die kleinen, unerwarteten Ereignisse, die deinem Kumpel schneller als du schauen konntest, das Licht ausblasen konnten. Aufträge wie dieser – unerwartet und schnell – machten

Frauen zu Witwen und Kinder zu Waisen. Sie kannten die allgegenwärtige Gefahr mehr als jeder andere, aber die Realität war nun einmal, dass man das Risiko niemals ganz ausschalten konnte. Rick machte sich bewusst, dass Dalton bereits Witwer war und seine Jungen deshalb ohne Mutter aufwachsen musssten. Steven blieb einfach Steven in Ricks Kopf … er war eher wie ein Bruder oder Onkel der Familie. Steven war ein fester Bestandteil seiner Gruppe, und Rick konnte sich ein Leben ohne ihn einfach nicht vorstellen.

Rick überprüfte ein weiteres Mal die Monitore und scannte die lokalen Frequenzbänder nach Funksignalen. Es dauerte nicht lange, bis Daltons Signal dreimal hintereinander hereinkam, indem er die PUSH-TO-TALK, also die PPT-Taste seines Funkgeräts drückte, um Rick wissen zu lassen, dass alles in Ordnung war. Rick hoffte, dass sich das Signal alle paar Minuten wiederholen würde, bis sie wieder zurückkehrten. Auf diese Weise konnte Dalton Informationen an Rick senden, ohne laut sprechen zu müssen und damit ihre Position zu verraten.

Rick lehnte sich in seinem Stuhl zurück und lauschte dem rhythmischen statischen Knistern, das aus dem Empfänger kam, während der automatische Scan weiterlief. Er trommelte nervös mit den Fingern auf seinem Kopf herum und dachte darüber nach, wie weit sie schon gekommen waren und welche Gefahren sie in Zukunft wohl noch erwarten würden.

Bisher hatte er sich als Mentor um Macy gekümmert, damit sie etwas über Technik im Allgemeinen lernte. Sie war durchaus interessiert und begabt, obwohl sie ab und zu etwas spitzzüngig war. Der Verlust von Ennis war momentan vermutlich das Schwierigste für sie, aber irgendwann würde sie über seinen Tod hinwegkommen. Sie war ein Mädchen, das sowohl eine gewisse Härte als auch ein gutes Herz besaß, und er konnte erkennen, dass sie alles daransetzte, sich dies zu bewahren. Schmerzen zu erleiden, weil man sich zu sehr um andere kümmerte und sorgte, war etwas, was sie gerade zu kontrollieren versuchte. Zuerst war er, auf eine väterliche Art und Weise, ein wenig besorgt gewesen, dass McCann versuchen könnte, zu früh eine Beziehung mit dem Mädchen einzugehen. Aber nachdem Ennis gestorben war, hatte sie ihn einfach kurzerhand abgewiesen. Er wusste, dass der junge Mann sie mochte, aber er würde Geduld haben müssen, bis Macy wieder zu irgendeiner Art von Beziehung bereit war. Sie war überhaupt nicht wie ihre Schwester, Marcy. Obwohl die beiden Zwillinge waren, hätten ihre Persönlichkeiten nicht unterschiedlicher sein können.

In ihrer überschaubaren postpandemischen Gesellschaft schien die Frage, ob man die Jüngeren zu Paaren zusammenbringen sollte, den älteren Erwachsenen in letzter Zeit immer öfter durch den Kopf zu gehen. Seine Frau zum Beispiel überlegte offen, wer wohl der beste Partner für ihre Tochter Bethany wäre. Diese war noch viel zu jung – sie war noch mindestens neun Jahre davon entfernt, ernsthaft an Jungs interessiert zu sein. In der alten Welt hätte Rick in einer Million Jahren nicht darüber nachgedacht, wer einmal seine Tochter heiraten würde. Die Jungs hätten garantiert Schlange bei ihr gestanden, aber jetzt, in diesem neuen Leben, bei diesem extremen Mangel an jungen Männern, war es irgendwie zu einer Art Zeitvertreib geworden, sich zu überlegen, wer wohl zu wem am besten passte. *Doch k*einer von ihnen ist gut genug für Bethany. Ricks Gedanken wurden abrupt unterbrochen, als der Scanner plötzlich eine Station auffing, die schwache, aber regelmäßige Signale sendete.

»Was zum Teufel ist das?« Er sprang von seinem Stuhl auf und drehte hastig am Potentiometer, um das Signal besser hereinbekommen zu können. Gleichzeitig griff er nach Stift und Block, um das zu notieren, was er sofort als Morsezeichen identifiziert hatte. Seine Hände fingen an zu zittern und ein ansteigendes Gefühl des Schreckens erfüllte ihn, je mehr er von der Nachricht verstand.

.. .... / .. .. /. ... /. .. .. / ... ... / .... /. / .. .. / .... /. ...... /. ... . / ... / .. .. / .. .. /. .. .. / ... ... / .. .. / .. ..

CLG RICK EMRG KILL SIG HEADHUNTERS AT UR 6 151 KLICKS DE DUTCH II KILL SIG CUL 88 88

»Was zur Hölle …«, stieß Rick hervor, nachdem er das Signal mühsam entschlüsselt hatte. Als sich die Botschaft wiederholte, griff er nach dem lokalen Funkgerät. Er drückte den Sprechknopf nur einmal, ohne etwas zu sagen, denn er durfte nicht riskieren, die Position des Teams zu verraten. Doch wenn dieser Weg nicht funktionierte, hatte er keine andere Wahl. Sie gingen vielleicht gerade ihrem eigenen Tod entgegen. Die Bedeutung der Nachricht wühlte die Gedanken in seinem Kopf komplett auf.

Headhunter, die Jagd auf Menschen machen … hier? Verdammt noch mal!

Er drückte erneut die PTT-Taste. »Dalton, stopp! Mission abbrechen. Ich wiederhole, Mission abbrechen. Sofortige Rückkehr zur Basis. Hast du verstanden? Over.«

»Verstanden, Rick. Kehren zur Basis zurück. Out.« Dalton hatte zwar mit ein wenig Verwirrung in seiner Stimme geantwortet, tat aber zum Glück sofort das Richtige.

Rick war kurz davor, das Funkgerät wieder auszuschalten, als ihm auf einmal Graham einfiel, der möglicherweise geradewegs in eine Falle lief. »Scheiße«, sagte er und funkte Macy an.

»Twin Two, bitte kommen. Over.«

Er wusste, dass sie die Dringlichkeit in seiner Stimme hören konnte, aber dies war nun mal ein Notfall. Wer konnte schon wissen, wo Graham und sein Team gerade waren. Kurz darauf antwortete Macy mit: »Twin Two hier, over.«

»Du musst Graham sofort Bescheid sagen, dass er zur Basis zurückkehren muss, Macy. Danach musst du das Funkgerät komplett ausschalten. Niemand darf es benutzen, nicht einmal die Walkie-Talkies. Over.«

»Warum, was ist los? Over.«

»Tu es einfach, Mace. Es ist wirklich dringend. Keine Fragen jetzt. Out.«

Sobald er das Gespräch beendet hatte, griff er nach dem Stromschalter für den Sender, der die automatische Nachricht *Willkommen Überlebende sendete und schaltete ihn hastig ab. Er hatte den Sender so konfiguriert, dass die Nachricht jede Stunde, Tag für Tag, einmal wiederholt wurde. Jetzt wurde ihm schlecht bei dem Gedanken daran, dass er dafür verantwortlich sein könnte, dass die Angreifer sie fanden. Als Nächstes überprüfte er die große Landkarte an der Wand, um herauszufinden, was sich 151 Klicks südlich von ihrer Position befand.*

»Seattle«, stieß er überrascht hervor und zog mit seinem Finger eine Linie über die Karte. Er wartete kurz, bis die Morsezeichen-Warnung von vorn begann. Die melodischen Töne versetzten Rick in eine Art besorgte Trance, bis er Daltons und Stevens schwere Schritte in der Tür hörte.

»Was zum Teufel ist los, Rick? Was ist passiert?«, fragte Dalton.

»Hör selbst.«

»Ja und?«, fragte Steven verwirrt.

»Das sind Morsezeichen. Es ist eine Warnung für uns. Sie kommt von einem Sender ganz in der Nähe«, erklärte Rick.

»Eine Warnung? Wovor?«, fragte Dalton.

Rick ging noch einmal seine Notizen durch und übersetzte die militärischen Begriffe dabei in allgemein verständliche Worte. »Ich rufe Rick. Notfall. Signal abschalten. Headhunter, südlich von eurem Standort, 152 Klicks. Hier ist Dutch. Ich wiederhole. Signal abschalten. Bis später. Sende Liebe und Küsse.«

Absolute Stille füllte jetzt den Raum, als Dalton und Steven die Neuigkeiten verdauten.

»Wo …?«, begann Steven zu fragen.

»Seattle.«

»Und die Schüsse von vorhin?«

»Keine Ahnung.«

»Hast du Graham schon Bescheid gesagt?«, fragte Dalton.

»Ja. Er sollte inzwischen auch zurück sein, hoffe ich.«

Daltons besorgter Gesichtsausdruck wandelte sich erst zu Verwirrung, kurz darauf wurde daraus aber ein bedrohliches Mienenspiel.

Steven räusperte sich nervös, und Rick wusste, dass auch er die Wellen des Zorns spüren konnte, die gerade von Dalton ausgingen. »Glaubst du, es ist eine Falle?«

Nach einer unangenehm langen Pause antwortete Dalton: »Das sollte es verdammt noch mal besser sein. Die Schüsse vorhin könnten von diesem Dutch abgegeben worden sein, um uns wissen zu lassen, dass er in der Gegend ist. Allerdings habe ich noch nie zuvor erlebt, dass jemand einfach nur als Warnung um sich schießt.«

»Er kennt Morsezeichen. Das heißt, dass er wahrscheinlich auch beim Militär war«, sagte Rick.

»Was mir eine Scheißangst macht, ist, wovor uns dieser Typ da warnt. *Headhunter.* Wenn das stimmt, kann das nur eines bedeuten«, sagte Steven und erinnerte sich daran, wo er diesen Begriff zuletzt gehört hatte. Im Irak hatten sie die extremen

Dschihadisten so wegen ihrer bevorzugten Tötungsmethode genannt. Nachdem Al-Qaida im Schatten der islamischen Nation untergebuttert worden war, hatten sie diese schließlich alle nur noch *Headhunter* genannt. Der beim Militär übliche Begriff bedeutete, dass diese Männer nichts weiter waren als unverbesserliche Wahnsinnige.

»Fuck, diese Terroristen haben also tatsächlich unser Land überfallen«, brachte Dalton den Gedanken zu Ende und explodierte dann so richtig. »Wie zum Teufel kann es sein, dass sie überhaupt noch am Leben sind?«

Rick zuckte erschrocken zusammen und sah im selben Augenblick, dass er mit seiner Reaktion nicht allein war, Steven machte ebenfalls einen Satz rückwärts. Dalton zu verärgern, bedeutete, die schlechte Seite eines zornigen Gottes heraufzubeschwören, und dies zu erleben, wünschte sich niemand.

Dalton stand jetzt aufrecht da, hatte die Hände in die Hüften gestemmt und atmete so schwer, als würde er jeden Moment explodieren.

»Hast du das verdammte Funksignal ausgeschaltet?«, brüllte Dalton Rick an.

»Natürlich, sofort, nachdem ich kapiert hatte, was da los ist«, bestätigte Rick, holte tief Luft und hoffte, dass sich sein heftig schlagendes Herz wieder beruhigte. »Also denkst du, dass dieser Typ recht hat und diese terroristischen Arschlöcher sich südlich von uns in Seattle befinden? Das bedeutet, dass sie unter den schleimbedeckten Felsen hervorgekrochen sind, unter denen sie sich die ganze Zeit versteckt haben.«

»Rick, du Idiot! Es bedeutet, dass das Virus *waffenfähig gemacht wurde* … und zwar von *ihnen*«, brüllte Dalton. Er trat zurück und versuchte seine Wut im Zaum zu halten, indem er die Hände hinter dem Kopf verschränkte und an die Zeltdecke starrte. »Wir waren so unglaublich naiv. Das bedeutet außerdem, dass sie die ganze Zeit über einen Impfstoff hatten! Sie haben Völkermord im ganz großen Stil begangen … so vernichtend wie niemals zuvor in der Geschichte, und jetzt sind sie hier, um den Job zu Ende zu bringen.«

»Und was zum Teufel sollen wir dagegen machen?«, fragte Steven.

»Wir warten erst einmal ab. Wir halten ab sofort Funkstille und machen nichts, bis wir etwas von diesem Dutch hören«, antwortete Dalton.

Rick nickte, doch dann fiel ihm etwas ein. »Die Nachricht kam auf dem Hochfrequenzband. Er muss also ganz in der Nähe, innerhalb eines Radius von fünfzehn Meilen sein. Als er meine Funkbotschaft gehört hat, muss er noch weiter entfernt gewesen sein. Das bedeutet, dass er hierhergekommen ist, um die Warnung abzusetzen. Er hat sich so nah an uns heranbegeben, wie er konnte, um zu vermeiden, dass sie seine Nachricht mithören, sollten sie den Funkverkehr überwachen. Das ist zumindest das Einzige, was für mich Sinn ergibt. Ich habe die Vertikalantenne benutzt, um ebenfalls eine Nachricht in Morsezeichen mit Niedrigenergie, über das Achtzig-Meter-Band, zu senden und dann auf Wiederholung gestellt. Das lässt sich nicht so leicht nachverfolgen.«

»Woher kennt er denn überhaupt unseren Standort?«, fragte Dalton.

Rick sah daraufhin etwas dümmlich-verlegen drein. »Weil unser Funk-Leuchtfeuer auch unsere Koordinaten enthalten hat und ich als Absender Rick angegeben habe«, antwortete er.

»Okay, check noch einmal, ob du wirklich alles ausgeschaltet hast. Ich vermute mal, dieser Typ ist auch derjenige, der die Schüsse abgegeben hat, und ich denke, dass wir bald von ihm hören werden. Wir versetzen unsere Wachen also besser in höchste Alarmstufe. Er könnte ja auch genauso ein Scout für die Headhunter sein. Wir dürfen ihm nicht vertrauen, bis wir mehr von ihm wissen.«

»Wie sollen wir denn Graham warnen, wenn wir das Funkgerät nicht benutzen können?«, fragte Steven.

Dalton sah auf seine Armbanduhr. »Es ist schon spät, und sie wissen immerhin, dass sie nicht über Funk kommunizieren dürfen. Ich denke, für heute Nacht sind wir erst einmal in Sicherheit. Morgen früh statte ich ihnen sofort einen Besuch ab.«

»Sollen wir den anderen im Lager davon erzählen?«, fragte Steven.

»Nein, noch nicht. Das Ganze könnte auch eine Falle sein. Ich habe zwar das Gefühl, dass es nicht so ist, aber wir sollten lieber auf Nummer sichergehen. Vielleicht müssen wir morgen ein Scout-Team losschicken, um herauszubekommen, ob dieser Typ tatsächlich die Wahrheit sagt. Wir werden auch mit Graham sprechen und versuchen, Kontakt mit dem Kerl aufzunehmen. Du behältst aber weiter die Monitore im Blick. Ich löse dich um zwei Uhr ab.«

Rick nickte, um zu bestätigen, dass er den Befehl verstanden hatte, und winkte seinen beiden Kameraden hinterher, als sie das Zelt verließen. Dann widmete er sich wieder seiner Technik. Er begann alles noch einmal zu überprüfen, und machte sich dann an die Arbeit, um sicherzustellen, dass keinerlei Signalüberbleibsel mehr über den Äther gingen. Die Überwachungskameras ließ er eingeschaltet und machte sich sogar Notizen, wie sich die Bilder an den Stellen verbessern ließen, in denen nachts nur dunkle Schatten zu sehen waren.

RAUS MIT DER WAHRHEIT

Graham blieb regungslos auf dem Pferd sitzen, das McCann eines Tages in der Stadt aufgegriffen und dann speziell für ihn trainiert hatte. Das Reittier war seitdem zu seinen standfesten Beinen geworden, mit denen er sich trotz seiner Verletzung, von der ein dauerhaftes Hinken zurückgeblieben war, gut über Land fortbewegen konnte. McCanns ursprünglicher Name für das Biest war *Rocket* gewesen, aber Graham hatte ihn bald darauf in *Mosey* geändert, was eher der Geschwindigkeit entsprach, in der er selbst dahinschlenderte. Gerade an diesem Abend erwies sich das Pferd als besonders nützlich, da er und die Jungs – Mark und McCann – in einiger Entfernung ein einsames Lagerfeuer im Wald durch die Bäume hatten scheinen sehen.

»Was hast du vor?«, flüsterte McCann.

Graham sah sich aufmerksam um und suchte die Dunkelheit um sie herum ab.

»Ich denke, wir sollten das Feuer zumindest aus sicherer Entfernung auskundschaften, um herausfinden, wie viele sich dort wärmen.«

McCann stimmte ihm zu, und auch Mark wendete sein Pferd in die entsprechende Richtung.

»Warte, Mark. Du solltest hierbleiben und uns den Rücken freihalten.«

Marks Schultern sanken daraufhin mindestens einen Inch nach unten, aber er gehorchte dennoch Grahams Befehl. McCann nahm seine Enttäuschung jedoch deutlich wahr.

»Wir sind gleich wieder zurück. Mach den Ruf der Eule, wenn du jemanden siehst, okay?«

Graham war beeindruckt, wie diplomatisch McCann vorging. Er wusste, dass Mark wahrscheinlich eifersüchtig war, weil McCann der neue zweite Mann hinter Graham war, zumal er nur wenig älter war als Mark. Was Graham überraschte, war, dass McCann auch die Fähigkeit hatte zu erkennen, wie seine Rolle die Dynamik in der Gruppe beeinflusste und Konflikte verursachen konnte, die sie möglichst alle vermeiden mussten.

Stattdessen behandelte McCann Mark als Gleichberechtigten und besprach Entscheidungen oft mit ihm, um ihm zu signalisieren, dass er keine Bedrohung darstellte. Außerdem hielt er sich bewusst von Macy fern. Ihre leicht aufbrausende Art schreckte ihn offenbar ohnehin ein wenig ab.

Aber alle außer Macy wussten, dass sie das richtige Mädchen für ihn war. McCann würde einfach darauf warten, bis sie erwachsen war. Sie war erst sechzehn und er war zwanzig, das war kein großer Altersabstand nach dem Ende der Welt. Graham hatte ihn nur einmal auf ihr Alter hingewiesen, aber das wäre gar nicht nötig gewesen, denn McCann war ihre Ehre wichtig und Graham wusste genau, dass er ihm vertrauen konnte.

Graham hatte mitbekommen, dass Macy es sogar ablehnte, neben McCann am Küchentisch zu sitzen. Er behielt die Situation von Weitem im Auge. So sehr, wie er Mark lieben gelernt hatte, mochte er auch McCann und er wollte, dass er bei ihnen im Lager blieb. Wenn McCann und Macy irgendwann einen Weg zueinanderfanden, wäre das also mehr als in Ordnung für ihn. Jeder wollte sie nun mal beschützen. Aber sie war ein toughes Mädchen mit einem Herzen aus Gold, und Graham war dankbar, dass McCann das ebenfalls sah und bereit war, zu warten.

Während Graham und McCann durch das dunkle Kieferndickicht schlichen, wurde der Schein des fernen Feuers immer heller. Graham hob seine Hand, an der er einen Lederhandschuh trug, und signalisierte: *Stopp*.

Wenn sie sich noch weiter näherten, stieg die Wahrscheinlichkeit, dass der Fremde sie bemerken würde, der sich gerade mit einem Ast über das Feuer beugte und die Holzstücke zurechtschob. Im Feuerschein war außerdem eine junge Frau zu sehen, die ihm gegenübersaß. Sie sah nicht älter als zwanzig aus und riss gerade große Bissen von einem Stück Beef Jerky ab. McCann hielt unwillkürlich den Atem an, als er sah, wie sie ein Stück Fleisch nach unten fallen ließ. Bis zu diesem Moment hatten sie die beiden Hunde gar nicht bemerkt, weil diese von einer Pelzdecke, die um die Frau gewickelt war, verdeckt wurden.

Der Mann bewegte sich nun, und Graham konnte ein reflektierendes Leuchten auffangen, das von seinem zuvor verdeckten Unterschenkel ausging. Wo sein Bein hätte sein sollen, war eine Prothese, aber dies schien den Mann nicht im Geringsten zu behindern.

Graham machte sich jetzt weitaus mehr Sorgen darum, dass die Hunde ihre Position ausmachen konnten, wenn sie noch länger blieben. Er bedeutete McCann, sich zurückzuziehen. Er warf noch einen letzten Blick auf das Lager der Neuankömmlinge, aber dort schien alles in Ordnung zu sein. Gewehre in Reichweite zu haben, dazu einen beladenen Wagen und einen Army-Truck, war in diesen Tagen relativ normal. Tatsächlich wäre er eher überrascht gewesen, wenn ihre Vorbereitung schlechter gewesen wäre.

Nachdem sie zu Mark zurückgekehrt waren, besprach sich Graham kurz im Flüsterton mit den beiden jungen Männern. »Die sind wahrscheinlich nur auf der Durchreise. Möglicherweise hatte er Probleme mit Wölfen oder Wildhunden, als wir die Schüsse gehört haben. Wir werden morgen früh Daltons Gruppe informieren und mal sehen, was sie dazu sagen. Zumindest wissen wir jetzt, wo sie sind. Morgen können wir ja noch einmal nachsehen, ob sie weitergezogen sind.«

»Sollten wir nicht hier Wache halten?«, fragte McCann.

»Nein. Ich sehe keine Probleme mit diesen beiden, es sei denn wir schrecken sie auf. Ich würde sagen, wir lassen sie sich am besten um ihre eigenen Angelegenheiten kümmern. Sie wissen schließlich nicht, dass wir hier sind, und sie brauchen auch keine Hilfe, so wie es aussieht. Sie sind gut versorgt und das Mädchen scheint aus freien Stücken bei ihm zu sein.«

McCann nickte zustimmend, deshalb gingen sie zurück ins Camp.

***

»Wir dürfen nicht mehr per Funk kommunizieren«, sagte Macy, als Graham und die anderen durch die Tür kamen.

»Warum nicht?«, fragte er und zog seine schlammigen Stiefel und seine Jacke aus.

»Das hat Rick gesagt. Ich weiß auch nicht, warum, aber er klang ziemlich ernst. Niemand soll die Funkgeräte benutzen, nicht einmal die Walkie-Talkies.«

»Okay. Ich bin mir sicher, sie haben ihre Gründe dafür. Wir werden einfach abwarten und dann sehen wir ja, was los ist.«

»Wir haben ein Lager gefunden«, berichtete Mark. »Vielleicht kennen sie ja die Frequenz, auf der wir sonst unterwegs sind und überwachen gerade alles, was wir sagen. Ich wette, das ist der Grund, weshalb Rick will, dass wir uns von jeglichem Funkverkehr fernhalten.«

»Sie scheinen zwar nicht gefährlich zu sein, aber ja, wir sollten wohl besser eine Weile die Füße stillhalten. Wir wissen schließlich nicht, was es mit ihnen auf sich hat«, sagte McCann.

Graham bewegte vorsichtig sein steifes Bein und versuchte die von der Kälte verspannten Muskeln etwas zu strecken. Tala kam jetzt herein, lächelte aber nicht, stattdessen zogen Sorgenfalten tiefe Linien zwischen ihre Augen. Graham umarmte sie und sagte: »Ich bin mir sicher, dass es nichts Ernstes, sondern nur eine reine Vorsichtsmaßnahme ist. Dalton wird bestimmt beim ersten Tageslicht hier sein. Wir haben die Neuankömmlinge aus der Ferne gesehen. Es sind nur ein Mann und eine Frau mit zwei Hunden, dazu noch ein paar Pferde. Sie sehen gut versorgt und ausgerüstet aus. Ich glaube nicht, dass sie eine Bedrohung darstellen.«

»Haben sie dich auch gesehen?«, fragte Tala.

»Nein, ich denke nicht«, erwiderte Graham.

»Gut. Kommt und esst zu Abend«, sagte sie und ging voran.

Der Tisch war gedeckt und sie konnten bereits das Aroma von frisch gebackenem Brot riechen. Dazu gab es etwas, das Graham für Bohnensuppe hielt, und daneben stand ein frischer Salat aus verschiedenem Grünzeug, das der Frühling schon hergab. Sie alle konnten gar nicht genug Gemüse bekommen, nachdem sie den ganzen Winter von Konserven hatten leben müssen.

Als alle am Tisch saßen, fragte McCann: »Wo ist denn Sheriff?«

»Der bewacht die Hühner«, antwortete Bang.

»Äh … bist du sicher, dass das eine gute Idee ist?«, fragte Graham vorsichtig.

»Er scheint sie zu mögen, und er hat bis jetzt auch nicht versucht, sich eines von ihnen als Abendessen zu genehmigen. Es sind für ihn offenbar Haustiere.«

»Okay, lass ihn auf jeden Fall nach dem Abendbrot noch eine Weile nach draußen«, sagte Graham, nachdem mehr als ein unterdrücktes Kichern am Tisch aufkam. Er wollte Bangs Autorität in Sachen Sheriff ja nicht infrage stellen, aber er war sich sicher, dass der Hund sich ziemlich schnell über eines ihrer gefiederten Haustiere hermachen würde, sollte sein Hunger zu groß werden.

»Die Suppe ist absolut großartig, Tala«, sagte Graham, der zu schätzen wusste, wie sie die feuchte Kälte aus seinen Knochen vertrieb.

»Danke nicht mir, sondern McCann und Macy. Er hat heute Morgen mit der Bohnensuppe angefangen, und Macy hat sie heute Abend fertig gekocht«, informierte ihn Tala.

Graham sah McCann am anderen Ende des Tisches beeindruckt an. »Ah, ich verstehe, da sitzt offenbar ein Mann mit vielen Talenten«, meinte er und hob anerkennend seinen Löffel, um dem Koch Tribut zu zollen.

»Das ist leider so ungefähr alles, was ich zum Thema Kochen beitragen kann. Macy hat gesagt, dass sie es nicht in Ordnung findet, wenn die Frauen sich immer allein ums Kochen und Putzen kümmern müssen, und ich stimme ihr zu. Ich koche ab sofort gern einmal pro Woche. Ich denke, wir sollten uns alle damit abwechseln«, sagte McCann, der auf ein Zeichen der Zustimmung von Macys hoffte, aber ihr ernstes Gesicht blieb absolut regungslos, sodass er sich nicht sicher sein konnte, ob sie seine Bemühungen zu schätzen wusste oder nicht.

»Moment mal«, warf Marcy dann aber plötzlich ein. »Mark ist ein schrecklicher Koch. Ich will ihn auf keinen Fall in der Küche haben. Als Tala im Prepper-Lager flach lag, hat er uns Wiener Würstchen mit Erdnussbutter und Ranch Dressing serviert.« Sie erschauderte bei der Erinnerung daran. »Das war *grausam.*«

Alle mussten lachen und McCann fing sofort an, ihn zu verteidigen: »Hey, jetzt mal langsam, zumindest hat er euch nicht verhungern lassen.«

»Er kann auch Spiegelei-Sandwiches machen«, warf Bang ein. »Die sind ziemlich gut.«

Mark hob die Hände. »Ich danke dir, Bang. Ich sage bestimmt nicht nein, wenn ich nicht kochen soll. Das gehört wirklich nicht zu meinen Talenten. Ehrlich gesagt bin ich ein großer Freund von Talas Küche.«

In diesem Punkt waren sich alle einig und aßen daraufhin, wie an den meisten Abenden, still und sprachen nur dann, wenn es wirklich etwas zu sagen gab. Sie alle waren zu sehr mit ihren eigenen Gedanken beschäftigt, die um die verordnete Funkstille und um etwaige Neuankömmlinge kreisten. Als sie fertig waren, halfen alle mit, die Küche aufzuräumen, dann legten sie sich schlafen in der Hoffnung auf eine ruhige Nacht ohne Unterbrechungen, bevor die Herausforderungen des Tages wieder von vorn begannen.

Mit dem neuen Anbau war Graham und Talas separates Schlafzimmer zu ihrem ganz privaten Zufluchtsort geworden, der in guter Entfernung zu den anderen Bewohnern lag. Trotzdem hatte Graham sich beschweren müssen, als er und Tala angefangen hatten, dort zu übernachten, denn Tala hatte die Tür immer einen Spalt offengelassen, um die anderen hören zu können. Letzten Endes war er es dann gewesen, der die Stille bei vollständig geschlossener Tür nicht hatte ertragen können. Mitten in der Nacht war er aufgestanden, um nach den anderen zu sehen. Am Ende hatten sie sich darauf geeinigt, die Tür einen Spalt breit offenzulassen, um die Schlafgeräusche der anderen hören zu können, an die er sich so sehr gewöhnt hatte. Denn das friedliche Pfeifen und Schnarchen bedeutete nichts anderes, als dass es seiner neuen Familie gut ging.

AM LAGERFEUER

Dutch winkte dem Mädchen zu, das sich Liza nannte. Er tat es, um sie zu beruhigen, als sie mit einem gehetzten Blick abwechselnd immer wieder zu ihm und in die Dunkelheit starrte und nach der Schrotflinte unter ihrem Mantel griff. Die Einheimischen hatten sie gefunden. Mit einer ruhigen Handbewegung befahl er den Hunden, ruhig an ihrem Platz sitzen zu bleiben. Trotz ihres starken Instinkts schafften sie es, nicht einmal leise aufzujaulen, als sie hörten, wie sich aus der Ferne Pferde näherten.

Vorsichtig gab er Liza ein großes Stück Beef Jerky. Sie folgte seinem Beispiel und machte alle Bewegungen leicht und locker. Dutchs Blick gab ihr eindringlich zu verstehen, ruhig zu bleiben und nicht überängstlich zu reagieren. Wenn sie jetzt einen Fehler machten, konnte das nichts weniger als ihren Tod bedeuten.

Als er der Meinung war, dass die heimlichen Beobachter genug gesehen hatten, hörte er, wie sie sich durch den Wald zurückzogen. Er war sich nicht sicher, ob sie nicht jemanden zurückgelassen hatten, um sie weiter zu beobachten, aber er glaubte es eigentlich nicht. Was er bisher über Funk von ihnen mitbekommen hatte, sagte ihm, dass diese Menschen in Ordnung waren. Allem Anschein nach waren sie Überlebende, die willens und in der Lage waren, anderen zu helfen. Obwohl er ihr Ansinnen im Grunde bewunderte, war Dutch hier, um ihnen zu sagen, dass sie sofort damit aufhören mussten, wenn sie nicht alle sterben wollten.

Sein Plan war einfach: Sie warnen, das Mädchen an sie übergeben und dann allein nach Norden weiterziehen. Er hatte nicht vor, länger bei dieser Gruppe zu bleiben oder sich gar mit ihnen anzufreunden.

Dutch saß weiter still neben Liza. Die Grillen zirpten jetzt wieder, also nahm er an, dass die Beobachter verschwunden waren. Liza starrte mit glasigen Augen ins Feuer. Dutchs Einschätzung nach hatte sie sich heute ziemlich gut geschlagen, aber er wollte sie auf keinen Fall zu sehr an sich binden. Es genügte, wenn sie ihm genug vertraute, um nicht jedes Mal zusammenzucken, wenn er in ihre Nähe kam.

»Warum machst du nicht Feierabend und legst dich in der Fahrerkabine gemütlich hin? Ich werde unter dem Wagen schlafen.«

Sie nickte nur und eilte durch die kalte Nacht zum Truck hinüber. Um die Schultern trug sie als Schutz vor der Kälte dieser Frühlingsnacht ein Stück Fell. Während er die heiße Glut des Feuers schürte, hörte er das leise Klicken der Kabinentür, als Liza sie vorsichtig von innen zuschloss.

Die Nacht war sternenklar und gekrönt von einem Halbmond. Die von äußeren und inneren Kriegen geplagte Nation, die sie einst gewesen waren, beschäftigte jetzt Dutchs Gedanken. All die Kriege, die religiösen Konflikte und letzten Endes auch der einfache Wunsch nach Gleichheit hatten den Menschen an den Punkt des Weges zurückgebracht, an dem er begonnen hatte – und genau wie seine Ahnen, starrte der Mensch nun wieder mit einem Stock in der Hand in das Feuer vor sich und zu den Sternen über ihm. Der Mensch war nichts anderes als ein Tier mit der Fähigkeit, ein Feuer zu entfachen, und das machte ihn für alle anderen Kreaturen gefährlich, vor allem aber für seine Mitmenschen.

Dutch sah keine Möglichkeit, diejenigen, die gerade aus dem Süden kamen und Köpfe von den Schultern rollen lassen wollten, aufhalten zu können. Sich ihrem Glauben nicht anzuschließen brachte automatisch den Tod. Bei Gott, sie hatten bereits den größten Teil der Menschheit getötet, und die wenigen, die noch gegen sie kämpfen konnten, schienen schon jetzt verloren zu haben. Vielleicht konnte er ja einen abgelegenen Platz zum Leben finden, an dem er seine restlichen Tage verbringen konnte, während der Planet erneut den Wilden mit Stöcken gehören würde.

EINE GESCHICHTE DES FEUERS

Graham erwachte in der Morgendämmerung von Talas Stimme im Raum nebenan. Sie erzählte gerade eine Geschichte, das konnte er an der Klangfarbe und Modulation ihrer Stimme erkennen. Das Schlafzimmer war dunkler als sonst, und als er die Augen öffnete, drang nur ein weiches, graues Licht durch das Fenster.

Er fuhr sich mit der Hand über das Gesicht und warf dann die Decke zurück. In Boxershorts und T-Shirt setzte er sich hin und griff nach seiner Jeans. Es war ein neuer Tag, und er vermutete, dass dieser nach den Ereignissen von gestern mit einer unerwarteten Wendung aufwarten würde.

Er schlenderte in die Küche, fuhr mit der Hand über Bangs Kopf und lächelte Tala an, die am Tisch saß und Geschichten von den amerikanischen Ureinwohnern erzählte, mit denen sie aufgewachsen war. Er holte sich einen Kaffee und setzte sich zu ihr an den Tisch.

»Du kennst die Geschichte über den Bären und das Feuer doch, oder?«, fragte Tala.

Bang schüttelte den Kopf.

»Vor langer Zeit besaß der Bär das Feuer, und das Feuer hielt den Bären das ganze Jahr über warm und erhellte seinen Weg in der Nacht. Doch eines Tages setzte der Bär das Feuer auf die Erde, denn er war an einem großen Wald angelangt, in dem große Mengen Eicheln auf dem Boden verstreut lagen. Der Bär wanderte weiter in den Wald hinein und so immer weiter weg vom Feuer, da er immer mehr Eicheln fand. Das ging so lange weiter, bis das Feuer schließlich fast erloschen war.

Dann kam ein Mensch des Weges, und die kleine Flamme, mehr war von dem Feuer nicht übrig geblieben, bat den Menschen, sie zu füttern, denn sie war beinahe erloschen. Der Mensch gab dem Feuer einen Stock, den er nördlich von ihm platzierte. Das Feuer verzehrte das Holz und wurde heller. Dann legte der Mensch einen weiteren Stock in westlicher Richtung an das Feuer und es wurde daraufhin noch größer. Der Mensch nahm noch einen weiteren Stock, legte diesen südlich ans Feuer und schließlich einen letzten Stock, den er an der östlichen Seite platzierte. Dies ließ das Feuer unfassbar stark werden, und die orangefarbenen Flammen brannten, flackerten und knackten vor Freude. Inzwischen loderte das Feuer mächtig und war sehr erfreut, den Menschen als Freund gewonnen zu haben.

Dann, eines Tages, kam der Bär zurück zum Waldesrand, und als das Feuer den Bären sah, wurde es sehr wütend und brannte weiß und heiß. Es erinnerte sich daran, dass der Bär kein guter Freund gewesen war, also trieb es den Bären zurück in den dunklen Wald, wo er seitdem die kalte Jahreszeit über einen Winterschlaf halten muss, um warm zu bleiben, und jetzt besitzt der Mensch das Feuer.«

Graham nickte und nippte an seinem Kaffee. Er hatte das Gefühl, dass diese Sage vielleicht ein wenig zu intensiv als Start in den Tag war, denn Bang sah schockiert und aufgewühlt aus.

»Was ist denn los, mein Junge?«, fragte Graham ihn sanft.

»Heißt das, dass der Bär den Menschen nun hasst, weil er ihm einst das Feuer weggenommen hat?«

Tala sah Graham an, als wolle sie sagen: *Er gehört jetzt ganz dir.* Ohne ein weiteres Wort ging sie ins Badezimmer.

»Nein, Bang«, erwiderte Graham. »Es bedeutet nur, dass der Bär ein mieser Freund war und das Feuer rachsüchtig.«

»Und was ist mit dem Menschen?«, fragte Bang.

»Es war nicht seine Schuld, dass es so gekommen ist. Er kam einfach nur vorbei und hat dem Feuer geholfen.«

»Ja, aber jetzt ist der Bär sauer auf den Menschen.«

»Sollten wir jemandem in Not nicht immer helfen, ganz egal, ob ein anderer dann vielleicht sauer auf uns sein könnte?«

Jetzt kam Graham plötzlich eine Idee, wie er Bang helfen konnte, das Ganze zu verstehen. Womöglich hatte er später nie wieder die Gelegenheit, dem Jungen deutlich zu machen, dass er keine Schuld an Addys Unfall trug.

Er griff über den Tisch und nahm Bangs Hände, um seine volle Aufmerksamkeit zu erlangen. »Es war genauso, als du an jenem Tag Addy geholfen hast, Bang. Niemand macht dich dafür verantwortlich, dass Addy nicht mehr hören kann, denn du hast ihr geholfen, als sie in Not war. Du hast ihr das Leben gerettet, Bang.«

Der Junge schluckte sichtbar und blinzelte hektisch. Sein Kinn begann zu zittern und kurz darauf liefen ihm Tränen über die Wangen.

Graham führte ihn um den Tisch herum und umarmte ihn fest, bis sein Hemd nass war von den Tränen des kleinen Jungen.

***

Ein Paar Scheinwerfer, die den grauen Regentag durchschnitten, tauchten jetzt im vorderen Fenster auf. Graham sah zwei Schatten, die ausstiegen und sich beeilten, durch den Regen zur Eingangstür seiner Blockhütte zu gelangen. Er schob Bang sanft in den Schlafraum, als Tala aus dem Bad kam.

»Die Jungs sind da«, sagte er und öffnete die Tür. Seine Stimme war immer noch heiser von der Nacht und einem schweren Mangel an wärmendem Kaffee.

»Ich hole schnell ein paar Handtücher, sie sind bestimmt bis auf die Knochen durchnässt in diesem Regen«, sagte Tala.

»Sie sind mit dem Jeep da, also mach dir darüber keine Sorgen.« Graham wartete, bis er ihre stampfenden, den Schlamm abschüttelnden Schritte auf der Veranda hörte, bevor er die Tür öffnete. In der kalten Jahreszeit war es immer ihr Ziel, die Wärme so gut wie möglich im Inneren der Blockhütte zu halten.

»Hallo, Jungs. Guten Morgen«, sagte Graham.

Dalton nickte nur düster, aber Rick grinste wie sonst auch und antworte: »Was macht ihr Lieben denn an einem so schönen, regnerischen Frühlingstag wie diesem?«

»Wir hatten genug Verstand, um trocken zu bleiben – ganz im Gegensatz zu euch beiden«, antwortete Graham. »Wollt ihr einen Kaffee?« Als er sie in den Essbereich führte, hatte Tala bereits eine zweite Kanne Kaffee aufgesetzt und eine Dose ihrer heiß begehrten Kekse aus dem Geheimversteck hervorgezaubert.

»Irgendetwas sagt mir, dass ihr nicht nur wegen unserer Gastfreundschaft hier seid«, meinte Graham.

»Wo ist denn der Rest der Gruppe?«, fragte Dalton.

»Sie sind entweder bei euch im Lager, auf den Feldern oder in der Scheune und erledigen ihre Aufgaben. Bang ist zwar noch hier, ist aber gerade nebenan beschäftigt«, sagte Tala.

Dalton nickte. »Wir müssen mit euch über die Schüsse reden, die wir gestern gehört haben.«

»Okay, passt auf. Macy hat uns gesagt, wir sollen uns von allen Funkfrequenzen fernhalten, deshalb habe ich es gestern nicht mehr durchgegeben. Aber letzte Nacht haben die Jungs und ich ein kleines Lager gefunden.«

Dalton setzte sich neugierig an den Esstisch. »Hast du mit ihnen gesprochen?«

»Nein, wir haben uns nicht genähert, aber wir haben sie aus der Ferne beobachtet. Soweit ich es erkennen konnte, sind es nur eine junge Dame – ungefähr zwanzig Jahre alt – und ein nicht mehr ganz so junger Mann.«

»Ausrüstung?«, fragte Rick.

»Sie fahren einen Army-Truck und haben noch einen Pferdewagen mit zwei zusätzlichen Pferden dabei. Dazu noch zwei Hunde.«

»Sind sie bewaffnet?«, fragte Rick.

Graham versuchte sich an die Szene am Feuer zu erinnern. »Das Mädchen hatte eine Schrotflinte neben sich und eine weitere lehnte an der Heckklappe des Trucks. Der Mann hatte eine Pistole um die Taille geschnallt.«

»Und er hat euch nicht bemerkt? Die Hunde haben auch nichts mitbekommen?«, fragte Dalton zweifelnd.

»Nein, ich denke nicht. Wir waren weit genug entfernt.«

»Haben sie denn miteinander geredet? Habt ihr mitbekommen, wie sie heißen?«, fragte Rick.

»Nein, aber das Mädchen schien freiwillig da zu sein, obwohl sie nicht viel miteinander gesprochen haben. Die Hunde haben sich die ganze Zeit über nicht einen Millimeter gerührt.« Graham nahm einen Schluck von seinem Kaffee und beobachtete die beiden Männer über den Rand seiner Tasse hinweg. Daltons Kiefer mahlte wie bei einem Wiederkäuer, als er die Neuigkeiten verdaute, wohingegen Rick ins Leere starrte.

»Okay, was ist los, Jungs?«, fragte Graham schließlich.

Dalton sah erst zu ihm und dann zu Rick hinüber.

Rick begann schließlich zu sprechen. »Nachdem ihr aufgebrochen wart, um herauszufinden, wer der Schütze ist, habe ich das lokale HF-Band gescannt. Es sieht ganz so aus, als warnt uns da jemand, alle Funkübertragungen sofort zu stoppen. Ein Typ namens Dutch hat uns eine Nachricht in Morsezeichen geschickt, die besagt, dass … ähm, nun ja … südlich von uns Headhunter unterwegs sind.«

Graham stoppte mitten in der Bewegung, in der er sich gerade wieder seinen Kaffee zum Mund hatte führen wollen, und stellte die Tasse so abrupt ab, dass die Flüssigkeit überschwappte und sich eine kleine Pfütze auf dem Tisch bildete.

»Headhunter?«, fragte er absichtlich leise.

Dalton sah sich verstohlen um.

Tala war zum Glück gerade nicht im Raum. Das war gut, denn er wollte sie nicht in Angst und Schrecken versetzen, aber nicht mehr lange, dann würden sie die anderen darüber unterrichten müssen.

»Wenn dieser Typ recht hat, bedeutet das, dass eine Invasion im Gange ist. Es bedeutet außerdem, dass unsere alten Feinde für den großen Völkermord verantwortlich sind und sie jetzt und hier den Job zu Ende bringen wollen.«

Graham lehnte sich zurück und versuchte diese Theorie zu verdauen. »Ihr denkt, der Kerl, den wir letzte Nacht gesehen haben, ist dieser Dutch?«

»Ja«, antwortete Rick sofort.

»Wenn das, was er sagt, tatsächlich wahr ist, steht uns ein Kampf bevor. Und zwar ein ziemlich großer«, fügte Dalton entsetzt hinzu.

»Moment mal«, wandte Graham ein. »Wir fangen doch gerade erst wieder an, zu leben. Wir alle sind durch die Hölle und wieder zurückgegangen, und endlich läuft es wieder einigermaßen für uns. Hier gibt es doch nur Tala und mich mit ein paar Kindern. Verdammt, unser Baby ist gerade unterwegs, Dalton«, sagte er fassungslos und überrascht über die Wut in seiner Stimme.

»Hey, ich verstehe deine Gefühle. Glaub mir, das tue ich. Doch wenn sie tatsächlich hier sind«, sagte Dalton mit kaum verhohlener Wut und schüttelte den Kopf, »dann werde ich sie höchstpersönlich kaltmachen. Wir lassen uns unser Leben bestimmt nicht so einfach nehmen. Lieber sterbe ich aus eigenem freien Willen.« Die Entschlossenheit, die Dalton ausstrahlte, untermalte jedes Wort, das er aussprach.

Ihre Augen trafen sich und Graham nahm kaum wahr, dass Rick auch etwas gesagt hatte.

»Wir werden nicht mehr wissen, bis wir diesen Kerl getroffen haben.«

»Okay, ich mache mich sofort fertig und nehme McCann mit«, beschloss Graham.

»In Ordnung. Wir warten solange im Jeep«, sagte Rick.

Sechs Stuhlbeine zerkratzten die Oberfläche des Bodens, als sie kraftvoll zurückgeschoben wurden und auf diese Weise signalisierten, dass dieses Treffen vorbei war … für den Moment zumindest.

DIE UNGERECHTIGKEIT

Tala hatte im Schlafraum jedes Wort mit angehört. Sie hatte Bang damit beschäftigt gehalten, in ihrem Zimmer beim Wäschezusammenlegen zu helfen, und während sie die Handtücher wegräumte, hatte sie die gedämpften Stimmen der Männer gehört. Sie war eigentlich nicht der Typ, der sich hinter die Tür stellte und lauschte, aber sie hatte die furchtgeladenen Worte einfach nicht überhören können.

Mitten in der Bewegung war sie stehen geblieben und hatte darüber nachgedacht, was das für sie alle bedeutete. Als Graham durch die Tür kam und sie dort fand, konnte er an der Furcht in ihren Augen sofort erkennen, dass sie alles mit angehört hatte.

»Komm her. Es wird alles gut werden«, sagte er und schloss schützend seine Arme um sie. »Ich werde erst mal mit diesem Dutch reden. Vielleicht hat er ja nur eine größere Gang auf einem Raubzug gesehen und liegt vollkommen falsch mit seiner Vermutung.«

Tala entzog sich seiner Umarmung und sah zu ihm auf. »Doch wenn er recht hat, sind wir hier nicht mehr sicher. Nicht das Baby, nicht die Kinder, niemand von uns. Wir sollten so schnell wie möglich aufbrechen.«

Graham schüttelte den Kopf. »Mach dir darüber keine Sorgen, Tala. Es wird alles gut. Du wirst schon sehen. Ich werde nicht zulassen, dass uns etwas passiert.«

Sie wollte so gern glauben, was er sagte, aber dafür hatte sie in jüngster Zeit einfach zu viel erlebt. Graham zog seine Stiefel an und berührte auf dem Weg zur Tür sanft ihre Schulter.

Sie sah zu, wie er ging und im Nebel verschwand, bis Bang schließlich unbeholfen und schwankend mit einem Stapel gefalteter Handtücher in den Händen und viel Stolz in den Augen ankam.

»Danke, Bang«, lobte ihn Tala und versuchte ihre Angst vor ihm zu verbergen. »Du bist so eine große Hilfe!« Bang rannte ausgelassen an ihr vorbei und aus der Haustür hinaus in den Regen, um Graham hinterherzuwinken. Tala sah ihm hinterher und hatte dabei plötzlich Angst um sie alle. Im Licht der zwei Scheinwerfer, die rückwärts aus der Einfahrt fuhren, fiel der Regen als dunstiger, silberner Schauer. Sie konnte nicht anders, ihr Gefühl sagte ihr deutlich, dass dies der Beginn von etwas absolut Schrecklichem war. Es fühlte sich so an, als würde sie sich an einen Albtraum erinnern. Sie schüttelte sich und zwang sich in die Realität des Hier und Jetzt zurück, was ihr leichter fiel, als das Baby sie trat, so als würde es sie an seine Anwesenheit erinnern wollen. Sie legte die Wäsche ab und fuhr mit beiden Händen liebevoll über die Seiten ihres Bauches. »Alles wird gut werden, mein Kleines«, murmelte sie.

»Wohin sind sie denn so früh unterwegs?«, fragte Macy, die überraschend in der Tür aufgetaucht war.

Tala wusste nicht, was sie sagen sollte, deshalb vermied sie den Blickkontakt und antwortete ausweichend: »Sie haben etwas zu erledigen. Wir sind uns aber noch nicht ganz sicher, was los ist.«

»Was verschweigst du mir gerade?«, fragte Macy augenblicklich.

»Nichts, da ist nur jemand, der gestern mit Rick über Funk Kontakt hatte. Sie denken, dass es der Mann am Lagerfeuer sein könnte, den Graham und die Jungs gestern Nacht entdeckt haben. Sie versuchen gerade, ihn zu treffen.«

»Warum hat mir niemand davon erzählt?«, fragte Macy beleidigt.

Tala konnte nachfühlen, was gerade in Macy vorging, denn mit sechzehn war sie kein Kind mehr. Sie war genauso wie Mark und McCann in der Lage, ihren Beitrag für die Gruppe zu leisten. Tala verstand deshalb, wie frustriert sie wegen der ungleichen Behandlung war, die sie oft von Graham ertragen musste.

»Macy, ich weiß es auch nicht. Die Dinge ändern sich hier momentan sehr schnell, aber wenn du mich fragst, hättest du es erfahren sollen. Mark weiß es aber glaube ich auch noch nicht, falls du dich dadurch besser fühlst. Dabei fällt mir auf: Wo sind Mark und deine Schwester überhaupt?«

Macy kicherte. »Wer weiß? Es ist zu nass für die Feldarbeit. Sie befinden sich wahrscheinlich gerade ineinander verschlungen in einem der Jagdunterstände im Wald.«

»Oh, bitte nicht«, sagte Tala, doch sie wusste, dass dieses Szenario gar nicht mal so unwahrscheinlich war.

»Es stimmt leider. Irgendwie ist sie nicht mehr die Schwester, die ich kenne«, vertraute sich Macy Tala nun an und ging anschließend nach draußen in die regnerische Kälte.

Tala wusste leider auch keine Ratschläge für Macy. Es hing wahrscheinlich alles damit zusammen, dass die Kinder in dieser rauen Umgebung viel zu schnell erwachsen werden mussten. Schließlich verwendeten sie fast alle Energie darauf, zu überleben. Sie selbst war jetzt mit Graham zusammen und trug trotz des Risikos der Viruserkrankung sein Kind in sich, und jetzt tauchte plötzlich eine neue Bedrohung auf. Sie betete, dass sie alle auch diese Prüfung überstanden.

EIN GRUSS

»Sie sind ungefähr eine Meile tief im Wald«, sagte Graham laut, um den Motor des Jeeps zu übertönen. Es goss noch immer in Strömen, obwohl der Regen zum Glück nicht so heftig wie zuvor herab prasselte.

Sie fuhren, soweit sie konnten, bis der Pfad auf die Bäume traf. An der Waldgrenze stellte Rick den Motor schließlich ab und sie machten sich zu Fuß auf den Weg.

»Bestimmt wissen sie inzwischen, dass wir hier sind«, meinte Graham, der das Team anführte. »Es ist gleich hinter den Bäumen dort.« Trotz der angespannten Situation fiel ihm auf, wie schnell die Pilze zu dieser Jahreszeit wuchsen. Aus Versehen auf einen großen, matschigen Pilz zu treten, konnte leicht dazu führen, dass man sich auf dem Hintern wiederfand. Die lila Blütenbüschel der Flammenblumen bedeckten die baumlosen Waldlichtungen und zwischen den Bäumen wuchsen zahllose Farne und streckten ihre kleinen Finger nach dem mageren Licht aus, das es an sonnigen Tagen zwischen den Kronen der Bäume hindurchschaffte. Dies würde sehr wahrscheinlich seine Lieblingsjahreszeit werden. Als Junge hatte er nur selten im Frühjahr Zeit in der Hütte verbracht, also war das alles hier absolut neu für ihn.

Normalerweise brachte der Frühling im nahe gelegenen Seattle das grell leuchtende Rot, Gelb und Blau von Narzissen,

Tulpen und Hyazinthen, die geometrisch gepflanzt in der ganzen Stadt für bunte Flecken im Straßenbild sorgten. Aber dies hier war Frühling durch und durch, in all seiner natürlichen Schönheit. Das Moos unter seinen Füßen sandte einen leicht modrigen Geruch in die Waldluft.

»Hey, ich denke, wir sollten Rick und McCann als Wachen zurücklassen, während du und ich zusammen hingehen – für den Fall, dass wir irgendwelche Probleme bekommen. Wäre das okay für dich?«, fragte Dalton.

Graham sah McCann an, der nickte, um zu bestätigen, dass er ihnen Deckung geben würde.

»Ja, sicher, aber ich hoffe, es kommt nicht dazu«, antwortete Graham.

»Du und ich, mein Bruder, wir beide können gar nicht vorsichtig genug sein. Tala würde mich umbringen, wenn dir etwas zustoßen würde«, sagte Dalton, um die Stimmung etwas aufzuheitern.

»Das würde sie in der Tat – sogar augenblicklich, ohne zu zögern«, stimmte ihm Graham lächelnd zu.

Sobald sie die Lichtung durch die Bäume sehen konnten, blieb Dalton stehen und zeigte auf zwei Deckungspunkte für die Wachen, die sich sofort von ihnen trennten und ihre Position einnahmen. Graham und Dalton gingen langsam weiter.

Als sie näherkamen, konnte Graham sehen, dass der Pferdewagen und der Army-Truck noch genau dort standen, wo er sie in der Nacht zuvor gesehen hatte. Die junge Frau saß zwischen den beiden Fahrzeugen und ihr rotes Haar war ein heller Kontrast zu dem Grau um sie herum. Das Feuer musste schon vor einiger Zeit ausgegangen sein. Über der Frau war eine blaue Plane befestigt, um ihr Schutz vor dem Regen zu bieten, und sie schien gerade etwas auf einem Campingkocher zuzubereiten.

»Siehst du unseren Besuch oder die Hunde?«, fragte Dalton.

Graham sah sich aufmerksam um. »Nein, keine Spur.«

»Dann lass uns hingehen. Vielleicht erfahren wir ja etwas von ihr. Du hältst deine Hände aber die ganze Zeit sichtbar an deiner Seite, und wenn ich *Deckung* schreie, *wirfst du dich sofort hin«, warnte Dalton ihn.*

»Alles klar«, sagte Graham.

Als sie auf die Lichtung kamen, traten beide fester auf als nötig, damit ihre Gastgeberin sie frühzeitig bemerkte. Sie sah zu Graham und dann zu Dalton und ihre misstrauischen grünen Augen musterten sie aufmerksam.

»Hi«, sagte Graham und hob grüßend seine Hand.

»Hallo«, antwortete Liza. Sie wirkte leicht verängstigt, aber wer wäre das nicht in dieser neuen Welt, wenn dir plötzlich ein oder schlimmer noch zwei Fremde über den Weg laufen?

»Wir haben gehört, wie ihr letzte Nacht angekommen seid. Wir leben hier in der Nähe. Braucht ihr irgendetwas?«

»Nein. Ich denke nicht«, antwortete sie vorsichtig.

»Ich bin Graham und das ist Dalton.« Graham machte noch ein paar weitere Schritte auf sie zu.

»Bitte, bleib da, wo du bist«, sagte sie zitternd, und Dalton und Graham bemerkten jetzt beide, dass der Lauf einer Schrotflinte unter ihrem Pelz hervorlugte. Dalton packte Graham am Kragen und zog ihn stetig nach hinten.

»Wir wollen dir nichts tun, Mädchen«, sagte Dalton. »Wir sehen nur nach, ob alles in Ordnung ist.«

Graham hatte seine Hände in bester *Ich-tue-dir-nichts-Geste* erhoben, als ihr Blick für einen Moment zu den Bäumen streifte. Sie wurde immer nervöser und das war kein gutes Zeichen.

»Wie viele Leute gehören zu deiner Gruppe?«, fragte Graham in dem Versuch, sie abzulenken. *Sie sucht nach jemandem. Wo sind dieser Typ und die Hunde?*

»Wir sind nur zu zweit«, sagte sie mit einem nervösen Lächeln.

»Seid ihr auf der Durchreise?«, fragte Dalton und hielt noch immer den Kragen von Grahams Jacke gepackt.

»Ich weiß nicht«, sagte sie und starrte an ihnen vorbei in den Wald.

Sie folgten ihrem Blick und entdeckten jetzt Rick, der mit einem Knebel im Mund und hinter dem Rücken gefesselten Händen nicht allzu zufrieden aussah, während ihn sein Angreifer, der eine Pistole auf seinen Kopf gerichtet hielt, nach vorn schob.

»Hey!«, schrie Graham, aber Dalton hatte bereits seine Waffe gezogen und Graham hinter sich geschoben.

»Wir sind hier nicht die Bösen, Arschloch!«, schrie Dalton.

»Das ist nur meine Versicherung; genau wie die Wachen, die ihr aufgestellt habt«, sagte der Fremde ruhig.

»Also gut, der Punkt geht an dich. Dann lass ihn jetzt wieder gehen«, erwiderte Graham.

»Zuerst möchte ich aber einige Antworten«, sagte Dutch.

»Okay. Was willst du denn wissen?«, fragte Graham.

»Habt ihr das Funkfeuer ausgeschaltet?«

»Dann bist du also Dutch?«, fragte Dalton.

»So ist es.«

»Dann: ja, wir haben es ausgeschaltet«, antwortete Dalton.

»Lass ihn jetzt gehen«, sagte Graham.

»Nicht so schnell. Wie viele seid ihr überhaupt?«, fragte Dutch.

»Du hast eine echt miese Art, dir neue Freunde zu machen, weißt du das?«, fragte Dalton.

»Ich bin nicht hier, um Freunde zu finden.«

»Wie wäre es, wenn wir jetzt alle unsere Waffen herunternehmen?«, fragte Graham.

»Wie wäre es, wenn du jetzt erst mal meine Frage beantwortest?«, schoss Dutch zurück.

»Ungefähr dreißig«, sagte Dalton.

»Aber die Hälfte davon sind Kinder«, fügte Graham hinzu.

»Seid ihr alle immun gegen das Virus?«, fragte Dutch.

»Ja«, antwortete Graham knapp, weil er der Meinung war, dass jetzt nicht die richtige Zeit war, um technische Details zu erläutern.

Dutch zog sein Taschenmesser heraus und bedeutete Dalton und Graham, dass er Ricks Fesseln lösen würde. »Ich wollte euch nicht erschrecken, aber heutzutage kann man nun mal nicht vorsichtig genug sein.«

Rick riss sich den Knebel aus dem Mund und drehte sich blitzschnell zu dem Mann um, der ihn überwältigt hatte. Graham ging davon aus, dass sich gleich ein Strom von Obszönitäten über Dutch ergießen würde, denn Rick war auf diesem Gebiet außerordentlich talentiert. Doch stattdessen erwischte Rick Dutch unvorbereitet und schubste ihn an den Schultern nach hinten.

Beide Männer stürzten daraufhin zu Boden, glücklicherweise gelang es Rick, Dutchs herunterfallende Waffe mit einem Fußtritt außer Reichweite zu befördern. Graham erinnerte sich daran, dass Dutch eine Prothese trug und überlegte, ob er ihm zu Hilfe kommen sollte, aber Ricks Arme waren bereits in voller Aktion. Dutch machte einen guten Job dabei, jeden Schlag abzuwehren. Schließlich griff Dalton nach Rick und zog ihn von Dutch weg. »Das reicht jetzt!«, rief er.

Doch plötzlich schrie das Mädchen los, als würde in diesem Moment jemand umgebracht werden, und Graham konnte erkennen, dass es ihr nicht gut ging.

Er sah Dutch auf der Suche nach Antworten an, aber dieser lag auf dem Boden, wischte sich das Blut von den Lippen und schien nur am Rande zu bemerken, dass seine junge Begleiterin in Panik geraten war.

Graham ging langsam auf sie zu. »Na, na, junge Dame. Ist ja nichts passiert. Es geht ihm gut.«

»Nicht, Graham«, warnte ihn Dalton, aber er stand zu weit weg, um den Mann erneut zurückziehen zu können.

Dann ertönte plötzlich eine Explosion.

DIE VERFOLGUNG

Es fiel Macy nicht schwer, den Spuren des Jeeps durch den Schlamm zu folgen. Sie ritt auf McCanns Stute, auch wenn sie genau wusste, wie sehr es ihn ärgern würde, dass sie sein Lieblingspferd genommen hatte. Aber das war ihr egal. Sie wollte ihn so sehr ärgern, wie er sie ärgerte – vor allem wegen der Art und Weise, wie er selbstverständlich ihren Platz einnahm, weil sie ein Mädchen war und wie er ganz allein beschlossen hatte, dass sie seine Frau werden würde … ohne auch nur einen Gedanken daran zu verschwenden, sie zu fragen, was sie von der ganzen Idee hielt.

Er hatte zwar versucht, sie auf seine stille Art und Weise zu erobern, aber sie wollte niemandes Besitz sein und wollte auch niemanden besitzen. Denn das Herz litt grausame Schmerzen, wenn man jemanden verlor, den man als Teil von sich gesehen hatte, und sie wollte das nicht noch einmal durchmachen müssen. Niemals wieder.

Macy folgte den Spuren des Jeeps durch den Regen. Zumindest ihr Kopf, auf dem sie einen beigefarbenen Stetson trug, blieb trotz der Nässe relativ geschützt. Die Erde roch sauber und frisch, und sie hatte das Gefühl, dass das irgendwie nicht richtig war. Nach all den Toten, die sie zu beklagen gehabt hatten, hätte die Welt eigentlich aufhören müssen, jemals wieder frisch zu riechen, und sie hätte es sich auch sparen sollen, jemals wieder zarte grüne Sprossen emporsprießen zu lassen. Der Himmel hätte niemals wieder blau sein dürfen, und doch konnte sie jetzt einen Riss in der Wolkendecke ausmachen, durch den es blau schimmerte. Sie empfand es nahezu als Verrat an allem, was sie einst geliebt und verloren hatte.

Sheriff erschien plötzlich wie aus dem Nichts und trabte neben Macy her, wie er es so oft zu tun pflegte. In dem einen Moment war er abwesend und im nächsten wie selbstverständlich da. Er war ihr ständiger Begleiter, aber sie besaß ihn nicht; Sheriff gehörte sich selbst und jeder wusste und akzeptierte das. Sie vermutete, dass er sie einfach am meisten von allen Menschen hier mochte. Vielleicht wusste er aber auch instinktiv, dass sie gerade etwas tat, was sie nicht tun sollte, und wollte sie deshalb begleiten, um auf sie aufzupassen. Auf jeden Fall war sie dankbar für seine Gegenwart. Gelegentlich sah er sie von unten herauf an, während seine Zunge aus seinem Maul hing. Der Geruch nach nassem Hundefell wehte in ihre Nase.

»Du riechst etwas, mein Freund«, sagte sie lächelnd. Sheriff schien beleidigt zu sein; er wandte die Augen von ihr ab, so als wüsste er ganz genau, was ihre Worte bedeuteten.

Macy führte das Pferd jetzt über eine wie verrückt grünende Wiese auf den Waldrand zu, wo sie endlich den Jeep entdeckte. Als sie das leere Fahrzeug erreichten, schnüffelte Sheriff an den Fußabdrücken und dem leicht zu erkennenden Abdruck von Grahams Krücke auf dem Boden. Die Spuren führten in den Wald hinein.

»Das ist fast zu einfach«, flüsterte Macy und duckte sich auf dem Rücken der Stute, um den tief hängenden Ästen auszuweichen. Sheriff folgte dem Geruch der Männer und rannte voraus, um ihr den Weg zu zeigen, doch plötzlich blieb er stehen. Macy beobachtete, wie ihn ein Gefühl der Verwirrung zu überkommen schien. Er blickte zuerst nach Norden, dann nach Westen und Osten, bevor er sich umdrehte und sie auf dem Pferd ansah, als ob er ihren Rat suchte, was als Nächstes zu tun sei.

»Was denkst du, Sheriff? In welche Richtung sind sie gegangen?«

Er blieb auf seinen Hinterbeinen sitzen und wartete auf ein Signal von Macy.

»Hmmm«, sagte Macy, die unsicher was, was das bedeuten sollte.

Dann bewegten sich Sheriffs Ohren auf einmal in östliche Richtung und seine Schnauze folgte. Er stand auf und schnüffelte, dann warf er ihr einen kurzen Blick zu, bevor er in einen Trab verfiel. Etwas war passiert, das konnte Macy an seinem Verhalten erkennen.

Es dauerte nicht lange, bis sie auf eine Szene stießen, von der sie nie gedacht hatte, sie jemals miterleben zu müssen.

Sheriffs bedrohliches Knurren brachte sie beinahe aus der Fassung, als er sich auf seine Hinterbeine duckte und in Angriffsstellung ging. Die beiden Hunde ihnen gegenüber taten dasselbe. McCann saß gefesselt und geknebelt da und lehnte gegen den Stamm einer Kiefer, links und rechts neben ihm befanden sich Kampfhunde mit hellem Fell, die ihren Gefangenen bewachten.

»Was zum Teufel ist denn mit dir passiert?«, fragte Macy leise. McCanns Augen flehten sie an zu verschwinden, und er nickte mit seinem Kopf hektisch nach rechts. Macy suchte die Umgebung nach den anderen Männern ab, während ihre Hand auf dem Pistolengriff ihrer .45er lag. Langsam stieg sie von der Stute herunter.

Einer der Hunde wandte sich ihr trotz Sheriffs Warnungen zu. McCann schüttelte verzweifelt den Kopf, was den anderen Hund dazu veranlasste, sich ihm zuzuwenden und als

Warnung, nur eine Handbreit von seinem Gesicht entfernt zu bellen.

»Sitz!«, rief Macy. Als Nächstes hörte sie den schrillen und durchdringenden Schrei einer Frau in Not, gefolgt von einer massiven Explosion. Macy ging sofort in Deckung und hob ihre Pistole. Als sie sich umdrehte, waren beide Wachhunde plötzlich verschwunden und McCann sah sie mit einem Ausdruck des Entsetzens an. Sie rannte zu ihm und duckte sich an seiner Seite. Mit ihrem Messer durchschnitt sie schnell die Fesseln an seinen Handgelenken, und während sie an dem Seil arbeitete, das seine Fußknöchel umschlang, riss er den Knebel herunter und schrie: »Weg hier! Macy, verschwinde – *sofort!*«

»Halt die Klappe«, sagte sie einfach nur und machte sich weiter an seinen Fesseln zu schaffen.

Er nahm ihre Waffe und sagte: »Ich meine es ernst, Macy. Verschwinde auf der Stelle von hier!«

»Nein«, sagte sie schlicht. »Wo ist Graham?«

Er schüttelte den Kopf und schnaubte verärgert. »Du …« Er verstummte und drehte sich dann nach rechts, während er sie automatisch hinter sich zog und mit ihr hinter dem nächsten Baum in Deckung ging. So geräuschlos wie möglich bewegten sie sich langsam in die Richtung, in der Macy die anderen vermutete.

Das vertraute Klicken von Macys .45er verriet ihr, dass McCann den Hammer der Pistole zurückgezogen und die Waffe schussbereit gemacht hatte. Er hielt noch immer mit festem Griff ihr Hemd an der Taille umklammert und zwang sie damit hinter sich zu bleiben. Mit Nachdruck schob sie seine Hand weg, denn sie wusste, dass sein Verletzungsrisiko stieg, wenn er durch sie abgelenkt war. Warum machte er sich überhaupt Sorgen um sie? Sie konnte gut auf sich selbst aufpassen.

»Lass das«, sagte sie deshalb und schlug unwirsch seine Hand weg.

»Du bleibst direkt hinter mir, Macy. Ich meine es ernst, oder ich werde dich notfalls fesseln, wenn es sein muss«, warnte er sie.

Sie schnaubte. »Als ob.«

»Psst«, sagte er nur.

Macy hörte jetzt ein leises Winseln hinter ihnen und drehte sich um. Sheriff war ihnen gefolgt, er kam dicht auf den Boden geduckt näher. Sie griff nach seinem Halsband und zog ihn an ihre Seite, damit McCann ungestört agieren konnte. Ihr fiel auf, dass das Pferd sich ein ganzes Stück von seiner vorherigen Position hatte zurückfallen lassen. Alles war so schnell passiert, dass Macy erst jetzt darüber nachdachte, welches Glück sie gehabt hatte ... wie leicht hätte McCanns Stute in Panik fliehen und sie dabei niedertrampeln können.

Jetzt waren wütend klingende Stimmen zu hören, auch wenn weder McCann noch Macy verstehen konnten, was genau gesprochen wurde.

»Macy, ich bitte dich, bleib hier«, sagte McCann und flehte sie förmlich mit seinen großen braunen Augen an, auf ihn zu hören. Die Vibration seines rasenden Herzschlags ließ sogar seinen Hemdkragen erzittern.

»Nein«, flüsterte sie, dieses Mal mit einem leiseren Ausdruck von Trotz.

Er sah weg. »Dann bleib wenigstens in meiner Nähe.«

Sie folgte ihm und zusammen näherten sie sich den wütenden Stimmen weitere zehn Fuß, bis sie endlich einen Blick auf die chaotische Szene werfen konnten.

»Oh, verfluchte Scheiße!« Ricks Stimme überschlug sich beinahe vor Schreck und Schmerz. Macy lehnte sich hinter McCann zur Seite, um sehen zu können, was passiert war. Ihr Puls raste und ihr Herz schlug heftig in ihrer Brust.

Sie sah einen Fremden, der links von Dalton und Rick saß. Rick hielt sein Schienbein umklammert und Blut breitete sich über seine Hände aus. Sie schaute sich weiter um und sah Graham mit dem Gesicht nach unten auf dem Boden liegen. McCann musste ihn auch gesehen haben, denn er bewegte sich jetzt blitzartig nach vorn. Macy riss ihn zurück, als sie bemerkte, dass der Fremde warnend eine Hand nach oben hielt. Eine Frau mit flammend roten Haaren stand schreiend zwischen einem Army-Truck und einem Pferdewagen. Eine Schrotflinte fiel jetzt zu Boden und die junge Frau drehte sich um und floh. Der unbekannte Mann folgte ihr und rief immer wieder: »Liza!«

Macy schob McCann nach vorn und zusammen betraten sie die Lichtung. Sheriff war die ganze Zeit an ihrer Seite. »Graham?«, rief Macy und rannte zu ihm. Sie bemerkte das ganze Blut am Rande ihres Sichtfelds kaum, als sie an Rick vorbeikam, bei dem Dalton gerade versuchte, den purpurroten Blutfluss an seinem Bein zu stoppen.

»Graham!«, schrie sie erneut, als sie vor ihm auf die Knie stürzte, wobei sie das frisch gewachsene Frühlingsgrün unter sich achtlos zerstörte. McCanns Stiefel erschienen jetzt neben ihr. Obwohl sich noch keine Blutlache neben Graham bildete, hatte sie Angst, ihn zu berühren. Sie weinte fast, als sie vorsichtig seine Schulter packte. McCann griff ebenfalls nach unten und half ihr, ihn auf die Seite zu drehen.

»Graham?«, rief sie noch einmal und sah, wo ihn der Felsbrocken getroffen hatte – oder besser gesagt, an welcher Stelle sein Kopf auf den Felsbrocken aufgeschlagen war. McCann suchte nach einem Zeichen, ob Graham noch atmete. Er schob Macy behutsam aus dem Weg und öffnete Grahams Jacke. Dann beugte er sich über sein Gesicht, drehte den Kopf zur Seite und lauschte.

»Ist er okay? Hat sie ihn getroffen?«, fragte Dalton.

»Oh mein Gott!«, schrie Rick jetzt.

»Atmet er noch?«, fragte Macy und wartete angespannt auf die Antwort. McCanns braune Augen blickten gebannt auf Grahams Brust, während er aufmerksam nach Atemgeräuschen lauschte.

Es war schiere Folter, auf die Antwort warten zu müssen.

»Ja«, sagte er dann endlich.

McCann zog sich zurück, setzte sich aufrecht hin und strich Graham vorsichtig eine Haarsträhne aus der Stirn. Seine Hand war feucht von Blut, als er sie von Grahams Kopf wegzog. Vorsichtig teilte er Grahams Haar und erspähte dabei einen kleinen Riss in seiner Kopfhaut. »Ich denke, er ist nur ohnmächtig. Wir sollten ihn aber auf jeden Fall zu Clarisse bringen, denn die Wunde könnte sich infizieren.«

McCann musste Macy noch einmal zurückschieben, um nach weiteren Anzeichen von Verletzungen suchen zu können. Schon im letzten Winter hatte er sich nur unter Qualen wieder erholt, und jetzt das hier.

Dalton hingegen hatte alle Hände voll damit zu tun, den Druck auf Ricks Wunden aufrechtzuerhalten, um die Blutung stoppen zu können. Der größte Teil des Schusses war zum Glück in den Boden gegangen, aber einige Schrotkügelchen hatten Rick am Unterschenkel oberhalb des Stiefels erwischt.

»Was ist mit Graham?«, fragte Dalton beharrlich.

»Er ist am Kopf verletzt, schwer zu sagen, wie sehr. Er atmet zwar, aber wir müssen ihn so schnell wie möglich zu Clarisse bringen. Wie geht es Rick?«, fragte McCann.

Bevor Dalton antworten konnte, bildete McCann mit Daumen und Zeigefinger einen Kreis, hielt beide Finger an seinen Mund und pfiff dann laut in Richtung Wald. Seine Stute gehorchte sofort und tauchte zwischen den Bäumen auf.

»Rick wird es überstehen, es ist nur eine Fleischwunde. Wir können den Jeep nehmen«, bot Dalton an.

»Ich bringe ihn hier raus, bevor dieser Kerl wieder zurückkommt. Macy, steig auf«, befahl er ihr und machte mit seinen Händen eine Räuberleiter, damit sie leichter auf das Pferd klettern konnte.

Sie warf einen kurzen Seitenblick zu Rick und Dalton und sah dann wieder McCann an. Alles in ihr sträubte sich dagegen, das zu machen, was McCann von ihr verlangte, aber sie wusste, dass er recht hatte. Mit der rechten Hand griff sie deshalb nach McCanns Schulter. Seine Jacke war feucht vom Regen, fühlte sich aber zugleich auch hart und unnachgiebig an. Mit ihrem schlammbedeckten rechten Stiefel stieg sie auf seine ausgestreckten Hände und schwang ihr linkes Bein über den Rücken der Stute. Dalton kam ebenfalls hinzu, und zusammen hoben die beiden Männer Grahams bewusstlosen Körper hoch und legten ihn quer über den Sattel. Macy half ihnen dabei, ihn festzuhalten.

»Rick muss auch mit!«, rief sie. »Seht euch doch mal das ganze Blut an.«

»McCann wird ihm durch den Wald helfen und dann nehmen sie den Jeep«, erklärte Dalton. »Ich bleibe hier und rede inzwischen ein Wörtchen mit unserem neuen Nachbarn. Das Mädchen hat offenbar einige Probleme, und er muss dringend erklären, was da los ist. Macy, auf geht's. Ich komme, so schnell ich kann, nach. Ihr begebt euch bitte direkt zu Clarisse. Tala muss vorerst nichts davon wissen.«

Macy nickte. Der Regen nahm wieder zu, als die Stute mit ihrer Last langsam vorwärts schaukelte. Macy hielt zwar die Zügel, aber das Pferd schien auch so zu wissen, wohin es gehen musste. Sanft trabte es zum Lager der Prepper, wie McCanns es Macy befohlen hatte. Sie war auf einmal nicht mehr als ein

Passagier. Frustriert stieß sie die angehaltene Luft aus, weil McCann – schon wieder – die Oberhand behalten hatte.

FLIEHENDE TRÄUME

Sie rannte, stolperte mehrfach und fiel schließlich mit Schlamm und Schrammen übersät, auf den nassen, unebenen Boden. Der Schuss klingelte immer noch in ihren Ohren … sowohl der von früher als auch der von jetzt gerade, der alles wieder zurückgebracht hatte. Das Blut hatte leuchtend rot gewirkt, als der Mann umfiel.

Sie war damals fortgelaufen, so wie sie auch jetzt wegrannte, blindlings in den Wald hinein, und hoffte, dass ihr die Erinnerungen nicht folgen würden. Aber dafür war es schon viel zu spät. Sie waren jetzt hier und hatten sie umzingelt.

In der einen Minute war noch alles in Ordnung gewesen, doch dann hatten die Männer auf einmal gegeneinander gekämpft. Ihre Stimmen waren immer lauter geworden, bis sie schließlich am Boden gelegen und die Fäuste geschwungen hatten. Die Angst hatte sich immer mehr in ihr ausgebreitet, bis sie schließlich einen Schuss abgegeben hatte. Was auch immer das Schicksal des Fremden sein mochte, für sich selbst sah sie nur eine Möglichkeit: zu rennen, so schnell und so weit sie nur konnte. Sie rannte so schnell, bis die hellen und dumpfen Grüntöne um sie herum ineinander verschmolzen und wie ein Fluss neben ihr herströmten.

***

Dutch folgte Liza, versuchte aber gar nicht erst, sie einzuholen, denn sie musste sich erst einmal verausgaben, damit ihre Wut und ihre Angst ermüdeten. Er blieb aber nahe genug hinter ihr, um ihre Spur verfolgen zu können. Dutch hoffte, dass sie nicht aus Versehen von einer Klippe stürzte. Er hatte gewusst, dass sie ein Problem darstellte, denn sie war verletzt und *beschädigt. Er hatte so etwas schon einmal gesehen, als sie in Afghanistan Frauen aus der Gefangenschaft gerettet hatten. Schon vor der bloßen Anwesenheit eines Mannes hatten sie Angst gehabt, sogar wenn diese ihnen nur Wasser oder Essen gegeben hatten, waren sie mit einem verängstigten Blick zurückgeschreckt. Das gleiche Verhalten legte auch dieses Mädchen an den Tag, wenn er ihr etwas reichte oder – schlimmer noch – sie versehentlich berührte. Sie sah ihm nie in die Augen und bei jedem lauten Geräusch zuckte sie unweigerlich zusammen … und sie hatte ihm nicht einmal genug vertraut, um ihm ihren wahren Namen zu verraten. Es gab jemanden, der ihr das angetan hatte, und es machte Dutch krank, auch nur darüber nachdenken zu müssen.*

Liza unterschied sich gar nicht so sehr von seinen Kameraden, die mit schrecklichen Erinnerungen an den Krieg belastet waren, und er wusste aus Erfahrung, dass ihre Kräfte jetzt erst einmal ermüden mussten. Sie musste vollkommen erschöpft sein, bevor er ihr helfen konnte. Also folgte er ihr mit der gebotenen Distanz. Erst jetzt wurde ihm klar, dass er letzten Endes doch für sie verantwortlich war, denn sie war noch nicht bereit dazu, andere an sich heranzulassen. Er musste ihr zuerst helfen, wieder zu sich selbst zu finden, sodass sie ihr Trauma zumindest soweit überwinden konnte, dass er sie hier zurücklassen konnte … wenn die Gruppe sie jetzt überhaupt noch aufnahm.

Dutch verfolgte Liza anhand ihrer Spuren, die wie ein offenes Buch vor ihm lagen. Sie wurde langsamer, dadurch wusste er, dass sie bald erschöpft sein würde. Ihre Beine würden irgendwann nachgeben und sie nicht mehr länger tragen. Ihre tiefen Spuren führten über schlammigen Boden, auf dem er ab und zu auch ihre Handabdrücke sehen konnte. *Nicht mehr lange,* dachte er. *B*ald wird sie auf den Boden aufschlagen und liegen bleiben. Kurz darauf sah er sie in Fötushaltung auf dem Boden liegen, die Beine angezogen und die Arme um ihren Oberkörper geschlungen. Ihr rotes Haar umrahmte ihren Kopf und sie schluchzte heftig, während sie wieder zu Atem zu kommen versuchte.

Er näherte sich ihr vorsichtig von hinten und bewegte sich auf ihren Rücken zu, der eine Barriere zwischen ihr und der Welt bildete. Hinter dieser Barriere befand sich ihr gebrochenes, aber noch schlagendes Herz. Sie war innerlich zerrissen und vollkommen verloren. Er hatte es zwar gesehen, aber bis heute nicht gewusst, wie schlimm es wirklich um sie stand. Sie war vielleicht stark, aber niemand ist unbesiegbar.

Er kniete sich neben sie und sagte sanft: »Liza?«

Sie rollte sich daraufhin noch enger zusammen. »Liza«, sagte Dutch wieder und streckte vorsichtig eine Hand aus, um sie an der Schläfe zu streicheln.

Entsetzt starrten ihre efeugrünen Augen ihn an. Sie bewegte sich von seiner Hand weg, bis sie durch den Nebel sehen konnte. Seine Hand blieb weiterhin ruhig in Position und wartete auf ihre Erlaubnis.

Als sie begriffen hatte, dass er es war, schloss sie die Augen und weinte leiser.

Diese Einladung genügte ihm, deshalb strich er ihr die Haare aus dem Gesicht. »Es ist schon okay, Liza. Alles kommt wieder in Ordnung. Ich werde nicht zulassen, dass dir etwas passiert.«

»Habe ich … habe ich … ihn getötet?«, brachte sie zwischen einigen unregelmäßigen Atemzügen hervor.

»Nein, das hast du nicht.«

Liza weinte jetzt vor Erleichterung, und Dutch hob ihren Kopf in seinen Schoß und streichelte sanft ihr Haar, das so lebendig wirkte. Sie erzitterte in seinem Griff, weil ihre Seele beinahe zu Tode verletzt von diesem Leben war. Zwischen tiefen Schluchzern versuchte sie, zu sprechen, und er beugte sich zu ihr hinab, um verstehen zu können, was sie sagte.

»Mein Name … ist Lucy.«

DER BOTE

Macy bemerkte, dass sie sich gerade ein weiteres Mal in einer Situation wiederfand, in der sie einen bewusstlosen Graham transportierte, der dringend Hilfe benötigte. Sie hielt ihren Hut über ihn, so gut sie konnte, und sah immer wieder nach der Verletzung an seinem Kopf. Das Blut floss nach wie vor in Strömen. Irrationaler Weise war sie froh, dass kein Schnee lag, denn zu deutlich erinnerte sie sich noch daran, welch grellen Kontrast das Blut zu dem unschuldigen Weiß des Schnees gebildet hatte.

Das Rauschen des Flusses näherte sich; bald schon würden sie im Lager der Prepper ankommen. Sie widerstand dem Drang, das Pferd noch schneller voranzutreiben, denn ihr war klar, dass für Grahams Transport eine stabile Gangart wichtiger war als Geschwindigkeit. Das Pferd überquerte die Brücke mit Leichtigkeit, und Macy sah sich auf der Suche nach Sheriff um. Sie hoffte, dass er nicht gerade gegen die anderen beiden Hunde um sein Leben kämpfte. Sie hoffte außerdem, dass Tala nicht ausgerechnet jetzt im Wald unterwegs war und sah, wie sie Graham bewusstlos transportierte. Es fühlte sich an wie Verrat, und sie ärgerte sich darüber, dass sie diejenige war, die Tala täuschen musste.

Bald darauf erreichten sie das Lager, und Steven, der einen Moment lang nur regungslos die Ankömmlinge angestarrt hatte, rannte jetzt aufgeregt auf sie zu.

»Was zum Teufel ist passiert?«

»Es gab einen Schuss«, begann Macy.

»Ist er getroffen worden?«, fragte Steven.

»Nein, Graham ist gestürzt. Rick hat es erwischt«, sagte sie, bereute ihre Worte aber bereits, als diese ihren Mund verlassen hatten.

»Rick ist verletzt?«

»Ja, aber es ist nicht so schlimm. Sie kommen gleich ebenfalls hierher.«

»Was zur Hölle ist passiert?«, fragte Steven, dieses Mal lauter, ignorierte sie dann aber, als sie versuchte zu antworten. Stattdessen schrie er: »Clarisse!«

Sam kam herbeigeeilt, um ihnen zu helfen, und Macy setzte erneut zu einer Erklärung an, während er Graham mit Stevens Hilfe vorsichtig vom Sattel herunterhob.

»Jemand hat eine Schrotflinte abgefeuert und Graham hat sich zu Boden geworfen. Dabei ist er mit dem Kopf auf einen Felsen aufgeschlagen und einige der Schrotkugeln haben Rick am Bein getroffen. Aber es geht ihm gut. McCann bringt ihn gerade mit dem Jeep hierher.«

»Okay, ich glaube, ich habe das Ganze jetzt verstanden«, sagte Steven. Graham fing jetzt in Sams und Stevens Armen an zu stöhnen. Überall war Blut, sein ganzes Gesicht war bedeckt damit. Er begann sich zu bewegen und hob halb betäubt die Hand an den Kopf. Als er sie wieder wegzog, tropfte Blut daran herunter. Macy wandte hastig ihren Blick ab und stieg vom Pferd. Sie nahm die Zügel und suchte gerade nach einem Platz, damit sie die Stute anbinden konnte, als sie Clarisse hörte.

Steven ging sofort in den Sanitäter-Modus über, überprüfte Grahams Augen und gab medizinische Details und Informationen in Fachsprache an Clarisse weiter. Das Ganze ergab nur wenig Sinn für Macy, aber als sie Graham wegbrachten, wusste sie instinktiv, dass es ihm bald wieder gut gehen würde. Als sie McCanns Pferd an eine schlanke Kiefer band, wo es vor dem Regen größtenteils geschützt sein würde, bemerkte sie, dass die Stute abgetrocknet werden musste und etwas zu trinken brauchte. Sie ging deshalb durch den Regen, um ein Tuch und etwas Wasser aus dem Tank zu holen, doch Sam fing sie ab.

»Geht es dir gut, Macy?«, fragte er und legte ihr vorsichtig die Hand auf die Schulter. Ihre Hose und ihre Jacke waren an den Stellen, an denen sie Graham berührt hatte, voller Blut.

»Ja, mir geht es gut, Sam«, versicherte sie ihm, drückte den Rücken durch und stellte sich besonders aufrecht hin. Er sah aus, als würde er an ihren Worten zweifeln, aber sie konnte nicht sagen, warum.

»Was ist da draußen passiert? Braucht noch jemand Hilfe?«, fragte Sam.

»Ich denke, da kannst du im Moment nichts tun. Dalton und McCann haben das Ganze unter Kontrolle. Ich weiß auch nicht genau, was passiert ist. Als ich dazukam, war McCann gefesselt und zwei Kampfhunde haben ihn bewacht. Kurz darauf war ein Schuss zu hören und eine junge Frau ist durch den Wald geflüchtet. Graham lag einfach nur da …« Sie konnte plötzlich nichts mehr sagen und schluckte schwer, als sich die Szene in ihrer Erinnerung noch einmal abspielte.

Sam zog sie langsam an sich.

»Es ist okay, Macy. Er wird wieder gesund. Es war nur eine Ohnmacht, und die Wunde in der Kopfhaut blutet zwar stark, aber so etwas sieht immer schlimmer aus, als es ist. Er ist jetzt wach und über alle Maßen wütend, aber ansonsten geht es ihm gut«, beruhigte Sam sie.

Er nahm ihr den Eimer Wasser aus der Hand und zusammen wuschen sie Grahams schon eintrocknendes Blut von dem kastanienfarbenen Fell der Stute, bis nur noch klares Wasser an ihr herunterlief und trockneten sie ab. Danach gaben sie ihr frisches Wasser zu trinken. Macy erzählte noch einmal genau, was sie gesehen und mitbekommen hatte, bis das Rumpeln von Daltons Jeep durch die Stille dröhnte.

Steven kam sofort heraus, begutachtete Rick und gab die Informationen an Clarisse auf eine Weise weiter, als handele es sich nur um irgendeinen Körper und nicht um seinen besten Freund.

»Lässt du mich jetzt endlich mal in Ruhe?«, knurrte Rick. Doch Steven ignorierte jede Äußerung des Patienten und drohte ihm mit einer Tetanusspritze in den Allerwertesten, wenn er nicht sofort die Klappe hielt.

Macy beobachtete das Hin und Her belustigt, bis sie sah, dass McCann sie aus der Ferne anstarrte. Sie wandte den Blick hastig ab und kümmerte sich wieder um sein Pferd.

Als McCann sich ihr näherte, ging Sam rüber, um den anderen mit Rick zu helfen. Macy vermied es, McCann anzusehen und trocknete stattdessen weiter das Pferd ab.

»Warum bist du uns gefolgt, Macy?«, fragte McCann. Für ihr Empfinden stand er deutlich zu nahe bei ihr.

»Ich bin euch nicht gefolgt«, log sie.

McCann verharrte einen Moment still neben ihr, und sie spürte, wie er ihre das Pferd streichelnde Hand beobachtete.

»Doch, das bist du.«

»Ich werde jetzt mal zu Tala gehen und ihr berichten, was passiert ist«, flüsterte sie.

Er umklammerte plötzlich ihr Handgelenk. »Macy«, sagte er und nahm sanft den Lappen aus ihrem Griff. Er zitterte, und sie war sich nicht sicher, was das bedeutete.

»Mir geht es gut, McCann«, sagte sie und wollte sich ihm entziehen, aber er hielt sie weiterhin fest. Er zog sie noch näher zu sich und sie gab widerstrebend nach.

Seine raue, in diesem Augenblick beinahe krächzende Stimme flüsterte ihr ins Ohr, während er sie festhielt: »Ich kann nicht zulassen, dass dir etwas geschieht.«

Macys Augen weiteten sich. Sie war sich seiner körperlichen Nähe nur allzu bewusst, und obwohl sie sich nichts sehnlicher wünschte als auf diese Weise gehalten zu werden, wollte sie niemals das Risiko eingehen, jemanden zu verlieren, den sie liebte. Sie legte ihre Hände deshalb auf seine starken Arme und schob ihn von sich weg.

»Ich bin nicht dein Eigentum, McCann.« Sie wandte sich von ihm ab und sah gerade noch, wie einer seiner Mundwinkel sich nach oben verzog.

Trotz ihres Widerstands zog er sie erneut an seine Brust und flüsterte: »Ich will dich auch gar nicht besitzen, Macy. Ich will dich nur an meiner Seite haben und wissen, dass du immer bei mir bist. Nur ein Mann mit dem dringenden Wunsch zu sterben, würde jemals versuchen, dich zu besitzen.« Sofort nachdem er diese Worte gesprochen hatte, ließ er sie los.

Sie führte das Pferd an den Zügeln weg. Einmal drehte sie sich kurz um, um zu sehen, ob McCann ihr hinterher sah. Er tat es, und sie war sich plötzlich nicht mehr sicher, ob es sie wie zuvor verärgerte, wenn er in ihrer Nähe war, oder ob sie gerade so etwas wie einen Waffenstillstand mit ihm geschlossen hatte …

DAS MÄDCHEN

Mit Dalton auf der einen und McCann auf der anderen Seite gelang es ihnen, Rick zum Jeep zu bringen – allerdings erst, nachdem sie zweimal hatten anhalten müssen, um seine Wade erneut zu verbinden. Dalton wusste, dass ein Treffer am Schienbein mit Schrotmunition furchtbar schmerzen musste, aber wenigstens war die Verletzung nicht lebensbedrohlich. Er musste es nur eine Weile ertragen, Rick wie ein Weichei jammern zu hören.

»Bist du sicher, dass du nicht mit uns kommen willst?«, fragte McCann.

»Nein, bringt ihn zurück, ich laufe. Das Mädchen braucht bestimmt auch Hilfe.«

»Ich komme wieder, sobald ich Rick abgesetzt habe«, hatte McCann gesagt.

»Gute Idee«, hatte Dalton geantwortet. Irrsinnigerweise empfand er trotz der Situation eine gute Portion Eifersucht auf Rick. Denn Rick würde bald bei Clarisse sein. Dalton hingegen versuchte täglich, neue Vorwände zu finden, um sich in ihre Nähe begeben zu können, unabhängig davon, wie ihrer aller Leben jetzt aussah.

Er klopfte an die Tür des Army-Trucks, und als McCann losfuhr, machte er sich, so schnell er konnte, zurück auf den Weg zu Dutchs Lager. Obwohl er der Meinung war, dass Dutchs

Taktik nicht gerade fehlerlos gewesen war, hielt er ihn nicht für einen üblen Kerl. Es sei denn, es stellte sich heraus, dass er das Mädchen missbraucht hatte. Wenn das der Fall sein sollte, interessierte es Dalton kein Stück, was Dutch mitgemacht haben mochte, dann würde er das Mädchen befreien und ihn auf kürzestem Weg ins Jenseits befördern. Er hoffte allerdings, dass es nicht dazu kommen würde.

Als er sich dem Lager näherte, entdeckte er den Mann und sah, wie dieser die junge Frau durch den Regen trug. Ihre Arme waren fest um seinen Nacken geschlungen und ihr feuchtes rotes Haar hing in lockigen Strähnen über seine Schulter herab.

»Ist sie soweit wieder okay?«, rief Dalton aus sicherer Entfernung.

»Geht so. Sie ist ganz schön aufgewühlt, aber körperlich geht es ihr gut«, erwiderte Dutch. Er setzte sie in den pelzgefütterten Stuhl, in dem sie zuvor gesessen hatte und der teilweise unter einer Plane stand, um den Regen fernzuhalten.

Dalton kniete sich behutsam neben sie. Sie zitterte und ihre Lippen bebten. »Geht es dir gut, Mädchen?«, fragte er. Sie warf Dutch einen nervösen Blick zu, ohne zu antworten. Dutch wickelte noch eine weitere Decke um sie und hob dann die Schrotflinte auf, die sie fallen gelassen hatte. Dalton sah zu, wie er die Waffe abwischte und überprüfte, ob sie noch geladen war.

»Ich will mit dir reden … von Mann zu Mann«, sagte Dalton und stand auf.

Dutch nickte und sagte zu Lucy: »Du bleibst hier. Ich bin gleich wieder da.«

Dalton wartete ein kurzes Stück entfernt auf Dutch und überlegte kurz, wie heftig er reagieren sollte. Aber dann wurde ihm klar, dass ein Aufheizen des Konflikts für das Mädchen nichts Gutes bedeuten würde, vor allem in Anbetracht ihrer Reaktion von vorhin. Mit den Händen in die Hüften gestemmt, fragte er Dutch deshalb mit wütender, aber kontrollierter Stimme: »Hättest du vielleicht die Güte, mir zu sagen, was zum Teufel hier gerade passiert ist?«

Trotz der angespannten Lage wirkte Dutch ruhig, und Dalton hatte nicht den Eindruck, dass er ein übler Kerl war. Er glaubte nicht, dass der Mann dem Mädchen etwas zuleide getan hatte. Aber Dutch hatte sich ihnen auch nicht gerade im besten Licht präsentiert. Sein Verhalten gegenüber Rick war gelinde gesagt äußerst verstörend gewesen, aber wenn Dalton ehrlich war, hätte er selbst in einer vergleichbaren Situation wahrscheinlich so ähnlich gehandelt. Dutch hatte zwar damit gerechnet, dass sie ihn aufsuchen würden, aber er hatte nicht einschätzen können, mit wem er es zu tun haben würde, also hatte er Vorkehrungen getroffen, um sich und das Mädchen zu schützen. Man musste ihm zugestehen, dass es in der Welt, in der sie jetzt lebten, durchaus gerechtfertigt war, so zu reagieren. Jeder mit einem grundlegenden taktischen Verständnis hätte das Gleiche getan. Dalton empfand es mittlerweile eher als seine eigene Schuld, das Ganze nicht genauer vorausgesehen zu haben. Auch er hatte für etwas Absicherung gesorgt. So, wie die Dinge lagen, betrachtete er Dutch daher durchaus als ebenbürtig.

Dass Rick über Dutch hergefallen war und ihn nach Strich und Faden verprügelt hatte, war ebenso vorhersehbar gewesen, denn Rick verstand keinen Spaß, wenn er gedemütigt wurde. Auch hier fühlte Dalton sich schuldig, denn er wusste, dass er den Angriff seines Freundes hätte stoppen müssen.

Was allerdings nicht vorauszusehen gewesen war, war die Reaktion des Mädchens. Dalton fürchtete, dass er die Antwort, warum sie sich so verhalten hatte, bereits ahnte. Er hoffte nur, dass Dutch nicht derjenige gewesen war, der sie missbraucht hatte.

»Ich glaube, sie hatte einen Flashback«, erklärte Dutch nun und sah Dalton in die Augen. »Im Prinzip ist sie noch ein Kind. Sie arbeitet hart und gibt sich wirklich große Mühe, aber sie ist nun mal furchtbar ängstlich und schreckhaft. Ich bin auf der Flucht vor den Invasoren auf sie gestoßen. Sie ist ganz klar traumatisiert, aber ich weiß leider nicht, wie sehr.« Er schüttelte den Kopf.

»Hat sie so etwas vorher schon einmal gemacht?«, fragte Dalton.

»Nein, sonst ist sie eher der ruhige Typ. Als ich sie gefunden habe, hatte sie Todesangst. Es hat Wochen gedauert, bis sie mir überhaupt in die Augen sehen konnte. Sie hat mir gerade erst ihren wahren Namen verraten – Lucy. Das Ganze war nicht ihre Schuld, ich hätte ihr die Schrotflinte gar nicht erst geben dürfen. Wir sind vorher noch nie jemandem begegnet, ich hatte deshalb keine Ahnung, dass sie so reagieren würde.«

»Ihr seid nicht *zusammen*, oder?« Dalton konnte nicht anders, er musste diese Frage stellen. Er konnte sofort sehen, dass er Dutch beleidigt hatte.

»Ich könnte ihr *Vater* sein, großer Gott. *Verdammt noch mal,* niemals! Sie ist doch noch ein Kind, zumindest mental. Sie ist vielleicht gerade mal zwanzig, und ich bin schon fast fünfzig.«

Dalton nickte erleichtert. »Okay, wir haben auch sonst schon eine Menge zu bereden. Warum kommt ihr zwei nicht mit in unser Lager? Wir haben dort eine Ärztin, die sich Lucy einmal ansehen und ihr vielleicht helfen könnte. Und wir müssen unbedingt über diese Invasion sprechen und entscheiden, was als Nächstes zu tun ist.« In diesem Augenblick kam McCann auf die Lichtung und näherte sich ihnen.

»Ich habe keine Ahnung, wohin meine Hunde verschwunden sind, und ich werde meine Vorräte bestimmt nicht unbewacht hierlassen«, sagte Dutch. »Ich hatte nur vor, euch zu warnen, das Mädchen bei euch zu lassen und mich dann wieder auf den

Weg zu machen. Ich habe getan, was ich vorhatte, und werde deshalb weiterziehen, sobald sie in Sicherheit ist.«

»Du meinst, du willst sie hier bei uns lassen?«, fragte Dalton überrascht.

»So ist es. Falls ihr sie aufnehmen wollt, heißt das. Sie ist wirklich fleißig, nur ein bisschen traumatisiert«, erklärte Dutch.

»Denkst du nicht, dass das ihre Entscheidung ist?«, fragte McCann, als er verstanden hatte, worum es hier ging. Dalton konnte erkennen, dass der Junge die Art dieses Neuankömmlings ganz und gar nicht mochte.

»Schon klar, ist ja nicht so, als gehöre sie mir, ich habe sie nur gefunden. Oder besser gesagt, sie hat mich gefunden, als sie geflohen ist. Das ist gerade mal ein paar Wochen her. Ich bin ein Einzelgänger, aber sie braucht dringend andere Menschen in ihrem Alter um sich herum«, erklärte Dutch.

»Am besten, McCann bringt sie erst einmal in unser Lager. Sie kann die Nacht bei Clarisse bleiben, nachdem die sie untersucht hat. Später finden wir dann schon einen Platz für sie. McCann, bring Sam und Reuben mit, wenn du hierher zurückkommst.«

»Ich muss mich aber um etwas anderes kümmern. Ich nehme das Mädchen mit und schicke die beiden her, aber dann kümmere ich mich erst um Graham und bringe ihn nach Hause. Ihr müsst dem Mädchen aber klarmachen, dass es okay ist, mit mir zu kommen«, sagte McCann.

Dalton verstand genau, was McCann meinte. Vermutlich war Dutch der Einzige, dem sie vertraute, und der Gedanke, dass dies komplizierter werden könnte, als es auf den ersten Blick den Anschein hatte, ließ sich nicht abschütteln. Das Mädchen betrachtete sie misstrauisch. Sogar jetzt kauerte sie sich auf ihrem Stuhl zusammen und hatte die Arme um ihre Beine geschlungen. Sie wirkte so unfassbar klein und verletzlich, und

Dalton spürte ein abgrundtiefes Loch in seinem Bauch, wenn er daran dachte, was sie in den Händen der Dschihadisten wohl ertragen haben musste.

Dutch räusperte sich. »Lasst mich zuerst allein mit ihr reden. Wartet hier.«

Er ging zu ihr, und Dalton war sich nicht sicher, ob er gerade das Richtige tat. Er bot dem Mädchen zwar Schutz an, aber dafür würde sie den Einzigen verlassen müssen, dem sie vertraute. Manchmal, wenn man es mit einem verwundeten Tier zu tun hatte, war es das Beste, darauf zu warten, dass das Tier von allein zu einem kam. Leider wirkte es nicht gerade so, als wäre Dutch ein großer Freund des Wartens. Er schien von dem, was er im Süden entdeckt hatte, so entsetzt zu sein, dass er nur eines wollte: schnellstmöglich von hier verschwinden. Keinesfalls beabsichtigte er, mit dem Mädchen hierzubleiben, bis es sich mit ihrer neuen Gemeinschaft vertraut gemacht hatte. Doch schon als Dutch sich nur zu Lucy hinunterbeugte und anfing zu sprechen, schüttelte sie heftig den Kopf.

Sie begann zu weinen und wischte sich die Tränen wütend mit dem Ärmel ab. Dutch streichelte ihr sanft über den Hinterkopf, während er ihr versicherte, dass sie in Sicherheit sein würde. Doch sie schien nicht überzeugt zu sein.

Als Dutch McCann endlich signalisierte, dass er näherkommen solle, gingen beide Männer langsam auf sie zu. Dalton wollte ihr selbst sagen, dass sie in ihrem Lager sicher war.

»Das ist McCann. Er wird dich in ihr Lager bringen. Dort gibt es eine Ärztin, die sich um dich kümmern wird«, erklärte ihr Dutch.

Dalton kniete sich hin und sah in Lucys tränenüberströmtes Gesicht.

»Hi, ich bin Dalton. Ich führe unser Lager, und das hier ist McCann. Er lebt ganz in der Nähe, in Grahams Camp. Er wird dich in mein Lager bringen. Dort bist du sicher. Du bleibst dort bei Clarisse, unserer Ärztin. Sie ist wirklich nett. Du bekommst dort etwas zu essen, eine Dusche und ein warmes Bett für die Nacht. Ansonsten lassen wir dich vollkommen in Ruhe, das verspreche ich dir, Lucy.«

Mit verängstigten Augen warf sie Dutch einen fassungslosen Blick zu, als sie mitbekam, dass er Dalton ihren Namen verraten hatte.

»Freut mich sehr, dich kennenzulernen«, sagte Dalton. Er streckte Lucy die Hand hin und sie nahm sie vorsichtig. Dutch legte das Fell, das sie so gern trug, um ihre Schultern und McCann ging voran zum Jeep. Sie folgte ihm zögerlich. Dalton sah, wie sie sich alle paar Schritte umdrehte.

»Wir sehen uns morgen, Lucy«, sagte Dutch.

Sie nickte und drehte sich nach vorn, um McCann einzuholen.

ZEIT FÜR SICH

»Es ist halb so schlimm«, versicherte Graham sofort, als Tala ihn sah. Macy hatte sie bereits vorgewarnt, sodass sie zumindest ein wenig Zeit gehabt hatte, sich auf die Situation einzustellen, bis McCann mit Graham im Camp auftauchte. Tala zog ihn sofort in ihr Schlafzimmer, damit sie mit ihm allein sprechen konnte.

»Ich brauchte nur ein paar Stiche«, erklärte er, aber Talas Gesichtsausdruck machte ihn komplett fertig. Sie sah wie versteinert aus, als hätte sie die nicht länger zu verdrängende Erkenntnis wie ein Blitz getroffen, dass ein dünner Schleier der Sicherheit alles war, was sich zwischen ihr, ihrem ungeborenen Kind und der Hölle, zu der die Welt geworden war, befand.

Graham hasste das. Er würde so gern alles tun, damit Tala sich in seinen Armen sicher fühlte. Für immer und ewig. Dieses Leben war hart und er hatte heute Glück gehabt. Trotz der Beule und der Wunde in der Kopfhaut, hatte er tatsächlich verdammtes Glück gehabt, denn Rick war derjenige, der das meiste von der Schrotladung abbekommen hatte, obwohl es nur ein Streifschuss gewesen war und die Verletzung hoffentlich keine dauerhaften Probleme verursachen würde. Dieser hatte es im Moment wahrscheinlich ebenso mit einer gar nicht amüsierten Frau zu tun; Graham lächelte unwillkürlich bei diesem Gedanken.

»Was ist denn bitteschön so lustig?«, fragte Tala und hielt einen Kühlbeutel an Grahams Kopf.

»Rick … seine Frau macht ihm wahrscheinlich gerade die Hölle heiß.«

»Ich verstehe immer noch nicht, was daran lustig sein soll.«

»Das würdest du, wenn du ich wärst.«

Sie kniff ihn, und er schrie »Autsch!«, allerdings mehr vor Schreck als vor Schmerz.

Sie hob ihren Zeigefinger. »Mach ja keine Witze darüber, was heute passiert ist. Wage es nicht.« Graham konnte sehen, dass es ihr nur mit Mühe gelang, die Fassung zu bewahren. In ihren Augen sammelten sich bereits Tränen.

»Tala.« Er nahm ihren Arm herunter und zog sie fest an sich. Sie war wütend auf ihn, aber er wusste, dass sie sich in Wahrheit nur Sorgen um ihn machte. »Ich gebe ja zu, dass ich heute verdammtes Glück hatte. Es tut mir leid. Ich mache mich nicht über die Gefahr lustig. Ich bin einfach nur dankbar, dass es halbwegs glimpflich ausgegangen ist.«

»Mit bloßem Glück kannst du deinem Schicksal nur ein paar Mal von der Schippe springen, Graham, irgendwann holt es dich trotzdem ein.«

»Hör mir zu, Tala. Ich möchte, dass du etwas verstehst. Ich gehe kein Risiko ein, wenn ich es vermeiden kann. Ich bin nur auf sie zugegangen, um sie zu beruhigen. Ich wusste nicht, dass sie psychisch instabil war. Keine Sekunde habe ich gedacht, dass sie auf uns schießen könnte. Ich glaube, sie hat nicht einmal richtig gezielt, die Schrotflinte ging einfach los. Sie hat wohl eine Menge durchmachen müssen. Sie ist noch sehr jung, und Dalton hat zugesagt, sich um sie zu kümmern. Er hat erzählt, dass Dutch sie aufgesammelt hat, nachdem sie ein schweres Trauma erlitten hat.« Graham strich ihr sanft über den Rücken. Er wusste nur zu gut, dass Tala damals selbst nur knapp Männern entkommen war, die auf die gleiche Art von Folter aus gewesen waren.

»Es war nicht ihre Schuld«, wiederholte er flüsternd. »Ich kann nicht einmal annähernd nachvollziehen, was sie durchgemacht haben muss. Als die anderen sich gestritten und dann miteinander gekämpft haben, ist sie einfach ausgetickt, und dabei ging die Schrotflinte los. Es geht ihr jetzt bestimmt schon wieder besser. Clarisse wird auf sie aufpassen, und sie wird vorerst bei ihnen leben«, sagte er, während sich seine Hand um Talas Hüfte legte.

Tala entspannte sich langsam in seinen Armen und legte ihren Kopf an seine Schulter. Er bedeckte ihren Bauch mit seinen Händen und flüsterte in ihr Ohr, während sie auf seinem Schoß auf dem Bett saß, das zu ihrer beider Nest geworden war. »Ich liebe dich, Tala, und ich werde alles daransetzen, dich zu beschützen. Aber ich weiß, dass du stark genug bist, um auch allein weitermachen zu können, sollte mir jemals etwas zustoßen. Du musst die anderen in der Gruppe an die Hand nehmen und dich in diesem Fall Dalton anschließen. Versprich mir das«, sagte er, streichelte ihre Hüfte und küsste liebevoll ihren Hals.

»Nein, niemals«, antwortete Tala erstickt. Eine weitere Träne fiel herab und sie packte Grahams Hemd mit beiden Händen. »Ich werde niemals irgendwo ohne dich hingehen, also pass gefälligst auf, dass du am Leben bleibst.«

Es gab keine Chance, dass Tala sich darauf einließ, solange sie so unnachgiebig und empört war wie jetzt. Sobald sie sich auf etwas festgelegt hatte, war die Sache für sie entschieden, und Graham kannte nur eine mögliche Antwort darauf: Ihr ohne weitere Worte zu zeigen, dass er sie liebte und alles tun würde, um sie zu beschützen.

EIN ALTER FEIND

»Sie waren es, ganz sicher. Ich war in Afghanistan stationiert«, erklärte Dutch. »Es gibt keinen Zweifel daran. Ich habe die Funkgeräte überwacht. Mein Dad war ein alter HAM-Funker und er hat die gesamte Ausrüstung zum Glück behalten. Eines Tages habe ich angefangen, nach Signalen zu suchen. Doch fast alles, was ich hörte, waren Hintergrundgeräusche, denn es gab ja fast niemanden mehr, der noch etwas hätte senden können.

Nur einige automatische Funksprüche liefen noch über Repeater, die niemand abgeschaltet hatte. Doch dann habe ich eines Tages eure Nachricht in Morsezeichen gehört. Ich kenne den Code seit meiner Kindheit, mein Dad hat ihn mir damals beigebracht. Ich habe die Nachricht also entschlüsselt, aber da sie immer wieder automatisch wiederholt wurde, war ich mir nicht sicher, ob wirklich noch jemand am anderen Ende ist. An dem Tag, an dem ich mich entschlossen hatte, euch zu kontaktieren, habe ich zum ersten Mal über Kurzwelle ihren Funkverkehr aufgefangen.

Danach habe ich nicht einmal mehr versucht, etwas zu senden. Ich habe nur noch zugehört, um herauszufinden, wo sie genau waren, und bin dann zwei Tage in nördliche Richtung geritten, um mich mit eigenen Augen davon zu überzeugen, wovon ich immer noch gehofft habe, dass es keine Realität ist.

Leider waren die Menschen, die ich gesehen habe, genau der Feind, den wir jahrelang in der Wüste bekämpft haben. Sie sind tatsächlich hier. Es gibt keine andere Erklärung.«

Dutchs Worte hingen in der Luft wie ein wahr gewordener Albtraum. Was sie alle befürchtet hatten, war Realität geworden – echte und bedrohliche Realität.

Der Regen fiel jetzt in einem gleichmäßigen Rhythmus gegen die blaue Plane und füllte die Stille. Dalton hoffte immer noch, dass Dutch sich irrte. Steven sah Dutch an, als hätte er Suaheli gesprochen, während Sam dasaß und sich die Informationen offenbar durch den Kopf gehen ließ. Auf Dalton wirkten sie alle wie am Boden zerstört, und das war kein gutes Zeichen. Sie mussten diese Eindringlinge bekämpfen. Sie mussten sie ein für alle Mal aus ihrem Land vertreiben und sie dabei für all die Leben bezahlen lassen, die sie genommen hatten. Sie mussten sie auf dem schnellsten Weg zu ihrem Gott ins Jenseits befördern – allerdings ohne die ganzen Jungfrauen.

»Wie viele und welche Waffen haben sie?«, fragte Sam.

Dutch schüttelte niedergeschlagen den Kopf, bevor er antwortete: »*Unsere,* Mann. Sie setzen *unsere* Waffen ein und fahren mit *unseren* Trucks durch *unser* Land, und sie sind verdammt viele. Ich habe mindestens zwei- oder dreihundert gesehen, und das nur an einer Stelle. Garantiert sind sie inzwischen in allen wichtigen Häfen angekommen. Sie haben uns das angetan, und wir haben verloren. Wir können sie jetzt nicht mehr schlagen. Ich werde nach Norden gehen, und ihr solltet das Gleiche tun, denn sie werden jeden, den sie aufgreifen, entweder versklaven oder töten. Ich habe es selbst mit ansehen müssen.«

»Wie hast du Lucy gefunden?«, fragte Steven auf einmal.

»Lucy hat eher mich gefunden. Sie muss es irgendwie geschafft haben, vor ihren Peinigern zu fliehen. Sie wollte nie darüber reden, aber in der Nacht, in der wir uns begegnet sind, ist sie durch den Wald gerannt, als wären alle Bestien der Hölle hinter ihr her. Sie war voller Blut und es war nicht ihres. Ich hasse es, daran zu denken, was ihr wahrscheinlich widerfahren ist. Aber mittlerweile geht es ihr schon viel besser als am Anfang – mal abgesehen von dem, was heute passiert ist. Ich hoffe sehr, dass sie eine Chance von euch bekommt.«

»Das ist kein Problem, Dutch. Eine faire Chance soll sie auf jeden Fall bekommen. Worüber wir aber unbedingt sprechen müssen, ist, wie wir diese Bastarde aus unserem Land vertreiben können«, sagte Dalton.

»Wie ich schon sagte, sie sind einfach zu viele. Ich gehe nach Norden, nach Kanada. Wenn wir genug Kämpfer zusammen haben, um etwas unternehmen zu können, bin ich sofort dabei, aber bis dahin werde ich Kanadier.«

»Das alles passt mir ganz und gar nicht«, antwortete Dalton mit mehr Gift in der Stimme, als er beabsichtigt hatte.

Ein Moment verging, bis Sam die Spannung schließlich mit einer drängenden Frage auflöste. »Hast du seitdem noch einmal ihre Funkkommunikation überwacht? Hast du etwas von ihren genauen Plänen mitbekommen?«

»Ja«, sagte Dutch, »aber es war immer das Gleiche. Meistens haben sie Arabisch gesprochen, wovon ich bei meinem letzten Einsatz zum Glück ein paar Brocken aufgeschnappt habe. *Wir vertreiben die Ungläubigen aus diesem Land. Wir rotten die Geißel aus, von Ozean zu Ozean.* Sie zerstören alle Denkmäler, alle Kirchen … einfach alles. Es ist absolut krank. Ich bin bestimmt kein Feigling, Mann«, sagte Dutch zu Dalton, »aber gegen so etwas lässt sich nicht kämpfen. Wir haben weder genug Männer noch ausreichend Waffen für einen Krieg in diesem Ausmaß. Der Drops ist gelutscht. Sie haben gewonnen, wir haben verloren.«

Dalton war außerstande, Dutchs defätistische Einstellung zu ertragen. Deshalb stand er auf und sagte laut: »Das ist absoluter Schwachsinn! Während der Revolution gegen die Briten waren wir zahlenmäßig unterlegen, aber wir haben damals trotzdem nicht aufgegeben. Wir haben die Briten nicht gewinnen lassen, und wir sind immer noch hier. Es muss einfach einen Weg geben.«

»Das hier ist aber nicht die Revolution, und sie sind uns weit, weit überlegen, Dalton. Glaub mir, selbst wenn es nur eine winzige Chance gäbe, könntest du auf mich zählen. Wenn du einen Plan hast, dann lass uns daran arbeiten.«

»Dir ist doch niemand hierher gefolgt, oder?«, fragte Sam auf einmal besorgt.

»Nein, ich glaube nicht. Aber ich sage euch, ihr habt höchstens noch eine Woche, bis sie hier sind. Sie kommen, das ist so sicher wie das Amen in der Kirche, und Grenzen sind absolut kein Hindernis für sie. Wir haben es doch schon im Nahen Osten gesehen. Sobald sie dort ihr Kalifat erklärt hatten, hielt sie nichts mehr zurück. Wir waren zu verdammt gemütlich mit unserer Reaktion. Gezielte Luftangriffe … so eine verdammte sinnlose Scheiße. Unsere eigene Regierung hatte genauso viel mit unserem Untergang zu tun wie sie. Was für eine verdammte Verschwendung«, stieß Dutch bitter hervor.

»Also haben sie das Virus dazu benutzt, uns alle zu töten und dann haben sie so lange gewartet?«, fragte Steven in dem Versuch, die Ereignisse zusammenzufassen.

»So wahr ich hier stehe, Mann.« Dutch nickte ernst.

»Ich erinnere mich noch an die frühen Berichte, die damals nach reinen Verschwörungstheorien klangen, aber offensichtlich keine waren. Es hieß damals, China hätte H5N1 waffenfähig gemacht und an den Meistbietenden verkauft. Sie haben alles getan, um die Vereinigten Staaten als Schuldige hinzustellen. Ratet mal, wer die Auktion schließlich gewonnen hat, obwohl ich nicht glaube, dass man in China allzu lange gefeiert hat. Immerhin ist es voll auf sie zurückgeschlagen, und dann begann auch schon das große Sterben, bevor wir überhaupt anfangen konnten, Nachforschungen anzustellen«, meinte Dalton.

»Wir sollten einen Erkundungstrip unternehmen und herausfinden, wie weit sie schon gekommen sind. Die Amerikaner, die noch am Leben sind, müssen wir warnen, damit sie sich schützen können. Und danach fangen wir an, einen Angriffsplan auszuarbeiten«, sagte Sam.

Dalton nickte. »Da stimme ich dir voll und ganz zu. Dutch, kannst du noch eine Weile bei uns bleiben und uns dorthin führen, wo du sie zuletzt gesehen hast, damit wir uns ein Bild von ihrer Anzahl und ihrem genauen Standort machen können?«

Dutch schüttelte den Kopf, und Dalton wusste instinktiv, dass dieser Kampf kein leichter werden würde.

»Ich gehe nach Norden, Dalton. Ich bleibe auf keinen Fall hier. Wenn ihr eine großartige Idee habt, wie wir sie alle auf einmal auslöschen können, dann gebt mir Bescheid. Aber so wie die Dinge momentan stehen, bin ich nur auf der Durchreise und habe euch auf dem Weg lediglich gewarnt«, sagte Dutch.

»Und das war es dann? Du schüttest uns einen riesigen Haufen Scheiße vor die Füße und verschwindest dann einfach? So nach dem Motto: *Kümmert euch darum?* Ob es dir gefällt oder nicht, du bist und bleibst Amerikaner, und zwar eine Sorte, die im Moment Mangelware ist, falls es dir noch nicht aufgefallen ist. Wir brauchen dich hier bei uns, um gegen diese Bastarde zu kämpfen«, sagte Steven mit deutlicher Anspannung in der Stimme.

Dalton wusste aus Erfahrung, dass dieses Gespräch kurz davor war, außer Kontrolle zu geraten, und er musste alle zusammenhalten, koste es, was es wolle. Sogar Steven, normalerweise eher der sanftmütige Typ, war gerade ziemlich sauer.

»Sam hat recht. Wir müssen schnellstmöglich ein Scout-Team aufstellen und den Feind auskundschaften. Drei oder vier von uns müssen genügen, denn ich möchte unser Lager nicht ohne Verteidigung lassen, falls etwas schiefgehen sollte. Dutch, wir könnten deine Hilfe wirklich gut gebrauchen, aber ich werde dir natürlich nicht im Weg stehen, wenn du weiterziehen willst. Ich danke dir auf jeden Fall für die Warnung.« Dalton stand auf und signalisierte damit, dass ihr Treffen nun beendet war. Sie hatten so viel von Dutch erfahren, wie sie nur konnten, und es schien ziemlich offensichtlich zu sein, dass er nicht bereit war, ihnen mehr zu geben. Es hatte also keinen Sinn, darüber zu streiten.

»Lucy wird es gut gehen bei uns«, sagte Sam. »Mach dir um sie keine Sorgen.«

»Danke«, sagte Dutch und schüttelte Sam die Hand.

»Du brichst schon auf?«, fragte Dalton, als die anderen aufstanden.

»Ich mache mich morgen früh auf den Weg.«

»Okay. Ich danke dir auf jeden Fall für die Warnung und viel Glück da draußen.« Dalton schüttelte dem Mann mit festem Griff die Hand.

»Lässt du das Mädchen etwa hier, ohne dich von ihr zu verabschieden?«, fragte Steven fassungslos.

»Steven«, sagte Dalton in einem warnenden Tonfall. »Lass den Mann in Frieden. Wir müssen alle unsere eigenen Entscheidungen treffen.«

»Ist schon in Ordnung«, antwortete Dutch. »Sie gehört eigentlich nicht zu mir, aber ich werde morgen vorbeikommen und ihr trotzdem noch ein paar nützliche Dinge bringen.«

»Warum bleibst du denn nicht wenigstens, bis wir zurück sind? Du könntest dabei helfen, die Dinge hier im Auge zu behalten«, schlug Steven vor.

»Ich werde darüber nachdenken.«

Dalton nickte und dachte: *Zumindest hat er Stevens Vorschlag nicht sofort abgelehnt.* Er führte die anderen zurück durch den Regen. Alle waren jetzt mit ihren neuen Problemen und ihrem neuen Plan beschäftigt, der langsam Gestalt annahm.

GEFANGEN UND VERLOREN

Es war schon dunkel, aber er konnte trotzdem erkennen, wie sich ihre Schatten näherten. »Wo wart ihr denn solange?«, fragte McCann, als Mark und Marcy auf dem Weg zur Blockhütte am neu errichteten Stall vorbeikamen.

Mark blieb so abrupt stehen, dass Marcy gegen seinen Rücken stolperte. Er hatte nicht erwartet, dass McCann auf sie wartete. »Wir waren … einfach nur spazieren«, sagte er nervös und spürte selbst, wie holprig seine Worte klangen.

»Wo genau?« McCann versuchte nicht einmal, seinen Zorn zu verbergen.

»Was für eine Laus ist dir denn über die Leber gelaufen?«, forderte Marcy ihn heraus.

»Ich habe schon aufgesattelt und wollte gerade losreiten, um nach euch beiden zu suchen. Wisst ihr überhaupt, was heute passiert ist?«, schrie McCann sie an.

»Nein, wieso? Was ist denn passiert?«, fragte Mark jetzt unruhig.

»Während ihr zwei Turteltäubchen unterwegs gewesen seid, wurde Graham fast erschossen. Stattdessen ist er gestürzt und hat sich eine ordentliche Kopfwunde zugezogen. Rick hat einen Streifschuss mit einer Schrotflinte ins Bein abbekommen. Wenn Macy nicht gewesen wäre, hätte ich ebenfalls tot sein können, und ihr zwei wart nicht einmal hier, um zu helfen, als wir euch gebraucht haben!« Er war überrascht über seine Wut und zuckte zusammen, als er Macys sanfte Berührung auf seinem Arm spürte – es war ihr Versuch, ihn zu beruhigen.

»Geht es Graham gut?«, fragte Mark erschrocken.

McCann holte tief Luft und versuchte in ruhigerem Tonfall weiterzusprechen. »Ja. Er hat sich mit Tala zurückgezogen. Er hatte immerhin einen verdammt harten Tag.«

»Wir haben beschlossen, draußen zu bleiben, damit sie etwas Zeit für sich haben«, fügte Macy hinzu.

»Habt ihr Sheriff gesehen?«, fragte Bang, der hinter Macy auftauchte.

Mark ignorierte Bangs Frage. »Was ist denn überhaupt passiert? Wer hat Graham denn beinahe erschossen?«

McCann hatte jetzt keine Lust zu ausschweifenden Erklärungen. Er war restlos bedient von ihrem Verschwinden und hatte bestimmt nicht vor, es ihnen leichter zu machen. Er machte deshalb einen tiefen Atemzug in der feuchtkalten Nachtluft und sagte: »Komm, Bang, wir sehen mal nach Sheriff.« Mosey war bereits gesattelt, also stieg er auf, packte Bang und zog ihn hinter sich auf den Sattel.

»Bleibt nicht zu lange draußen«, sagte Macy zu ihm und versuchte zu lächeln.

McCann nickte ihr zu, vermied es aber, Mark und Marcy anzusehen.

»Ich erkläre euch später alles«, sagte Macy zu den beiden, während McCann mit Bang davonritt.

»McCann ist aber wirklich ziemlich sauer«, sagte Marcy.

»Das wärst du auch«, gab Macy zurück, und McCann empfand Befriedigung wegen ihres Tonfalls; zumindest schien sie auf seiner Seite zu sein. Je weiter McCann und Bang sich entfernten, desto leiser wurde Macys Stimme, bis sie schließlich ganz verstummte.

»Wird Graham wieder gesund?«, fragte Bang leise.

»Aber gewiss doch, Kumpel, das wird schon wieder. Er war nur eine Weile ausgeknockt, und Verletzungen am Kopf bluten immer stark, aber das ist alles keine große Sache.«

»Gut, denn ich will nicht, dass ihm etwas passiert. Ich weiß nicht, wo ich hingehen soll, wenn er tot wäre«, sagte Bang leise.

McCann lenkte das Pferd schweigend weiter und überlegte, was er Bang antworten sollte. Die Dinge lagen heutzutage anders, und einem kleinen Jungen etwas vorzumachen war in diesen Zeiten einfach nicht mehr richtig. Er konnte ihm nicht versprechen, dass für immer alles gut sein würde. Das war Bang mit seinen fünf Jahren leider schon selbst sehr bewusst.

»Bang, du weißt, dass ich mich um dich kümmern würde, sollte Graham jemals etwas passieren, oder? Wir alle sind jetzt eine Familie, und wenn ich mal nicht mehr da sein sollte und auch Tala nicht« – er versuchte es diplomatisch auszudrücken – »würde Dalton sich deiner annehmen. Du bist kein gewöhnlicher Junge, Bang.« Er lachte, griff hinter sich und tätschelte Bang das Knie. »Du hast enorme Fähigkeiten. Du kannst schon gut auf dich selbst aufpassen. Ich habe gesehen, wie du ein Kaninchen gefangen, ausgeweidet, gehäutet und über einer Feuerstelle gegart hast. Für das alles hast du weniger als eine Stunde gebraucht. Viel mehr kannst du nicht mehr lernen, um notfalls auch auf dich allein gestellt zu überleben.«

»Kümmerst du dich denn auch um Macy, wenn mir etwas passiert?«, fragte Bang.

McCann räusperte sich. Er wusste, wie nahe sich Macy und Bang standen. Sie waren mehr Geschwister füreinander als Macy und ihre Zwillingsschwester Marcy. »Macy kann auch sehr gut auf sich selbst aufpassen.«

»Nein, sie braucht mich. Denn manchmal ist sie so traurig und einsam«, enthüllte Bang.

»Das geht uns allen so, mein Junge. Aber ja, ich würde mich natürlich um sie kümmern«, sagte McCann. Er holte einen Zahnstocher heraus und schob ihn in den Mund, während er durch den mondlichtbeschienenen Wald sah. In der Ferne hörten sie plötzlich ein Heulen, das ihre Unterhaltung abrupt beendete. McCann stupste Mosey gerade genug mit den Fersen an, um ihn dazu zu bringen, ein wenig schneller als sein normales Tempo zu laufen.

»Sheriff!«, rief Bang. McCann pfiff so lange und leise wie nur möglich, in der Hoffnung, damit die Aufmerksamkeit des Hundes auf sich zu ziehen. Es sah Sheriff gar nicht ähnlich, einfach so wegzulaufen, ohne am Abend wiederaufzutauchen. Sogar McCann fing langsam an, sich Sorgen machen.

DER ALBTRAUM

»Lucy«, rief Clarisse ihr von außerhalb der Duschkabinen zu. »Du kannst die OP-Kleidung anziehen, die ich hier für dich auf den Stuhl gelegt habe.«

»Okay, Clarisse, danke«, rief Lucy durch den Dampf zurück.

Clarisse war entsetzt gewesen, als McCann Lucy ins Lager gebracht hatte. Zuerst hatte sie wütend reagiert, als sie erfahren hatte, dass das Mädchen, das den Schuss abgefeuert hatte, bei ihnen bleiben sollte, aber nachdem McCann ihr erzählt hatte, was er von Lucys Geschichte wusste, hatte sie das Mädchen verstanden. Lucy war eine kleine, schüchterne Seele, und Clarisses Herz ging bei ihrem Anblick unweigerlich auf. Jeder sah sofort, dass das Mädchen mit ihrem eigenen Albtraum und einer ganzen Menge Dämonen zu kämpfen hatte. Sie stand eindeutig noch unter Schock, verursacht von einem noch nicht verarbeiteten Trauma. Doch Lucy würde den Schrecken überwinden müssen, oder sie würde in dieser Welt nicht lebensfähig sein können. Sie konnten es sich nun mal nicht leisten, dass sie versehentlich ein Leben nahm.

Es kostete Clarisse einige Überredungskunst, aber nachdem Lucy geduscht und sich umgezogen hatte, brachte sie das Mädchen dazu, ihr zu erzählen, was mit ihr geschehen war. Lucy hatte in der Nähe von Spokane gelebt, als die Invasoren sie gefangen genommen hatten. Sie hätten sie fast getötet, nachdem sie sie gebeten hatten, ein paar Wörter ins Arabische zu übersetzen, und sie keine Ahnung gehabt hatte, wer die Eindringlinge waren.

Die Hand, die sie an den Haaren gepackt hatte, hatte daraufhin ihren Kopf zurückgezogen und eine rasiermesserscharfe Klinge an ihren Hals gesetzt. Ihr Blut sollte fließen. Doch eine andere Hand hatte den Schnitt in letzter Sekunde verhindert; ein Mann mit dunkler, olivfarbener Haut zog den anderen zur Seite. Er packte sie an ihren auffälligen roten Haaren und zog sie fest an sich. In gebrochenem Englisch fragte er sie, ob sie noch Jungfrau sei. Sie weinte, wusste aber, dass sie dadurch gerettet sein könnte, wenn auch nur für kurze und quälende Zeit. Doch sie schüttelte den Kopf, denn sie wollte ihnen nicht die Befriedigung geben, zu wissen, dass sie es tatsächlich war.

Der Mann mit der olivfarbenen Haut hielt einen Moment inne und musterte ihr Gesicht, als würde er eine Entscheidung treffen. Er warf sie zu Boden und ließ sie vor ihm knien. Ihre Hände waren immer noch hinter ihrem Rücken gefesselt. Sie hatte vermutet, dass er sie jetzt enthaupten würde, doch stattdessen warf er ihr ein schwarzes Gewand zu. Das Kleidungsstück bedeckte sie von Kopf bis Fuß, es verhüllte sogar ihr Gesicht. Anschließend band er ein Seil um ihren Hals und knüpfte das andere Ende an die hintere Stoßstange seines Fahrzeugs. Sie musste zu Fuß hinterherlaufen, zusammen mit etlichen anderen weinenden Gefangenen. Sie vermutete, dass es sich dabei hauptsächlich um junge Mädchen handelte, und ihre Schreie waren der Beginn des kommenden Albtraums.

Unzählige Male war sie hingefallen und gegen andere Gefangene gestoßen. Irgendwie hatte sie dennoch immer wieder die Kraft gefunden, aufzustehen und weiterzugehen, anstatt sich die harte Straße entlang schleifen zu lassen. Durch die schmalen Schlitze ihrer Kopfbedeckung hatte sie kaum etwas erkennen können.

Nachdem sie tief in der Nacht angehalten hatten, war sie von den anderen getrennt worden. Sie war kaum noch in der Lage gewesen, zu laufen. Die simple Lösung ihrer Peiniger hatte darin bestanden, sie durch einen Korridor zu schleifen und in einen Raum zu werfen, der wie ein leeres Hotelzimmer ausgesehen hatte. Sie wusste weder, wo sie war, noch welche Entfernung sie zurückgelegt hatten. Überall um sie herum schrien Männer in einer fremd klingenden Sprache und brüchige Stimmen bettelten um Gnade. Sie hatte unfassbare Angst. Überall roch es metallisch nach Blut. Diese Männer waren Schlächter, und Lucy hatte keine Vorstellung davon, wie lange ihr Tod aufgeschoben war. Jeder Moment könnte ihr letzter sein, und jede Sekunde erschien ihr wie geliehene Zeit.

Irgendwann wurde sie in ein Bad gestoßen, wo sie gegen ein hartes Waschbecken schlug. Die Tür wurde verschlossen und sie suchte sofort verzweifelt nach einer Möglichkeit, zu fliehen. Als sie keine fand, weinte sie eine Zeit lang, nahm dann ihre Kraft zusammen und stand vom Boden auf. Sie zog die Kopfbedeckung herunter und sah die brennenden Verletzungen, die das Seil um ihren Hals herum verursacht hatte. Sie spürte die Schmerzen, die sogar noch mehr zunahmen, als ihre Tränen über die Wunden liefen.

Sie konnte es einfach nicht ertragen, ihr Spiegelbild zu betrachten, und wusste, wie sehr ihre Eltern entsetzt darüber sein würden, was aus ihr geworden war. Sie riss sich von ihrem dämonischen Abbild los und trank aus dem Wasserhahn, so viel kaltes Wasser wie sie nur konnte. Wer konnte schon sagen, wann sie das nächste Mal wieder sauberes, frisches Wasser zu trinken bekäme. Lucy war sich unsicher, was sie jetzt von ihr erwarteten. Sollte sie sich duschen? Was auch immer als

Nächstes geschehen würde, sie hatte nicht vor, es den Männern leicht zu machen.

Mit ihren Fingern durchkämmte sie ihre langen Haare, flocht sie zu einem festen Zopf und band diesen dann mit einem kleinen Stück Stoff fest, das sie von ihrer Kopfbedeckung abgerissen hatte. Dann kam ihr plötzlich eine Idee … erschaffen aus Trotz und Widerstand … sie riss alle Schubladen in dem Badezimmer auf, auf der Suche nach etwas, womit sie sich verteidigen konnte, doch sie waren leer. Als Nächstes versuchte sie erfolglos, einen Teil des Türrahmens abzulösen, um einen Holzkeil als Waffe zu gewinnen. Der Föhn war offenbar schon vor Längerem von der Wand gerissen worden. Sie versuchte auch, gegen den Spiegel zu treten, in der Hoffnung auf eine Glasscherbe, mit der sie kämpfen konnte. Ihr war durchaus klar, dass sie sterben würde, aber sie war nicht bereit, kampflos aufzugeben.

Ihre Finger bluteten von den erfolglosen Versuchen, eine Waffe zu finden. Als sie jemanden vor der Tür hörte, wusste Lucy, dass ihre Zeit abgelaufen war. Sie saß auf dem kalten und harten Fußboden und erwartete nichts weniger als ihre Vernichtung. Als sie verzweifelt hochsah, erspähte sie plötzlich die Haken des Duschvorhangs. Doch sie hatte kaum genug Zeit, auch nur einen von ihnen abzunehmen, bevor sie jemanden die Tür öffnen hörte. Sie bog den Draht hastig auf und wickelte den Metallhaken in ihr Haar, um ihn zu verbergen. Sie hoffte nur, dass sie eine Gelegenheit bekam, ihre provisorische Waffe einzusetzen, bevor sie starb.

Die Tür öffnete sich. Sie hatte bereits gelernt, ihnen nicht in die Augen zu schauen, sondern sich unterwürfig vor sie zu knien. Sie tat genau das, um wenigstens für den Moment am Leben zu bleiben.

Eine Hand packte sie grob durch die offene Tür und schleifte sie zu dem Bett. Sie hatte nicht einmal die Chance, ihren

Angreifer zu sehen, bevor dieser sie mit dem Gesicht nach unten in die Matratze drückte.

Der Mann hielt sie mit dem Gewicht seines Körpers fest, während er ihr die schwarze Kleidung mit so viel Kraft vom Körper riss, dass er ihre blasse Haut aufschnitt. Sie erstickte beinahe unter seinem Gewicht, während er sie weiterhin nach unten drückte. Hilflos schlugen ihre Arme um sich, in dem Versuch, den Angreifer von sich fernzuhalten. Sie schrie und kämpfte gegen ihn an. Sie versuchte von ihm wegzukriechen, doch seine Hände rissen sie zurück und packten sie mit noch mehr Kraft als zuvor, was ihr den letzten Atem raubte. Sie hatte nicht mehr genug Luft in sich, um zu schreien. Es gelang ihr schließlich, den Kopf zur Seite zu drehen. Sie griff in ihren Nacken und tastete dort nach dem Metallstück, denn das war alles, was sie zum Kämpfen hatte.

Sie spürte jetzt seine Hände auf ihren Schenkeln. In diesem Moment erspähte sie eine Pistole neben dem Bett, gerade noch in ihrer Reichweite. Als seine Aufmerksamkeit komplett darauf gerichtet war, ihre Beine auseinanderzubekommen, ergriff sie ihre Chance. Zu ihrer Überraschung berührten ihre Fingerspitzen tatsächlich die Pistole, und sie schob sich langsam nahe genug heran, um sie ergreifen zu können. Das Metall fühlte sich kalt und schwer an.

Doch der Mann musste ihre Aktion bemerkt haben, denn seine Hände ließen jetzt plötzlich von ihrem Körper ab. Als sie spürte, wie sich sein Gewicht verlagerte, drehte sie sich blitzschnell in der Taille, hatte aber Mühe, die Waffe unter Kontrolle zu bekommen. Der Mann hatte keine Zeit mehr, die Gefahr unter sich zu registrieren, als sie blind zielte und feuerte. Es gab einen Blitz und einen ohrenbetäubenden Knall und sein schweres Gewicht sackte auf ihre Beine. Sie schrie panisch, weil sie noch nicht wusste, ob sie ihn tatsächlich aufgehalten hatte. Die Luft pfiff aus seinen Lungen, und sie spürte auf einmal, wie etwas Nasses über ihre Beine lief. Ihre Hände, mit denen sie weiterhin die Waffe umklammert hielt, zitterten stark, aber er bewegte sich nicht mehr. Sie ließ die Waffe fallen und stützte sich mit den Händen auf der Matratze ab. Dann schob sie sich langsam zum Kopfende des Bettes und zog ihre Beine unter ihm hervor. Sie war über und über mit Blut bedeckt. Entsetzt kroch sie so weit wie möglich von ihm weg. Wie versteinert betrachtete sie ihn. Seine Brust bewegte sich nicht. Vor der Tür hörte sie jetzt noch mehr Schreie, Flüche und Schüsse. Sie versuchte durch das Schlüsselloch etwas zu erkennen. Nachdem jemand die Tür ihres Hotelzimmers passiert hatte, suchte sie den Raum nach etwas zum Anziehen ab. Ihr blieb nur die zerrissene Burka, die sie sich über den Körper zog und mit der sie auch ihren Kopf bedeckte.

Lucy zitterte am ganzen Körper, hob aber die Waffe auf und hielt sie fest, als sie die Tür einen Spalt öffnete und den Flur in beide Richtungen hinunterspähte. Soweit sie es durch die Augenschlitze ihrer Burka erkennen konnte, war niemand auf dem Flur. Schreie und fremd klingende Gesänge aus verschiedenen Teilen des Hotels ließen sie vermuten, dass gerade irgendwo auf grausame Art und Weise gefeiert wurde. Sie öffnete die Tür und rannte los. Am Ende des Flurs leuchtete ein EXIT-Schild. Sie riss die darunter liegende Tür auf und taumelte hinaus in die Kälte des Treppenhauses. Dann rannte sie die Betonstufen hinunter und stürmte durch den Hotelausgang nach draußen.

Die kalte Nachtluft versetzte ihr einen Schock. Gehetzt blickte sich Lucy auf dem Parkplatz um. Ihr Blick folgte den Schreien und dem Gesang. Ganz in der Nähe konnte sie die Schatten von mehreren Menschen erkennen, die sich um ein großes Lagerfeuer herum versammelt hatten. Ihre Rufe klangen ekstatisch und geradezu fanatisch. Einige der Schemen am

Feuer richteten außerdem ihre Gewehre in die Luft und feuerten. Ihr war sofort klar, dass diese momentane Ablenkung ihre einzige Chance sein würde. Entschlossen rannte sie geduckt in den dunklen Wald hinter dem Parkplatz. Sie rannte auch weiter, als sie den Schutz der Bäume bereits erreicht hatte. Sie sah nicht einmal zurück.

***

Als Lucy ihre Geschichte beendet hatte, schluchzte sie so heftig, dass sie kaum noch Luft bekam. Clarisse hielt sie sanft an den Schultern fest. »Hole langsam und tief Atem, Lucy. Du bist jetzt in Sicherheit. Niemand hier wird dich verletzen. Du musst mir nicht mehr erzählen, wenn du nicht willst, aber es könnte dir helfen, dich mir anzuvertrauen. Niemand wird dich hier schief anschauen für das, was du getan hast, denn du hattest jedes Recht dazu. Ich hätte an deiner Stelle genau das Gleiche getan, Lucy … ich hätte das Gleiche getan.« Clarisse senkte ihre Stimme, und obwohl sie nicht bedrohlich klingen wollte, wirkten ihre Worte dennoch so. »Ich hätte ihn *abgeschlachtet*, Lucy.«

Lucy flüsterte ihre Antwort nur. »Genau das habe ich danach getan.« Einen Augenblick lang war sie gefangen in einem Flashback. Clarisse hatte das schon bei Patienten mit posttraumatischer Belastungsstörung gesehen. Lucy schluchzte hemmungslos und Clarisse ließ es geschehen.

»Da war so … viel … Blut. Ich erinnere mich nicht mehr daran, was danach passiert ist. In dem einen Augenblick stehe ich da, höre die Schüsse und Schreie, und als Nächstes renne ich mit einer Burka bekleidet durch den Wald. Und dann war auf einmal Dutch da. Ich dachte zuerst, er wäre einer von ihnen, aber er hat mich weggezogen und ich bin schließlich mit ihm gegangen. Hauptsache weg von diesem schrecklichen Ort … alles war mir recht in diesem Moment. Ich habe diesen Mann getötet«, sagte sie leise, und Clarisse konnte in Lucys grünen Augen sehen, wie sehr das Mädchen damit kämpfte.

»Gut so! Denn das war kein Mann, Lucy. Kein Mann würde dich jemals so behandeln. Das sind Tiere«, sagte Clarisse nachdrücklich, während sie weiter ihre Hände hielt. »Du hast überlebt, Lucy! Das allein zählt.« Sie umarmte das Mädchen, und sie war stolz auf sie. Lucy hatte sich gewehrt und im Gegensatz zu vielen anderen Frauen in derselben Situation die Oberhand behalten. Jetzt brauchte sie nur jemanden, der ihr half zu verstehen, dass das, was sie für ihr Überleben getan hatte, einfach ihr Recht als Mensch gewesen war.

»Lucy, du bist stärker, als du vielleicht gerade denkst. Du gehörst zu den Überlebenden, und ich werde dir helfen, wieder klarzukommen. Du bist jetzt nicht mehr länger allein, mein Liebes.«

Clarisse hatte allerdings noch eine Frage an sie. Sie hielt Lucy eine Armeslänge von sich, sah ihr fest in die Augen und meinte: »Ich muss dich das fragen: War Dutch ein perfekter Gentleman, als er dich mitgenommen hat?«

Lucy lachte und wischte sich die Tränen weg. »Dutch ist wie … ein Bruder … oder ein Onkel für mich.« Sie schüttelte den Kopf. »Er nervt, das ja, aber sonst war er immer ein perfekter Gentleman. Er hat mich nie berührt. Ich glaube, er wusste, was passiert war. Allein wie ich angezogen war … das ganze Blut … er hat mir warmes Wasser und Kleidung gegeben, aber mich nie irgendetwas darüber gefragt. Alles, was er je wollte, war nach Norden zu gehen und dort von vorn anzufangen. Ich werde ihn vermissen, aber er ist nun mal ein Einzelgänger … oder zumindest *denkt* er, *dass er ein Einzelgänger ist, ich bin mir da nicht so sicher.«*

»Ich kenne diesen Typ Mensch«, sagte Clarisse.

Als Nächstes untersuchte sie Lucy. Obwohl seit ihrer Flucht bereits zwei Wochen vergangen waren, war ihre blasse, sommersprossige Haut immer noch voller Blutergüsse und schlecht heilender Schnittwunden. Wäre sie vergewaltigt worden, hätte Clarisse ihr Medikamente gegeben, um einen möglichen Fötus abzutreiben, doch Lucy hatte Glück gehabt und es geschafft, sich davor zu retten. Nach einer Vergewaltigung schwanger zu werden und abtreiben zu müssen, war etwas, das Clarisse diesem Mädchen nicht auch noch hätte zumuten wollen.

Nachdem sie ihr eine Tetanusspritze gegeben hatte, fragte sie: »Lucy, darf ich dir auch Blut abnehmen? Ich nehme an, du trägst das Virus bereits in dir, aber ich würde das gern überprüfen. Denn das Virus ist immer noch eine Gefahr für jeden, dem wir neu begegnen.«

»Natürlich«, sagte Lucy.

Als sie die Untersuchung beendet hatte, deckte Clarisse Lucy in dem frisch bezogenen Kinderbett zu, in dem Addy so oft schlief. Sie würden sich später darum kümmern, eine dauerhafte Lösung für sie zu finden. Abgesehen davon wusste Clarisse, dass es ein längerer Prozess sein würde, ihr Selbstvertrauen wieder aufzubauen und ihr das Gefühl zu geben, nicht länger in einem Albtraum zu leben … zumindest soweit das in dieser neuen Welt möglich war.

Das Problem dabei war nur: Clarisse hatte bei der kurzen Begegnung mit Dalton mehr gespürt als erfahren, wie angespannt er gewesen war. Die Chancen standen also hoch, dass gerade etwas Schrecklicheres im Gange war. Wenn sie einen Tipp abgeben müsste, hatte es mit Lucys Entführern zu tun, und das ließ jede Faser ihres Körpers erschaudern, denn sie kannte Dalton und wusste, wozu er fähig war.

SHERIFF IST WEG

»Ich bin mir sicher, dass er morgen wieder auftauchen wird, Bang«, sagte McCann und tastete nach dem Jungen, der immer noch hinter ihm auf dem Pferd saß.

»Er ist aber noch nie zuvor so lange verschwunden«, sagte Bang bedrückt. McCann hörte seiner Stimme an, wie müde Bang war.

»Mach dir keine Sorgen, spätestens am Morgen ist er wieder da.«

Nachdem sie Mosey für die Nacht versorgt hatten, betraten sie die Blockhütte. Graham wartete bereits mit dem Abendessen auf sie.

»Du hast ihn nicht gefunden?«, fragte Graham.

»Nein. Wir haben nur ein paar Wölfe gehört, aber keine Spur von Sheriff.«

Bang ging schnurstracks auf Graham zu und stieß den Kopf gegen seine Brust. Graham wusste, dass das die Art des Jungen war, eine Umarmung einzufordern, ohne explizit danach zu fragen.

»Ist schon gut, Bang. McCann hat recht, er taucht morgen bestimmt wieder auf.«

McCann sah zu, wie Graham den Jungen über die Schulter warf und in den Schlafraum trug. *Es gibt ein unzertrennbares Band zwischen den beiden,* dachte McCann, und ihm wurde erneut bewusst, wie sehr er den Mann bewunderte.

Der lange Tag hatte McCann hungrig gemacht, und nachdem er den Eintopf gegessen hatte, den sie für ihn übrig gelassen hatten, machte er sich auf die Suche nach weiteren Resten. Normalerweise stellte Tala immer ein paar ihrer herzhaften Biskuits für zwischendurch hin, aber vermutlich war sie bei all der Aufregung heute nicht dazu gekommen, welche zu backen. Sein nächster Versuch war der Ofen. Oft fanden sich dort ein oder zwei übrig gebliebene Bissen, und tatsächlich, er hatte Glück. Auf einem Backblech lagen frisch getrocknete Streifen vom Reh.

»Ha!«, flüsterte er triumphierend. Als er gerade einen Streifen stibitzt hatte, hörte er hinter sich ein Räuspern. *Mist!* Er drehte sich um und Macy grinste ihn an. Sie war barfuß und trug schon ihr Nachthemd. Ihr blondes Haar fiel ihr locker über die Schultern. Hastig schluckte er herunter und trank einen großen Schluck. Nach einem Moment unangenehmer Stille räusperte er sich und sagte: »Hey, ich bin am Verhungern. Ich habe bis jetzt nach eurem Hund gesucht, weißt du?«

»Keine Spur von ihm?«, fragte sie besorgt.

»Null«, erwiderte er, lehnte sich mit seiner Hüfte gegen die Theke und sah sie aufmerksam an. Er fragte sich, warum sie dort in der Tür gelehnt stehen blieb. Bisher hatte sie nicht gerade den Anschein erweckt, als würde sie gern Zeit mit ihm allein verbringen wollen. Genaugenommen hatte sie das sogar immer bewusst vermieden. Er fragte sich, was ihr jetzt wohl gerade durch den Kopf ging, aber er hatte gelernt, ihr Zeit zu geben; sie würde nach einer Weile schon von allein sagen, was Sache war. Er durfte sie auf keinen Fall drängen, sie musste aus eigenem Antrieb agieren.

Macy starrte auf den Küchenboden und sagte schließlich: »Ich kann ohne ihn nicht einschlafen.« Ihre blauen Augen folgten McCanns Statur langsam von seinen Stiefeln nach oben, bis sie seine braunen Augen trafen.

Er unterbrach den Augenkontakt hastig und kratzte sich nervös am Nacken. Nie war er eifersüchtiger auf einen Hund gewesen als jetzt. *Zur Hölle, ich würde ihr sogar anbieten, am Fußende ihres Bettes zu schlafen, aber das würde mich wahrscheinlich vollends um den Verstand bringen.* »Ähm, was kann ich denn für dich tun, Macy?«

Schweigend stand sie da und sah ihm direkt in die Augen. In ihrem Blick lag irgendetwas Spezielles. Etwas, von dem er mehr als alles andere wollte, dass sie es ihm enthüllte, besonders wenn sie ihn brauchte, um ihm ihre Gedanken und Gefühle mitzuteilen.

»Ich weiß nicht«, sagte sie und schüttelte zögernd den Kopf. Dann verstummte sie und sah ihn an.

Eine Weile sagten beide nichts. »Komm her«, flüsterte er schließlich. Er war sich nicht sicher, warum er das gesagt hatte. Es war eher ein Test, um herauszufinden, was sie wollte und brauchte … falls sie das überhaupt selbst wusste. Sie wirkte heute so verletzlich … das war nicht die Macy, die er kannte … ganz und gar nicht.

Sie machte einen halben Schritt auf ihn zu, blieb dann aber stehen und blickte nach unten. Die besondere Stimmung war gebrochen und ihre vertraute wachsam-abweisende Haltung übernahm wieder die Oberhand. Sie hatte sich offenbar wieder im Griff. Er holte tief Luft, atmete dann langsam und ruhig wieder aus und machte sich Vorwürfe. Sie war so wunderschön und insgeheim liebte er sie schon jetzt, aber sie war gerade einmal sechzehn und er schon zwanzig.

Sie war einfach noch nicht bereit, und er wollte, dass sie zu ihm kam, wenn die Zeit gekommen war. Im Moment blieb ihm nur, wenigstens bis zu ihrem achtzehnten Geburtstag zu warten. McCann machte zwei große Schritte auf Macy zu und hob sie vom Boden in seine Arme. Sie wehrte sich nicht. Er versuchte gar nicht erst, das wohlige Gefühl zu unterdrücken, das er dabei empfand, ihre weichen Schenkel in seinen Armen zu spüren. Er trug Macy in den Schlafraum, legte sie in ihr Bett und deckte sie dann mit der weichen Wolldecke bis zum Kinn zu. »Schlaf gut, Macy«, flüsterte er. »Ich bleibe im Wohnzimmer. Wenn Sheriff zurückkommt, lasse ich ihn herein.« Seine Hände zitterten leicht, als er ihre weiche Wange mit dem Handrücken streichelte.

Langsam ging McCann zurück ins Wohnzimmer und fiel dort auf die Couch, nachdem er es gerade noch geschafft hatte, seine Stiefel und sein Hemd auszuziehen. Er mochte es irgendwie, im Wohnzimmer zu schlafen.

***

Das Nächste, was er mitbekam, war, dass jemand heftig gegen die Eingangstür der Blockhütte trommelte. Graues Morgenlicht sickerte durch die Fenster. McCann setzte sich auf und nahm auf dem Weg zur Tür aus reiner Gewohnheit sein Gewehr in die Hand. Nach einem kurzen Blick setzte er das Gewehr allerdings wieder ab, denn Dalton war auf der anderen Seite und wartete trotz der viel zu frühen Morgenstunde darauf, dass man ihn hereinließ.

»Was ist denn los? Warum bist du so früh hier?«, fragte McCann und blinzelte verschlafen. Er hatte eine andere Beziehung zu Dalton. Er mochte den Mann zwar, aber seine komplette Loyalität galt Graham, und obwohl die beiden Männer Freunde waren, wollte McCann sich einen gewissen Abstand zu Dalton bewahren, da er sich immer noch nicht sicher war, ob der Mann immer das Beste für Grahams Camp im Sinn hatte. Etwas in ihm bestand auf diesen Abstand, so wie sein Vater ihn stets gelehrt hatte, gutnachbarschaftliche Beziehungen zu pflegen. *Behandele sie freundlich, sei da, wenn sie dich brauchen, aber übertreibe es nicht, denn Menschen neigen grundsätzlich dazu, Großzügigkeit im Laufe der Zeit auszunutzen, und das zerstört die besten Beziehungen.*

Er stand da in seiner Jeans, ohne Hemd und noch halb schläfrig, als Sheriff plötzlich auf der Veranda erschien und an Daltons Beinen vorbei in die Hütte stürmte.

»Wo zur Hölle warst du denn so lange?«, fragte McCann den Hund. Er war nicht überrascht, als Sheriff ihm einen knappen Seitenblick zuwarf, als würde er sagen wollen: *Das geht dich überhaupt nichts an, du Vollidiot,* während er schnurstracks zum Schlafraum lief. Ganz sicher war Macy sein Ziel.

McCann sah mit einem grimmigen, ungläubigen Kopfschütteln zu Dalton und murmelte einige leise Flüche, von denen er hoffte, dass Dalton sie nicht verstand.

»Willst du mit Graham sprechen?«, fragte McCann und öffnete die Tür, um Dalton hereinzulassen. Ohne auf eine Antwort zu warten, nahm McCann sein Hemd von der Couch und verließ den Raum, um Graham zu wecken. Normalerweise schliefen sie alle nicht länger als bis zum Sonnenaufgang, aber der vorherige Tag war anstrengend gewesen.

Auf dem Weg zu Grahams Zimmer knurrte McCann spielerisch Sheriff an, der am Ende von Macys Bett saß. Die Tür stand einen Spalt offen und McCann stieß sie ein wenig weiter auf und flüsterte Grahams Namen. Doch Graham saß bereits im Halbdunkel, zog seine Jeans an und nickte ihm zu. McCann schloss die Tür wieder. Immer noch nicht ganz wach, kehrte er in die Küche zurück, um wie auf Autopilot eine Kanne Kaffee aufzusetzen.

»Hattet ihr eine lange Nacht?«, fragte Dalton.

»Oh ja«, antwortete McCann gähnend. »Bang und ich waren bis spät in die Nacht draußen und haben *Sheriff* gesucht.« Er sagte den Namen des Hundes extra laut in der Hoffnung, den nächtlichen Herumtreiber damit ein wenig zu ärgern. »Wir konnten ihn aber nicht finden«, meinte er und zählte nebenbei die Löffel gemahlenen Kaffee ab, die er in den Topf gab.

»Ich weiß. Er ist zusammen mit den anderen Hunden abgehauen, Dutch hat seine auch nicht wiedergefunden«, sagte Dalton.

»Macy konnte letzte Nacht nicht gut schlafen, weil sie sich solche Sorgen gemacht hat um ihn. Du bist bestimmt hier, um über das zu sprechen, was Dutch uns berichtet hat, oder?«

»So ist es, und du solltest auch dabei sein«, sagte Dalton.

»Das habe ich vor. Kümmert ihr euch denn um das Mädchen?«, fragte McCann, um die Unterhaltung am Laufen zu halten, während er ein paar Kaffeetassen aus dem Schrank holte.

»Das haben wir vor. Clarisse kümmert sich gut um sie. Zum Abendessen war sie auch schon im Speisezelt, und sie hat fürs Erste ein Bett bei Clarisse bekommen, also ist sie in guten Händen.«

»Das ist großartig. Sie sah ziemlich verängstigt aus, als ich sie in euer Lager gebracht habe, deshalb habe ich sie lieber in Ruhe gelassen«, sagte McCann.

»Sie hat Schreckliches durchgemacht, doch vielleicht kann sie uns später einige wertvolle Informationen geben. Aber damit warten wir lieber, bis Clarisse sagt, dass sie bereit ist, zu reden.«

McCann hatte sofort, als er sie gesehen hatte, eine Art Trauma vermutet, das sie durchgemacht haben musste. Sie waren zwar alle durch die Hölle gegangen, aber diese junge Frau sah aus wie jemand, der in der Hölle gewohnt hatte.

»Guten Morgen«, sagte Graham und trat durch die Tür. »Kaffee schon fertig?«

»Fast«, sagte McCann, als Dalton sich an den Tisch setzte.

»Ich werde mir Mühe geben und versuchen, heute einen besseren Tag zu erwischen«, sagte Graham und berührte leicht seine nagelneue Naht. »Zumindest möchte ich für eine Weile das falsche Ende von Schrotflinten vermeiden.«

»Ja, das gilt für dich ebenso wie für Rick«, sagte Dalton. »Steven hat eine ganze Weile gebraucht, um alle Schrotkügelchen herauszuholen. Er hat gesagt, Rick hätte gejammert wie ein altes Weib und die Verletzung als Vorwand eingesetzt, sich mittags schon mehr als ein Bier zu genehmigen.«

McCann hatte kein großes Interesse an all diesen ganzen Details, er wollte lieber, dass sie zur Sache kamen. Er vermutete, dass Dalton gerade im Begriff war, eine Bombe platzen zu lassen, aber er blieb geduldig und kümmerte sich weiter um den Kaffee.

»Wir müssen eine kleine Gruppe bilden und eine Aufklärungsmission nach Süden starten, um herauszufinden, wo diese Invasoren jetzt genau sind«, begann Dalton.

»Also glaubst du ihm?«, vermutete Graham.

»Ja, das tue ich. Er weiß einfach zu viel und hat Antworten auf all die richtigen Fragen«, sagte Dalton.

»Wie viele Männer braucht man denn für die Mission?«, fragte McCann. Er wollte es direkt auf den Punkt bringen. Dass sie mit eigenen Augen sehen wollten, was Sache war, hatte er hinreichend verstanden.

»Vier, vielleicht fünf. Graham, ich hätte dich gern dabei, aber ich verstehe es natürlich vollkommen, wenn du Tala jetzt nicht alleinlassen willst, zumal deine Verletzung dich bei der ganzen Sache behindern könnte. In diesem Fall würde ich McCann mitnehmen, wenn er dazu bereit ist.« Dalton warf McCann einen Blick zu, woraufhin dieser als Antwort nickte. »Es ist eine reine Erkundungsmission. Das heißt, wir gehen rein, sammeln so viele Informationen, wie wir können, und verschwinden dann wieder. Wenn wir zurück sind, bewerten wir die Gefahr für uns. Wir wollen morgen früh bereits aufbrechen«, sagte Dalton.

»Ich möchte natürlich am liebsten mitkommen, aber du hast recht, ich könnte durch die Verletzung zu langsam sein und euch aufhalten«, sagte Graham. »Die Sache betrifft uns alle. Ist es denn wirklich sicher, dass es islamische Terroristen sind?«

McCann stellte drei Tassen Kaffee auf den Tisch, und Dalton nahm sofort einen Schluck. »Er ist sich sehr sicher, aber genau deshalb unternehmen wir die Mission ja … um doppelt sicherzugehen.«

»Stecken sie wirklich dahinter? Sie haben tatsächlich einen weltweiten Völkermord mit einem Virus verursacht, nur damit sie unser Land erobern können?«, fragte McCann fassungslos und schüttelte ungläubig den Kopf. Er konnte immer noch nicht begreifen, dass Menschen tatsächlich so abgrundtief böse sein konnten.

»Was der Mensch Übles im Namen der Religion tut, oder besser gesagt im Namen ihrer perversen Interpretation davon, dauert doch eigentlich schon seit Jahrhunderten an, McCann«, erwiderte Graham. »Sie verhalten sich absolut barbarisch, aber so ist ihr Dschihad nun mal. Sie haben immer gesagt, dass es eines Tages so kommen würde.«

»Wir möchten auch Steven und Sam mitnehmen. Bei Tagesanbruch geht es los«, erklärte Dalton. Er nahm einen letzten Schluck Kaffee und erhob sich dann vom Tisch.

»Wird Dutch noch ein paar Tage hierbleiben?«, fragte Graham.

»Ich weiß es nicht. Er macht eher den Eindruck, schnellstmöglich von hier verschwinden zu wollen«, antwortete Dalton. »Wir werden sehen. Der Mann scheint seine ganz eigene Art zu haben, die Dinge zu regeln.«

McCann nickte.

»Wir kommen morgen früh vorbei, Junge. Sei bereit«, erinnerte ihn Dalton auf dem Weg nach draußen.

»In Ordnung«, sagte Graham und sah nachdenklich aus dem Fenster. »Ich war nie ein Mann, der zu Gewalt neigt, aber wenn es stimmt … wenn sie wirklich dafür verantwortlich sind, dann wird sich das ändern müssen. Denn das hat mich die jüngste Zeit gelehrt: Du musst kämpfen, oder du riskierst nicht nur dein Leben und das der anderen, sondern auch die Freiheit an sich.«

»Es ist echt verdammt schwer, das alles in den Kopf zu bekommen«, gab McCann zu. »Warum? Warum sollte jemand all das tun?«

»Ich weiß es nicht, McCann, aber sie haben sich definitiv mit den Falschen angelegt.«

DIE EINLADUNG

In der Quarantänestation näherte sich Dalton jetzt Clarisse von hinten. Da sie allein waren, umarmte er sie spontan. Sie drehte sich zu ihm um und er küsste sie. »Ich habe dich vermisst«, sagte er und hielt sie fest.

»Wir waren in letzter Zeit beide ziemlich beschäftigt«, meinte Clarisse.

Er kam direkt zur Sache, weil er ahnte, dass er vermutlich keine zweite Chance bekommen würde. »Clarisse, ich muss dringend mit Lucy reden, denn sie ist die Einzige, die sie aus der Nähe gesehen hat, und sie könnte uns wertvolle Informationen geben, von denen sie vielleicht nicht einmal selbst weiß, dass sie diese hat«, sagte Dalton vorsichtig.

Clarisse machte sofort einen Schritt von ihm weg. »In Ordnung, Dalton, aber sie ist gerade sehr zerbrechlich. Sie hätte fast einen Mann getötet, als das Erlebte wieder über sie hereingebrochen ist, und …«

»Wir werden bald alle zerbrechlich oder tot sein, wenn wir uns nicht einen Vorteil aus den Informationen verschaffen können, die uns zur Verfügung stehen«, unterbrach Dalton sie mit lauterer Stimme.

Er merkte sofort, dass es ein Fehler gewesen war, denn Clarisse war ganz und gar nicht der Typ, der auf Einschüchterung ansprach.

Sie zeigte auf die Tür und sah dann an ihm vorbei. »*Geh jetzt.* Ich bringe sie in einer halben Stunde zu dir.«

»Clarisse, es tut mir …«

»Raus hier!«

Dalton verließ die Quarantänestation in dem Wissen, dass er nichts mehr hätte sagen können, um die Situation besser zu machen. Als er zurück ins Lager ging, hörte er das Rumpeln von Dutchs Army-Truck. Entweder kam er, um sich zu verabschieden, oder um ihnen zu sagen, dass er noch eine Weile bei ihnen blieb.

Dalton ging schneller und betrat die Lichtung in dem Moment, als Dutch gerade aus seinem Truck stieg und sich umsah.

»Hey, Dutch«, sagte Rick und streckte die Hand zum Gruß aus.

Dalton sah, dass Rick heute Morgen zumindest äußerlich wieder in der Spur war und bis auf den Verband am Bein ganz der Alte zu sein schien. Rick war extrem verärgert gewesen, als er erfahren hatte, dass er nicht mit ihnen auf die Erkundungsmission gehen sollte. Einige Zeit später hatte er dann eingesehen, dass seine Verletzung seine Teilnahme unmöglich machte. Außerdem brauchten sie ihn hier, um die Kommunikation mit dem Lager aufrechterhalten zu können.

»Hey, Dutch«, sagte Dalton.

Er ließ die üblichen Höflichkeiten links liegen und fragte sofort: »Brichst du auf oder kann ich dich überzeugen, noch ein paar Tage hierzubleiben, bis wir anderen wieder zurück sind?«

»Ich habe gründlich darüber nachgedacht. Ja, ich halte hier die Stellung, bis ihr wieder da seid, denn ich will sicher sein, dass es Lucy bei euch gut geht und dass ihr meine Warnungen ernst nehmt«, sagte Dutch.

»Wir brechen morgen früh zu einem kleinen Erkundungstrip auf«, sagte Dalton. »Willst du dabei sein? Eine letzte Mission sozusagen?«

»Ihr zweifelt immer noch an den Fakten? Ist euch mein Wort etwa nicht gut genug?«, fragte Dutch verstimmt.

Dalton stemmte die Hände in die Hüften. Er starrte auf den Boden, dachte kurz über die Konsequenzen nach und sah dann Dutch offen an. »Nein, tut mir leid. Falls es stimmt, habe ich nicht vor, ihnen unser Land kampflos zu überlassen. Ich werde nicht zulassen, dass sie es sich einfach so unter den Nagel reißen. *Wenn* es so ist, wie du sagst, werde ich sie alle in die Hölle schicken oder bei dem Versuch sterben. Ich weiß zwar noch nicht, wie ich das genau bewerkstelligen soll, aber zuerst einmal brauche ich die Gewissheit, und dabei könnte ich deine Hilfe gebrauchen.«

Er sah Dutch an, dass dieser über die Einladung ernsthaft nachdachte. Die Frühlingsluft war noch kühl, aber die Sonne strahlte bereits hell und Dalton hatte unweigerlich das Gefühl, dass es unmöglich so schön sein durfte. Es hätte grau und neblig sein sollen; die Art von Nebel, in der man sich verlieren konnte. Dutchs dunkelbraunes Haar war halblang gewachsen und wirkte ein wenig, als bräuchte er dringend mal wieder einen Besuch beim Friseur. Er war genauso groß wie Dalton, aber muskulöser, vermutlich durch die Arbeit auf dem Bauernhof. Er war die Art Veteran, der man sofort ansah, dass er einige üble Zeiten in der Vergangenheit durchgemacht hatte, vermittelte aber auch, dass er gelernt hatte, das Vergangene zu akzeptieren. Die Art Veteran, um die man sich nie Sorgen machen musste … die dir den Rücken freihielt und dich absicherte. Dalton hoffte deshalb sehr, dass Dutch für den kommenden Kampf bei ihnen bleiben würde.

»Ich weiß genau, was du meinst«, sagte Dutch jetzt.

Es brauchte keine weiteren Worte. »Als ich eure Nachricht zum ersten Mal gehört habe, dachte ich, ihr seid nur ein Haufen glücklicher Zivilisten, die zufällig auf einen alten HAM-Operator gestoßen sind und etwas mit den Funkwellen herumspielen. Ich hatte keine Ahnung, dass ihr eine kleine Armee seid.« Er holte tief Luft und richtete sein Gesicht dann für eine Sekunde in die Sonne, bevor er Dalton wieder ansah. »Zur Hölle … wenn ihr bereit seid, das Risiko einzugehen, bin ich es auch. Ich mache es für Lucy und die letzten Ungläubigen.«

Dalton grinste bei diesem Wortspiel. »Genau das sind wir, oder? Die letzten Ungläubigen. Diese Bastarde …« Er wurde nun wieder ernst und nickte Dutch zu. »Was du sagst, gefällt mir. Ich bin froh, dass du bei uns bleibst.« Dalton schüttelte erneut die Hand des Mannes, dieses Mal allerdings mit brüderlichem Respekt.

»Jetzt würde ich aber gern erst mal nach Lucy sehen und anschließend muss ich meine verdammten Hunde suchen«, sagte Dutch.

»Sind sie denn immer noch verschwunden?«, fragte Dalton verwundert.

»Leider ja. Sie sind sehr gut ausgebildet, so etwas ist eigentlich gar nicht ihre Art«, antwortete Dutch.

»Sheriff drüben in Grahams Camp war ebenfalls die ganze Nacht unterwegs, heute Morgen ist er aber wieder aufgetaucht. Er war vorher auch nie längere Zeit allein unterwegs. Bestimmt sind deine Hunde auch bald wieder da.«

»Das ist momentan ja eigentlich auch das geringste unserer Probleme«, erwiderte Dutch und fragte Dalton dann: »Brechen wir direkt bei Sonnenaufgang auf?«

»So ist es.« Dalton sah durch das Tor ihres Lager. Clarisse war gerade, mit Lucy im Schlepptau, in ihre Richtung unterwegs.

Er kannte Clarisse mittlerweile gut genug, um zu sehen, dass sie immer noch wütender auf ihn war als ein Bär, den man aus dem Winterschlaf gerissen hatte.

»Schaut mal, Clarisse ist hier und Lucy auch.«

»Na Mädchen, wie kommst du klar?«, fragte Dutch Lucy.

Sie schenkte ihm ein Lächeln, das aber unmittelbar darauf wieder verschwunden war. Dalton dachte, dass es dennoch ein gutes Zeichen und eine große Leistung für Lucy war. Doch dann fiel ihm auf, dass Clarisse ihn mit ihrem Blick förmlich durchbohrte.

»Ich habe Lucy gesagt, dass du sie befragen musst. Wo genau willst du das machen? Ich gebe dir zehn Minuten, dann beende ich es«, fauchte Clarisse.

Dalton nickte und hob beide Hände. »Das ist vollkommen in Ordnung, Clarisse. Lass uns am besten ins Kommunikationszelt gehen. Kann Sam auch dabei sein? Er hat immer eine andere Perspektive auf die Dinge.«

Clarisse sah aus, als wollte sie nichts sehnlicher, als sich auf ihn stürzen und ihm einige sehr wichtige Körperteile abtrennen. Es gelang ihr anscheinend nur mit großer Mühe, sich zusammenzureißen. Frustriert atmete sie aus, wandte sich dann an Lucy und ergriff sanft ihren Arm.

»Lucy, es ist sehr wichtig, dass wir alle Details kennen und alles erfahren, was du gesehen hast. Zwei oder drei von uns werden dich befragen, aber ich werde die ganze Zeit dabei sein. Könntest du das für uns tun?«, fragte Clarisse.

»Ich werde auch da sein, Lucy«, sagte Dutch mit leiser, kratziger Stimme.

Dalton vermutete, dass er mehr für das Mädchen übrighatte, als er zugeben wollte. Doch Lucy wirkte vollkommen verängstigt auf Dalton … bereit, bei der ersten Gelegenheit zu fliehen. Er würde es ihr nicht übel nehmen, wenn sie es tat.

Lucy sah ihn jetzt mit ihren hellgrünen Augen an, während ihre Lippen unkontrolliert zitterten. Dalton war kurz davor, die ganze Sache abzubrechen, als sie mit bebendem Kinn nickte. Tränen liefen ihr über die Wangen.

Er streckte die Hand aus, um sie zu trösten, aber Clarisse ging sofort dazwischen und intervenierte. Er hätte wissen müssen, dass es eine dumme Idee war, sich ihr auf diese Weise zu nähern. Er musste unfassbar behutsam mit ihr umgehen. *Verflucht waren die Tiere, die ihr das angetan hatten.*

Clarisse umarmte sie kurz und drehte sie dann in die Richtung, in der das Kommunikationszelt stand. Dalton und die anderen folgten ihnen, aber bevor sie eintraten, drehte sich Clarisse mit einem finsteren Blick zu ihnen um.

»Ich warne euch … geht extrem behutsam vor«, sagte sie, bevor sie Lucy ins Zelt führte und die anderen kurz stehenblieben, um über ihre Warnung nachzudenken. »Ist sie immer so?«, fragte Dutch.

»Clarisse? Nein. Sie kann dein bester Freund sein, aber eben auch dein schlimmster Albtraum. Anscheinend habe ich in letzter Zeit eine Grenze überschritten«, gestand Dalton ein.

»So mag ich die Damen«, erwiderte Dutch, als er an Dalton vorbei ins Zelt ging.

»Wirklich großartig«, murmelte Dalton und wartete auf Sam.

ABSCHIED

»Hast du alles?«, fragte Tala.

»Jawohl, Ma'am«, sagte McCann und zog die Bänder an seinem Rucksack straff.

»Was ist mit deinem Erste-Hilfe-Set?«, fragte Marcy.

»Hab ich dabei.«

»McCann, hast du das extra Magazin eingepackt?«, fragte Graham aus dem Esszimmer.

»Aber sicher doch«, rief er zurück. Ihre ganzen Fragen gingen ihm langsam ein wenig auf die Nerven. »Hört mal, ich muss mit möglichst leichtem Gepäck reisen. Ich bin doch morgen Abend oder spätestens am Morgen darauf wieder zurück. Also macht euch keine Sorgen.«

»Bereite dich auf das Schlimmste vor und hoffe auf das Beste«, sagte Graham, als er sich daran erinnerte, dass dies sein Vater immer gesagt hatte.

»Das habe ich von meinem Dad auch oft gehört.«

»Wohin gehst du?«, fragte Bang, der ohne ein Geräusch in der Tür erschienen war.

Obwohl sie nicht verheimlicht hatten, dass McCann mit den Preppern auf eine gefährliche Erkundungsmission ging, hatten sie bislang weder ihm noch dem Rest der Gruppe davon erzählt.

McCann sah Tala an, und Tala blickte zu Graham.

»Er bricht am Morgen mit den Preppern zusammen zu einem Erkundungstrip auf. Er wird aber in ein oder zwei Tagen wieder zurück sein. Wir überprüfen gerade, ob er alles dabei hat, was er braucht«, erklärte Graham.

»Wann wolltest du mir denn davon erzählen?«, fragte Macy plötzlich vom Raum hinter der Tür aus, sodass die anderen sie nicht sehen konnten.

Alle sahen erwartungsvoll zu McCann.

»Macy, das ist keine große Sache. Ich dachte, du hättest es heute Morgen mitbekommen«, erklärte McCann.

»Warum kann ich nicht mitkommen?«, fragte sie.

»Macy«, antwortete Graham, bevor jemand anderes etwas sagen konnte. »Dieses Mal geht es nicht darum, dass du nicht dabei sein sollst, weil du ein Mädchen bist. Er ist nur dabei, weil ich es gerade nicht sein kann.«

»Okay. Aber noch einmal: warum kann ich nicht mitkommen?«, fragte sie.

»Weil mehr als fünf Personen nicht in den Jeep passen, Macy. Außerdem brauche ich dich hier, um auf die Pferde aufzupassen. Du bist schließlich die Einzige, bei der sie nicht sofort nervös werden«, erklärte McCann.

Mark wollte gerade gegen diese Einschätzung Protest einlegen, doch McCanns strenger Blick brachte ihn sofort zum Schweigen.

»Da ist was dran«, sagte Mark deshalb kopfschüttelnd. »Mosey hat mich das letzte Mal, als ich den Stall ausgemistet habe, getreten.«

»Das liegt daran, dass Macy immer mit ihnen spricht, wenn sie da drin allein mit ihnen ist. Ich habe sie nämlich gehört«, sagte Bang.

»Das tue ich gar nicht!«, rief Macy protestierend und verließ den Raum.

McCann stieß einen frustrierten Atemzug aus und war der Meinung, dass es in dieser kleinen Blockhütte langsam etwas zu viel dicke Luft gab. Seit der Frühling ihnen wärmere Tage beschert hatte, waren sie tagsüber viel seltener drinnen, vor allem nicht zur gleichen Zeit. Sogar Sheriff war nicht so aktiv wie sonst, sondern lag noch immer faul auf dem Holzboden des Schlafzimmers. Vielleicht träumte er ja von seinen Abenteuern in der Nacht zuvor.

McCann würde sie alle schrecklich vermissen, aber es war ja nur ein kleiner Trip. Dennoch … weiter als dieses Mal hatte er sich noch nie von ihnen entfernt, seit er zu ihnen gekommen war, und möglicherweise würde diese Reise gefährlicher sein, als er es sich jetzt vorstellen konnte. Keine noch so finstere Gruselgeschichte hatte in seiner Kindheit jemals eine derartige Katastrophe vorhergesagt. Niemand hatte sich je eine solche Hölle vorstellen können. Es war eine Sache, sich als Teenager Unabhängigkeit vorzustellen und sich danach zu sehnen, aber es war etwas ganz anderes, jeden Menschen zu überleben, den man jemals gekannt hatte, und dennoch von Tag zu Tag weiterleben zu müssen. Nun, als McCann gerade das Gefühl entwickelt hatte, dass ein gutes Überleben im Bereich des Möglichen lag, nahm die Geschichte schon wieder eine neue Wendung.

Jetzt gab es nicht nur eine massive Pandemie, die die gesamte Menschheit beinahe ausgelöscht hatte, sondern es stellte sich auch noch heraus, dass jemand diese Pandemie absichtlich herbeigeführt hatte, und dieser jemand jetzt hier war … in ihrem Land, in Amerika … und stolz darauf war und sich damit sogar rühmte.

»Weißt du, McCann …«, fing Graham an, womit er McCanns Gedanken abrupt unterbrach und ihn von seinem Rucksack aufblicken ließ. McCann bemerkte auf einmal, dass alle außer Graham den Raum verlassen hatten.

»Als ich noch an der Universität von Washington Mathematik gelehrt habe, war meine Einstellung zu Krieg und Gewalt eine ganz andere als heute. Das Leben bringt dir auf seine eigene Art und Weise bei, deine besten Absichten hinter dir zu lassen. Ich habe nie an Patriotismus geglaubt, ich habe eher an die Menschlichkeit geglaubt, und dass wir unsere Feinde lieber umarmen sollten. Das Problem an dieser Denkweise ist nur, dass deine Feinde deine eigenen Flugzeuge in Gebäude steuern und auf diese Weise Tausende unschuldiger Menschen töten, während du sie umarmst … dass sie böse Pläne schmieden, um eine Religion zu korrumpieren und jedem den Dschihad erklären, der ihnen nicht folgt.« Aus Frust hämmerte er seine Krücke auf den Boden. »Verdammt, ich lag so falsch. Wir waren gar nicht das Problem, sie waren es. Sie haben einen Völkermord geplant, während wir versucht haben, sie zu umarmen. Alles, wofür ich je einzustehen versucht habe, jede Diskussion, bei der ich andere davon überzeugen wollte, war nichts als blinder Glaube an die Menschheit, angesichts der Tatsache, dass das Böse eine immanente Komponente bleiben wird.

Ich war so unfassbar blind, McCann. Erst jetzt sehe ich, und wenn es einen Weg gibt, wie wir sie aufhalten können, dann werden wir das tun. Du kommst bitte gesund wieder zu uns zurück. Wir brauchen dich nämlich noch.« Er streckte den Arm für einen Handschlag aus, zog McCann dann aber an sich.

»Das mache ich, Graham.« McCann war glücklich, dass Graham sich um ihn Gedanken machte. Mit Sorge in der Stimme fügte er jetzt hinzu: »Du musst aber zu einhundert Prozent aufpassen, dass Macy uns nicht folgt.«

Graham sah ihn mit ernstem Gesichtsausdruck an. »Darauf kannst du dich verlassen, und wenn ich sie dafür fesseln muss.«

»Viel Glück dabei«, sagte McCann scherzhaft, meinte es gleichzeitig aber vollkommen ernst.

DAS GESPRÄCH

Lucy saß auf einem Klappstuhl aus Metall im Kommunikationszelt. Um sie herum summten die elektrischen Geräte. Ihre blassen, schlanken Hände waren kalt wie Eiszapfen, und sie steckte sie zwischen ihre Oberschenkel, um sie zu wärmen. Clarisse hatte sie mit einem Satz ihrer Militärkleidung und einem Paar fester Stiefel ausgestattet. Lucy war dankbar dafür, endlich wieder etwas zum Anziehen zu haben, das ihr besser passte als Dutchs viel zu große Kampfanzüge. Wirklich gut oder gar modisch sah das Ganze zwar nicht aus, aber zumindest gehörten die Sachen jetzt ihr und vermittelten ihr ein Gefühl der Sicherheit.

Sam drehte das mobile Heizgerät in ihre Richtung, um sie zu wärmen. Am Abend zuvor hatte sie ihn beim Abendessen zusammen mit vielen anderen Bewohnern des Lagers getroffen. Auch Rick hatte sie wiedergesehen und heftig geweint, als sie sich bei ihm entschuldigt hatte. Sie war überrascht gewesen, dass er ihr nicht böse war, und sie sah auch, dass er ihr trotz allem vorbehaltlos vertraute.

»Lucy«, sagte Clarisse jetzt, »bitte erzähl uns einfach, woran du dich erinnerst. Am besten fängst du ganz von vorn an. Wenn uns etwas auffällt, fragen wir nach. Bitte antworte uns einfach, so gut du kannst. Wir können jederzeit aufhören. Dies hier ist ein sicherer Ort und wir werden dich beschützen. Hier wird dir niemand etwas zuleide tun.«

»Okay. Ich … habe in der Nähe von Spokane in einer kleinen Stadt namens Liberty Lake gelebt.« Sie sah kurz auf. Mehrere der Anwesenden nickten, um ihr zu signalisieren, dass sie den Ort kannten. Liberty Lake war auf der Interstate 90 die letzte Station in Washington vor der Grenze zu Idaho.

»Ich dachte, ich wäre die Einzige, die noch da ist. Unser Ort ist eigentlich nicht mehr als eine große Einfamilienhaus-Siedlung. Meine Eltern und ich haben in einem Haus in der Settler Road gewohnt, gearbeitet haben sie im Safeway-Supermarkt im Stadtzentrum. Ich bin auf die Eastern Washington University gegangen. Als das Virus ausbrach, haben sie die Universität schon bald geschlossen.« Sie starrte auf ihren Schoß. »Meine Eltern … sind kurz darauf gestorben. Meine kleinen Brüder auch.« Tränen liefen ihre Wangen herab und hinterließen kleine, dunkle Flecken auf dem Tarnmuster ihrer Hose. Clarisse reichte ihr ein Taschentuch und Sam legte eine Wolldecke um ihre Schultern.

Lucy schluckte, lächelte aber, nachdem sie die Tränen weggewischt hatte. »Es ging alles so unglaublich schnell. Zuerst hat der Stadtrat die Bestattung der Toten im Pavillon Park organisiert, in der Nähe unseres Hauses. Doch dann, ein paar Wochen später, waren es einfach zu viele geworden, und mein Vater hat mir gesagt, ich solle drinnen bleiben und die Türen abschließen. Wir sollten so tun, als wären wir gar nicht zu Hause oder als wären wir tot. Ich bin nie krank geworden. Ich habe zusehen müssen, wie meine Mutter und meine Brüder von uns gegangen sind. Mein Vater und ich haben sie im Garten hinter dem Haus begraben. Doch dann hat es auch noch meinen Dad erwischt. Ich war bei ihm, als er starb. Plötzlich war ich ganz allein. Der Winter kam und ich musste meinen Vater begraben. Es war kalt und der Boden unglaublich hart. Ich habe zwei Tage dafür gebraucht. Ich habe nur überlebt, indem ich die Vorräte rationiert und zusammengesucht habe, was immer ich in den verlassenen Häusern der Nachbarn und den Supermärkten finden konnte. Mein Dad wollte, dass ich mich umbringe«, sagte sie leise und brach erneut in Tränen aus. »Er wollte nicht, dass ich ganz allein bin, aber ich konnte es nicht tun. Ich konnte es einfach nicht ...« Ihr flehender Blick bohrte sich in sie alle, so als wolle sie hören, dass sie das Richtige getan hatte.

Dalton beugte sich vor, aber Clarisse zog ihn sofort wieder zurück. »Aber jetzt geht es mir wieder gut«, sagte Lucy. Sie wischte sich die Tränen weg und holte tief Luft.

»Ich habe gemacht, was er gesagt hat. Ich bin im Haus geblieben und habe so getan, als wäre niemand da. Doch eines Tages hörte ich Geräusche, die klangen wie Plünderer. Ich hatte furchtbare Angst, dass jemand einbrechen und mich entdecken könnte. Irgendwann hörte es dann auf und jegliche Geräusche waren verstummt. Es herrschte plötzlich eine vollkommene Stille. Sonst rauschten immer die Autos über den Highway, wenn ich am Abend schlafen gegangen bin. Mit diesem Geräusch bin ich als junges Mädchen aufgewachsen. Aber jetzt war es vollkommen still. *Zu* still, ich konnte gar nicht mehr einschlafen. Keine Autos mehr, keine lauten Nachbarn oder schreiende Kinder, die auf der Straße vor der Tür Basketball spielten. Nichts.

Zu essen hatte ich zum Glück genug. Mein Dad hatte dafür gesorgt, aber ich habe die Situation irgendwann einfach nicht mehr länger ertragen können. Ich habe gewartet, bis es dunkel wurde, und bin dann zuerst nur bis zum Ende unserer Straße gegangen. Anschließend bin ich wieder zurückgegangen und habe im Briefkasten nachgesehen, ob vielleicht jemand Post gebracht hat ... ich weiß auch nicht, warum ich das gemacht habe. Macht der Gewohnheit wahrscheinlich.« Sie sah verwirrt aus und schüttelte den Kopf, als ob sie ihr eigenes Handeln nicht mehr plausibel fand.

»Das habe ich von da an jeden Abend gemacht. Ich bin immer bis zum Ende der Straße gegangen und habe dann den leeren Briefkasten geöffnet. Ich glaube, ich habe gehofft, etwas … irgendetwas oder irgendjemanden zu sehen. Dann kam der Winter und wegen des Schnees blieb ich drinnen, weil ich keine Fußabdrücke hinterlassen wollte. Mein Vater hatte mich davor gewarnt. Also habe ich tagsüber leise Klavier gespielt, nachmittags Sport getrieben und viel gelesen. Ich habe mich immer streng an meinen Zeitplan gehalten, um nicht verrückt zu werden. Strom gab es zwar keinen mehr, aber der Gaskamin funktionierte wenigstens noch, sodass es immer warm genug war.

Endlich schmolz der Schnee und kam auch nicht wieder. Ich hatte keine Bücher mehr zum Lesen und dachte, wenn ich in die Bibliothek einbrechen könnte, würde mich das vielleicht davor bewahren, durchzudrehen. Seit mein Vater gestorben war, hatte ich mich nicht mehr so weit vom Haus entfernt, dabei war es nur etwa eine halbe Meile bis dorthin. Doch als ich dort ankam, sah ich, dass jemand alle Bücher zerstört hatte.« Sie schüttelte den Kopf im Versuch, das Unergründliche zu ergründen. »Ich konnte mir einfach nicht vorstellen, wer so etwas tun sollte. Es hat mich zutiefst erschreckt. Also bin ich nach Hause gerannt, doch dann hat mich auf einmal ein Hund verfolgt. Ich habe es nur noch so gerade eben zurück in mein Haus geschafft und sofort die Tür hinter mir zugeknallt. Dann kamen immer mehr Hunde und knurrten mich an. Ich fühlte mich wie in der Falle und wusste instinktiv, dass ich fortan nicht mehr nach draußen gehen konnte. Zu diesem Zeitpunkt hatte ich nur noch genug Essen für ein paar Wochen. Ich hatte eigentlich geplant, zu dem kleinen Supermarkt bei uns in der Nähe zu gehen und nachzuschauen, ob sich dort noch etwas Verwertbares finden lässt. Aber nachdem ich die Bibliothek in einem derart schlechten Zustand vorgefunden hatte, war ich mir sicher, dass es in den Supermärkten nicht besser aussehen würde. Außerdem war da jetzt noch das Problem mit den Hunden.«

Sie holte tief Luft. »Eines Morgens bin ich dann aufgewacht und habe gedacht, ich träume. Vom Highway war auf einmal wieder das Rauschen von vorbeifahrenden Fahrzeugen zu hören. Kurz darauf habe ich Schüsse gehört und gedacht, dass vielleicht das Militär gekommen war, um zu helfen. Ich habe gehofft, dass es noch andere Überlebende gab, von denen ich nichts wusste, und hatte plötzlich Angst, dass ich allein zurückbleiben könnte, deshalb bin ich aufgestanden und habe mir einen Baseballschläger gegriffen, falls mir noch einmal verwilderte Hunde zu nahe kommen würden, und bin in die Stadt gerannt.

Ein Hund hat mich tatsächlich verfolgt und ich habe versucht, ihn abzuwehren, als plötzlich ein Schuss ertönte und der Hund tot umfiel. Ich drehte mich um und … es war nicht das Militär. Sie sahen überhaupt nicht aus wie wir. Sie trugen Tücher über dem Gesicht wie die Terroristen im Fernsehen. Es waren die bösen Jungs.«

»Haben sie Englisch gesprochen?«, fragte Dalton.

»Einer von ihnen konnte etwas Englisch. Der Mann, der den Hund erschossen hatte, packte mich an den Haaren und drückte mich zu Boden. Ich versuchte zu fliehen, aber ich hatte keine Chance gegen ihn. Er rief etwas in einer fremd klingenden Sprache, als wollte er jemanden zu sich holen. Seine Waffe blieb die ganze Zeit auf mich gerichtet, also kauerte ich mich zusammen, wo ich war. Dann kam ein anderer Mann dazu, und dieser war noch gemeiner zu mir. Er riss mich hoch und schrie mich an. Dann ließ er mich vor sich niederknien. Er wollte auf

Englisch von mir wissen, ob ich Arabisch spreche. Ich kann aber kein Arabisch. Er schrie weiter auf mich ein und ich schüttelte den Kopf. Er sagte, wenn ich nur ein Wort auf Arabisch könnte, würde ich am Leben bleiben. Wenn nicht, würde ich gleich hier sterben. Also schloss ich meine Augen und fing an zu weinen. Ich wollte nicht sehen, wie er mich erschießt. Ich habe nur noch gebetet, dass es bald vorbei sein würde.«

»Lucy, erinnerst du dich daran, welche Waffen sie getragen haben?« Sams sanfte Stimme löste die schreckliche Spannung, sich wieder daran erinnern zu müssen.

Sie schniefte leise und wischte sich über das Gesicht. »Es waren Gewehre. Ich kann leider nicht sagen, welche. Doch wenn sie den Abzug betätigten, feuerten sie mehrere Kugeln auf einmal ab. Die Waffen waren schwarz. Außerdem hatten sie Messer dabei, einer sogar eine Peitsche. Einige von ihnen rissen immer wieder ihre Gewehre nach oben und feuerten in den Himmel, dabei schrien sie vor Freude, so als wäre das Ganze eine Art Feier«, berichtete sie zögerlich, als versuche sie immer noch, einen Sinn hinter diesen Ereignissen zu finden.

Sam nickte verständnisvoll. Dann fragte Clarisse: »Der zweite Mann hat dich also gefragt, ob du Arabisch sprichst. Was ist dann passiert?«

»Als Nächstes hat er mich wieder hochgezogen, auf die Füße gestellt und meine Hände hinter meinen Rücken gefesselt. Anschließend haben die anderen Männer mich geschlagen, gekratzt und an den Haaren gezogen, während er mich durch die Menschenmenge gezerrt hat. Auf einmal waren da mindestens zwanzig Menschen mit schwarzen Hauben auf dem Kopf, die mit Seilen an einen Army-Truck gefesselt waren. Ich konnte einfach nicht glauben, was gerade um mich herum geschah. Manche der Gefesselten weinten, und mir wurde auf einmal klar, dass das alle Mädchen und junge Frauen waren, das konnte ich an ihren Stimmen erkennen. Eine hat versucht, sich auf den Boden zu setzen, aber einer der Männer hat sofort mit einem Stock auf sie eingeschlagen, bis sie wieder aufgestanden ist. Der Typ, der mich gefesselt hatte, wartete scheinbar auf irgendetwas. Er stand da und sprach mit jemandem. Worum es ging, konnte ich leider nicht verstehen. Ich habe gebettelt: Bitte, lass mich gehen. Da hat er mich auf den Boden geworfen und getreten. Schließlich kam ein anderer Mann, der vermutlich ihr Boss war. Er holte ein Messer heraus. Es war gekrümmt … ungefähr zwölf Zoll lang … und hielt es an meinen Hals. Er hat mich ebenfalls gefragt, ob ich wenigstens ein Wort Arabisch kenne, aber ich konnte nicht antworten. Dann …« Sie sah sie mit großen Augen an.

»Es ist okay, Lucy. Sag es einfach«, ermutigte Clarisse sie. »Diese Männer haben schon einiges erlebt, sie können es aushalten. Es ist schon in Ordnung.«

»Er hat mich anschließend gefragt, ob ich noch Jungfrau wäre.« Sie weinte bei dem Gedanken an die erlittene Erniedrigung. »Da war mir dann klar, mit wem ich es zu tun hatte. Meine Antwort war, dass ich keine mehr bin. Ich wusste, dass dies als Grund ausreichte, um mich zu töten, und das wollte ich zu diesem Zeitpunkt auch. Mein einziger Gedanke, während sich die Zeit unendlich verlangsamte, war, dass ich lieber erschossen werden wollte, als dass man mir die Kehle durchschneidet. Ist das egoistisch?«

»Nein, Lucy, das ist nur menschlich«, antwortete Dutch.

Tränen liefen ihr über die Wangen und sie nickte, als wäre das Rätsel um dieses Dilemma damit gelöst. Es war in Ordnung, den Tod zu fürchten, auf welche Weise auch immer er über einen kam.

»Wie viele Männer waren es, was denkst du, Lucy?«, fragte Dalton.

Sie schüttelte den Kopf. »Das kann ich nicht genau sagen. Nach dem, was ich damals auf dem Highway erkennen konnte, waren es mindestens zwanzig große Trucks, die in einer Reihe nach Osten in Richtung Idaho fuhren. Außerdem standen noch etliche Fahrzeuge auf der Main Street. Mindestens dreihundert Männer waren es bestimmt, aber es könnten auch viel mehr gewesen sein. Ich weiß es nicht, weil er mich danach zu sich hochgezogen hat, als hätte er eine Entscheidung getroffen. Er hat mich an den Haaren gepackt und mich zu diesem anderen Typ geschoben, während er etwas auf Arabisch gesagt hat. Der andere hat daraufhin eine Art schwarze Kutte über mich geworfen und mir außerdem eine schwarze Haube über den Kopf gezogen. Danach hat er mich mit den anderen Mädchen zusammengebunden. Ungefähr eine Stunde lang ist nichts passiert. Ich habe versucht, durch meine Haube etwas zu erkennen, aber die Wache hat jedes Mal sofort nach uns geschlagen, wenn wir uns bewegt haben. Wir haben es nicht einmal gewagt, miteinander zu flüstern. Die anderen haben leise geweint. Es hörte sich so an, als wären viele noch jünger als ich.« Sie schüttelte traurig den Kopf.

»Irgendwann haben sie dann auf einmal angefangen laut zu rufen und die Motoren haben gestartet. Der Truck, an den wir gefesselt waren, setzte sich in Bewegung. Wir wurden mitgezogen und waren gezwungen, Schritt zu halten. Hin und wieder konnte ich einen kurzen Blick erhaschen, wo wir waren. Es ging zurück zum Highway. Auf der rechten Spur fuhren die langsamen Trucks, an die die Gefangenen gefesselt waren, auf der anderen Spur zog ein Army-Truck nach dem anderen vorbei. Einige der Mädchen gerieten an den linken Rand unserer Spur, woraufhin sie sofort mit der Peitsche wieder nach rechts getrieben wurden.«

»Konntest du mit einer der anderen Gefangenen sprechen?«, fragte Dalton.

»Nein«, sagte sie.

»Hast du überhaupt mal ihre Stimmen gehört? Haben sie amerikanisch gesprochen oder waren auch andere Sprachen dabei?«

»Nein, da war nur das Weinen von jungen Mädchen. Ich bin mir sicher, dass sie nicht älter als fünfzehn gewesen sind«, sagte Lucy kopfschüttelnd.

»Wie lange ist das her? Erinnerst du dich daran noch?«, fragte Sam.

»Das war vor zwei bis drei Wochen«, antwortete sie.

»Das klingt jetzt vielleicht nach einer seltsamen Frage«, warf Sam ein, »aber roch das Gewand und die Haube nach irgendetwas?«

»Nur nach Schweiß und irgendwie metallisch. Sie war außerdem feucht und schmutzig.«

»Haben sie außer den Fragen an dich sonst noch etwas auf Englisch gesagt?«, fragte Dalton.

»Nein, nicht zu der Zeit.«

»Okay, Lucy, mach weiter so. Du hast es fast geschafft«, sagte Clarisse aufmunternd. Dalton wollte plötzlich gar nicht mehr wissen. Er wollte, dass es aufhörte, weil er eine dunkle Ahnung hatte, was als Nächstes geschehen war. Denn er hatte die Folgen dessen gesehen, was diese Tiere getan hatten. Doch er musste herausfinden, wie sie entkommen war, denn das war ihm immer noch ein Rätsel.

Nach einem weiteren tiefen Atemzug fuhr Lucy fort: »Wir haben in der Nähe von Post Falls in Idaho angehalten. Ich bin gestolpert und wäre fast hingefallen. Ich war so dankbar, als wir endlich stehenblieben. Es war mitten in der Nacht, und einige der Mädchen fingen noch mehr an zu jammern, so als ahnten sie schon, was ihnen noch bevorstand. Ich blieb still, aber ich hatte Todesangst. Irgendwann habe ich gehört, wie jemand eines der Mädchen aus der Reihe gezogen hat. Sie hat sich gewehrt, aber sie hatte keine Chance. Kurz darauf schrie sie: *Töte mich!* Dann gab es einen Schuss. Es waren die einzigen Wörter, die gesprochen wurden: *Töte mich.*

Ich habe mich sofort zusammengekauert und nicht hochgeschaut, denn ich wollte gar nicht wissen, was als Nächstes geschah. Doch dann hat jemand meine Haube kurz abgezogen und sofort wieder übergestülpt, als ob er hatte nachsehen wollen, welches Mädchen ich war. Er hat meine Fesseln gelöst und dabei habe ich einen Blick auf ein Hotel erhaschen können. Ich habe mich daran erinnert, dass ich es vor Jahren schon einmal gesehen hatte, als wir auf dem Highway daran vorbeigefahren sind. Daher wusste ich, dass wir in der Nähe von Post Falls waren. Er hat mich in ein Hotelzimmer geschubst und mich dann im Bad eingeschlossen. Dabei hat er etwas auf Arabisch gesagt, das ich nicht verstanden habe.

Ich habe die Haube abgenommen und mir die Hände gewaschen, dann habe ich meine Haare zusammengebunden und mich nach einer Waffe umgesehen. Außerdem habe ich eine Menge Wasser aus dem Wasserhahn getrunken. Es gab leider kein Fenster, aus dem man hätte entkommen können. Auf einmal hörte ich jemanden an der Tür. Ich hatte mir kurz zuvor einen Haken vom Duschvorhang in mein Haar geschoben, in der Hoffnung, damit kämpfen zu können, sollte ich die Chance dazu bekommen. Aber diese Chance gab es leider nicht. Die Tür ging auf und der Mann, dem offenbar meine Haare gefallen hatten, hat mich sofort in das Schlafzimmer gestoßen.« Sie sah Clarisse an, denn ihre Stimme war jetzt nicht mehr länger in der Lage, Wörter zu formen.

»Hat er seinen Namen genannt, Lucy?«, fragte Dutch sie in der Hoffnung, sie am Schlimmsten vorbeilotsen zu können.

Sie schüttelte den Kopf. Der Kloß in ihrer Kehle ließ sie nicht ein Wort hervorbringen.

»War es denn der Anführer?«, fragte Sam.

»Ich weiß es nicht. Er könnte es gewesen sein, denn die anderen haben ihn ab und zu fragend angesehen.«

Dalton holte Luft. »Lucy, hat er dich vergewaltigt?«

»Nein«, antwortete sie mit weit aufgerissenen Augen. Tränen liefen ihr über die Wangen. »Ich habe ihn erschossen, bevor er das tun konnte.«

Das war nicht das, was Dalton erwartet hatte. Sie war also irgendwie davongekommen. Er fuhr sich mit der Hand über das Gesicht und seufzte dann erleichtert. »Gott sei Dank, Lucy. Du bist eine echte Kämpferin. Gutes Mädchen! Wie bist du davongekommen?«, fragte Dalton.

»Das weiß ich ehrlich gesagt gar nicht mehr so genau. Es geschah alles so schnell. Er wollte mir wehtun und ich habe mich gewehrt. Dann habe ich seine Waffe auf dem Nachttisch gesehen. Ich habe danach gegriffen und alles auf eine Karte gesetzt. Aus der Ferne waren wie zuvor schon mehrmals Schüsse und lauter Gesang zu hören. Es klang wahnsinnig … meine Hände haben gezittert. Ich hatte solche Angst, aber ich habe es trotzdem durchgezogen. Ich habe befürchtet, dass ich es nicht hinbekommen würde, aber die Waffe ging auf einmal los. Ich habe ihn umgebracht! Ich habe ihm mitten in die Brust geschossen und ihn umgebracht! Überall war Blut. Er ist auf mir zusammengesackt und ich musste mich unter ihm hervorkämpfen. Draußen waren in der Zwischenzeit noch mehr Schüsse zu hören. Ich habe mir die Burka und Haube übergezogen, die Tür geöffnet und … ich weiß nicht mehr, was dann passiert ist. Ich hatte solche Angst. Ich bin einfach losgerannt. Am nächsten Morgen bin ich dann bei Dutch aufgewacht.«

»Hattest du Schuhe an?«, fragte Sam.

»Ich hatte die ganze Zeit über meine Tennisschuhe an, die habe ich nie ausgezogen.«

»Was hast du anschließend mit der Waffe gemacht, Lucy?«, fragte Dalton.

»Ich weiß es nicht. Ich kann mich nicht mehr erinnern.«

»Hast du sie nicht mitgenommen?«, fragte Sam.

»Nein, ich muss sie wohl irgendwo fallen gelassen haben.«

»Wie bist du denn an den anderen vorbeigekommen, ohne dass sie dich entdeckt haben?«, fragte Sam.

»Keine Ahnung. Ich habe die Tür aufgemacht und bin geduckt am Geländer entlang gelaufen. Auf dem Parkplatz gab es ein großes Feuer, und bei all dem Geschrei und Gesang haben sie offenbar auf nichts anderes geachtet. Ich hatte einfach Glück, schätze ich. Mehr weiß ich nicht.«

»Und später bist du dann auf Dutch gestoßen?«, fragte Dalton.

»Ja, als ich durch den Wald gerannt bin. Ich bin auf die Rückseite des Hotels gelaufen und dann einfach immer weiter. Ich erinnere mich kaum noch daran – immer wieder ist das blutige Gesicht des Mannes in meinem Kopf aufgetaucht – und dann war da plötzlich jemand auf meinem Weg und wir sind zusammengestoßen. Ich dachte, sie hätten mich erwischt, Ende der Geschichte, aber er hat mich mit sich gezogen, von ihnen weg, und in die Richtung wollte ich ja sowieso, deshalb habe ich mich nicht gegen ihn gewehrt.«

»Dutch, stimmt das soweit?«, fragte Dalton.

»Ja, mehr oder weniger. Ich habe ihr die Haube heruntergezogen und gesehen, dass sie eine von uns im falschen Gewand war. Sie war über und über mit Blut bedeckt. Ich konnte mir also ungefähr vorstellen, was passiert war. Sie hat recht. Ich habe gehört, wie sie weitergefeiert haben. Ich konnte einfach nicht glauben, dass das in meinem eigenen Land geschah. Hin und wieder habe ich ihre Rufe gehört. *Bismillah al rahman al rahim, was so viel heißt wie Im Namen Gottes, des Barmherzigen, des Gnädigen. Dann haben sie herumgeballert wie die höllischen Dämonen, die sie sind. Wie ich euch bereits gesagt habe, war das Ganze für sie nur eine Aufräumaktion. Wir sind die letzten Ungläubigen, die noch übrig sind.*«

Dalton bemerkte, wie Clarisse sichtlich erzitterte. Er berührte ihren Rücken und versuchte sie zu beruhigen, und sie ließ ihn gewähren. Sie alle hatten Angst. Zur Hölle, er selbst hatte eine Scheißangst, aber er würde dennoch jeden Einzelnen von ihnen töten, wenn er die Gelegenheit dazu bekäme.

Lucy sah Dutch an und fragte leise: »Du wusstest es?«

Er holte tief Luft. »Ja, denn ich habe so etwas schon einmal gesehen. Ich bin mir sicher, dass das auf einige von uns zutrifft. So ticken sie eben, das ist praktisch in ihrer DNA. Frauen gelten bei ihnen nichts. Sie sind für sie nichts weiter als Tiere. Du bist ohnmächtig geworden, kurz nachdem ich dich gefunden hatte. Was dir widerfahren ist, war offensichtlich, und deshalb dachte ich, du brauchst erst einmal Abstand und würdest schon mit mir darüber reden, wenn du bereit dazu bist. Es spielte erst einmal keine Rolle. Am nächsten Tag habe ich dich von dort weggebracht. Wenn ich dich wie ein unselbstständiges Baby behandelt hätte, hättest du nicht überleben können, Lucy.«

»Ich verstehe. Danke, dass du dich um mich gekümmert hast, Dutch.«

»Kein Problem, Mädchen.«

»Okay, hat noch jemand Fragen?«, erkundigte sich Clarisse, aber niemand meldete sich.

»Danke, Lucy«, schloss Dalton ihre Unterhaltung. »Du hast uns mehr geholfen, als du ahnst.«

DIE MISSION

McCann hörte den Motor, bevor das Fahrzeug in die lange Einfahrt einbog. Sie alle waren darauf geeicht, die leisesten Geräusche wahrzunehmen, selbst ein Reh, das im Mondlicht die Lichtung vor Grahams Blockhütte betrat und am taubenetzten Gras zupfte, registrierten sie unterbewusst, genauso wie die ersten geschäftigen Frühlingsbienen, die wie überladene Müllautos gegen die Glasscheiben der Fenster flogen. Die Geräusche der Natur, denen er früher nie großartig Aufmerksamkeit geschenkt hatte, erstaunten ihn immer wieder.

Er hatte darüber nachgedacht, die anderen zu wecken, um sich von ihnen zu verabschieden, doch letzten Endes hatte er sich dafür entschieden, aus seiner Abfahrt keine große Sache zu machen. Er wollte nämlich keinesfalls den Eindruck entstehen lassen, dass er sich in Gefahr begab.

Leise betrat er das Wohnzimmer, um seine Ausrüstung zu holen. An der Tür blieb er kurz stehen und warf einen Blick auf Macys Bett. Dann nickte er Sheriff zu, als wolle er dem Hund sagen, er solle jetzt auf sie aufpassen.

»Machst du dich etwa auf die Socken, ohne dich zu verabschieden?«, fragte Graham aus der Dunkelheit des Wohnzimmers heraus, was McCann einen ordentlichen Schrecken einjagte.

Graham hatte auf ihn gewartet, wurde ihm jetzt klar.

»Ich wollte keinen langen, traurigen Abschied, in ein paar Tagen bin ich schließlich wieder da«, sagte McCann.

Graham nickte. Während McCann seine Stiefel anzog, konnte Graham nicht anders und gab ihm eine weitere Warnung mit auf den Weg. »Du siehst vielleicht Dinge, McCann, die sich in dein Gedächtnis einbrennen werden. Unmenschliche Bilder, die du nie wieder loswerden wirst. Ich will, dass du vorher verstehst, dass das Leben in welcher Form auch immer, jede Anstrengung wert ist. Gib also niemals auf.«

»Ich habe nicht vor, mich gefangennehmen zu lassen, Graham, wenn es das ist, was du meinst. Ich verspreche dir, ich bin in ein paar Tagen wieder zurück.« Die Scheinwerfer des Jeeps blitzten jetzt zweimal durch das Wohnzimmerfenster auf und signalisierten McCann, sich zu beeilen.

»Ich muss jetzt los«, sagte er.

»Pass auf dich auf, McCann.« Graham umarmte den jungen Mann und klopfte ihm auf den Rücken. Dann hielt er ihm die Tür auf, damit er sich den anderen anschließen konnte.

Als McCann auf die Scheinwerfer zuging, hatte er auf einmal das Gefühl, dass Graham sich schuldig fühlte, weil er nicht selbst an der Mission teilnehmen konnte. Wenn ihm etwas zustoßen sollte, wäre Graham derjenige, der weitermachen musste, nicht er. Ein solches Unglück würde garantiert schwer auf Grahams Seele lasten, und allein aus diesem Grund musste McCann alles dafür tun, um in einem Stück zurückzukommen.

Er lud seinen Rucksack auf den Rücksitz, drehte sich um und winkte. Durch das Scheinwerferlicht hinter ihm konnte Graham nur seine Umrisse sehen, aber er winkte trotzdem zurück.

McCann ließ sich auf seinen Platz neben Sam fallen. Dalton, der auf dem Fahrersitz saß, sagte: »Bereit?« McCann nickte, und der Wagen fuhr rückwärts aus der Einfahrt und dann die lange, kalte Straße entlang. Lange sagte niemand ein Wort.

McCann starrte aus dem Fenster in eine dunkle Landschaft, die aber trotz allem Hoffnung enthielt.

Ich werde zu ihnen zurückkehren! Ich komme wieder heim, sagte er sich immer wieder. *Ich muss einfach, denn ohne mich schaffen sie es nicht.* Er wiederholte diesen Gedanken wieder und wieder, während sie meilenweit über kiesbedeckte, ungepflegte Straßen rumpelten.

»Wir sollten die herumliegenden Äste und Baumstämme nutzen und mehrere Straßenblockaden an Stellen errichten, an denen sie diese nicht einfach umfahren können«, schlug Sam vor.

»Damit habe ich einige Erfahrung gemacht, in einem fernen Land voller Wüsten«, sagte Dalton.

»Zum Teufel, das glaube ich gern«, kommentierte Dutch und ergänzte: »Aber wir hatten es damals nicht mit Bäumen und Laub zu tun, sondern hauptsächlich mit Steinen und Sand … Sand, soweit das Auge reichte.«

»Das könnte unser Vorteil sein. Es wird im Irak, im Iran und in Afghanistan – von wo auch immer sie hervorgekrochen sind – auch kalt, aber mit der Vegetation und dem Klima hier haben sie keinerlei Erfahrung. Das ist auch wahrscheinlich der Grund, weshalb sie auf den Frühling gewartet haben. Sie kommen mit den winterlichen Temperaturen hier oben nicht klar«, spekulierte Dalton.

»Verdammt, nachts wird es aber schon richtig kalt bei denen, das fällt mir jetzt wieder ein«, sagte Steven und machte eine Pause. »Sie sind wahrscheinlich schon eine ganze Weile länger hier, als wir gedacht haben. In Florida oder Texas, ich wette, zu uns kommen sie mehr oder weniger zum Schluss.«

Danach waren alle still – zu still. McCann war sich nicht sicher, was schlimmer war: über Untergang und Finsternis zu reden oder diese fürchterliche Stille. Sie wussten nicht genau, was auf sie zukam, aber sie mussten davon ausgehen, dass es ein Albtraum werden würde. Sie fuhren weiter nach Süden, über Straßen voller umgestürzter Bäume, Äste und Geröll. Die Infrastruktur verfiel immer mehr. Gelegentlich mussten sie in einer der Geisterstädte größeren Hindernissen wie liegen gebliebenen Autos oder Sperrmüll ausweichen. McCann erinnerte sich wieder daran, wie unheimlich es gewesen war, diese Geisterstädte im letzten Winter zu Pferd zu durchqueren, doch jetzt sah es sogar noch schlimmer aus. Seit damals hatte die Schneedecke mehrere Dächer einstürzen lassen, etliche Feuer waren ausgebrochen und hatten einen Teil der Stadt in Brand gesteckt. Nur noch schwarz-verbrannte Holzbalken markierten die Gräber der Gebäude.

»McCann, als du im letzten Winter zu uns gekommen bist, warst du da in Luftlinie unterwegs oder bist du immer der Straße gefolgt?«, fragte ihn Sam.

McCann war sich sicher, dass Sam die Antwort auf diese Frage bereits wusste, bevor er sie gestellt hatte, und dass er einfach nur Konversation betreiben wollte. »Es wäre für die Hufe der Pferde nicht gut gewesen, so lange auf dem Asphalt zu bleiben, zumal wir durch den Schnee viel langsamer vorangekommen sind als gedacht. Ich bin mehr oder weniger auf direktem Weg nach Süden geritten. Auf diese Weise habe ich einige Tage gespart, aber es war immer noch eine tollkühne Reise. Ich hätte warten sollen, aber ich musste einfach raus aus Carnation. Denn dort war es mir einfach zu ruhig.« Ein Schauer lief ihm über den Rücken, als er sich daran erinnerte, wie er erst auf halber Strecke gemerkt hatte, dass es ein Fehler gewesen war, mitten im Winter aufzubrechen. Beinahe wäre er im peitschenden Eiswind, der ihm den Atem raubte, die Augenlider zufror und ihn so müde machte, dass es ihm am Ende egal war, wann der Sensenmann kam, erfroren. Er konnte sich schon gar nicht mehr vorstellen, wie er den Trip überlebt hatte. An ganze Abschnitte des Weges konnte er sich überhaupt nicht mehr erinnern.

»So eine Reise macht einen zum Mann«, sagte Sam.

»Ja, das kann ich bestätigen«, stimmte ihm McCann zu.

IM GARTEN

Tala saß auf einer weichen Decke, die auf dem noch feuchten Boden lag, und ruhte sich im Schatten einer großen Kiefer aus. Die kalte Feuchtigkeit war endlich einer Wärme gewichen, die es erlaubte, mit nackten Armen und kurzen Ärmeln nach draußen zu gehen und im frischen Grün des Frühlingsgartens Unkraut zu jäten. Sie rückten dem Unkraut mittlerweile täglich zu Leibe, aber selbst das schien oft nicht auszureichen. Schnell wuchernde, feindliche Sprossen drohten jeden Tag, ihren kostbaren neuen Gemüsesetzlingen das Leben abzuwürgen.

»Okay, wenn du dort sitzen und nur zuschauen willst, musst du uns aber zumindest Geschichten erzählen, während wir arbeiten«, sagte Mark.

Tala wusste, dass er nur Spaß machte, und antwortete deshalb: »Kein Problem. Wenn das der Preis für eine Pause ist, bin ich sofort dabei.« Sie war voller Geschichten, die sie alle von ihren indianischen Großeltern kannte. Sie erzählte sie gern nach, weil es sie an die alte Zeit erinnerte – wie die Dinge früher gewesen waren und jetzt wieder zu sein schienen.

Manchmal halfen ihr die alten Geschichten dabei, ihren Zöglingen eine Weisheit fürs Leben beizubringen. Manchmal erinnerte sie sich aber einfach nur so an sie, ohne besonderen Grund, einfach nur um Geschichten weiterzuerzählen, wie unzählige Männer und Frauen es vor ihr getan hatten.

Tala sah zu, wie Mark, Marcy und Bang sich immer wieder bückten und mit den hartnäckigen Unkräutern kämpften. Diese Arbeit war absolut notwendig. Es schien wieder eine Zeit gekommen zu sein, in der die Kinder mitarbeiten mussten, um die Familie durchbringen zu können, gleichzeitig hatte sie aber auch das Gefühl, dass es für die Kinder das Beste war, das Leben und Überleben von Anfang an zu lernen und mitzugestalten. Faulheit hatte schließlich noch nie jemandem einen vollen Teller beschert. Über die längste Zeit in der Menschheitsgeschichte hinweg, hatten Kinder immer mithelfen und mitarbeiten müssen, aber aus irgendeinem Grund war diese Erfahrung in der jetzt untergegangenen modernen Welt irgendwann verloren gegangen. Sie hoffte, dass diese jungen Menschen sich an die Erfahrung und an die Geschichten erinnern würden – jetzt und in Zukunft.

Während sie überlegte, welche ihrer Geschichten sie jetzt erzählen sollte, nagte die ganze Zeit etwas an Talas Unterbewusstsein und sie dachte unwillkürlich an ihre neue Familie. Graham war im Lager der Prepper in Sicherheit und half Rick. Bald würde Clarisse mit Addy und dem Neuzugang Lucy bei ihnen auftauchen. Sie war sich gar nicht sicher, was sie eigentlich störte, und rieb sich die untere Rückenpartie in dem Wissen, dass sie in letzter Zeit einfach zu viel gearbeitet hatte.

Sie schob den nagenden, unbestimmten Zweifel zur Seite und suchte weiter in ihrer Erinnerung nach einer passenden Geschichte aus dem reichen Fundus ihrer Vorfahren. Dass McCann an der Aufklärungsmission teilnahm, belastete sie alle, aber er war ein erwachsener Mann und Tala wusste, dass er gut auf sich selbst aufpassen konnte. Sie hatte auch nicht das Gefühl, dass ihm etwas Tragisches geschehen würde, aber sie könnte sich irren. Sie hoffte aber, dass sie richtig lag – für sie alle, vor allem aber für Macy. Sie seufzte leise, lehnte sich an den Baum hinter sich und hielt ihren Bauch mit beiden Armen umschlugen, während die anderen arbeiteten. Bienen summten um sie herum, auf ihrer eigenen, freundlichen Mission. Sie sah zu Mark, der sein Gewehr über den Rücken gehängt hatte, und bemerkte, wie ihm die Waffe immer wieder zur Seite herunterrutschte und am Riemen hin und her baumelte, was ihn deutlich behinderte. Es war mühsam, mit einem Gewehr Unkraut zu jäten, aber es war leider eine erforderliche Vorsichtsmaßnahme geworden. Marcy ging jetzt an ihm vorbei und schob sein Gewehr ohne ein Wort auf seinen Rücken zurück. Tala wusste, dass sie eine Liebe für einander in sich trugen und diese sich immer weiter entwickelte. Auch sie und Graham teilten diese wunderbare Erfahrung. *Die beiden sind füreinander bestimmt,* dachte sie. Dass Mark in Marcys Leben eine Rolle spielte, beruhigte ihren flüchtigen Geist ungemein.

»Habe ich euch jemals erzählt, wie der Bär zu seinen Krallen kam?«

»Nein, an die Geschichte kann ich mich nicht erinnern«, sagte Bang und hockte sich hin, um mit seinen kleinen Fingern die Wurzel eines widerspenstigen Löwenzahns freilegen zu können. Für die letzten Handgriffe benutzte er einen Schraubenzieher, arbeitete sich an der Wurzel entlang nach unten und holte die Pflanze so schließlich in ihrer Gesamtheit aus dem Boden.

»Okay, die Sache hat sich so zugetragen: Vor langer Zeit lebte der Bär Seite an Seite mit dem Menschen, ähnlich wie es unsere Hunde heute tun. Der Bär war einst sogar der Ratgeber des Menschen, beriet ihn wegen Problemen in der Gemeinschaft und ging mit ihm zusammen auf die Jagd. Er musizierte mit dem Menschen und ging gleichberechtigt jeden Tag des Lebens neben ihm. Dann behauptete eines Tages ein junger Krieger, der Bär habe einen anderen Mann auf der Jagd getötet. Tatsächlich war aber dies geschehen: Der Krieger hatte den anderen Mann getötet, um dessen Frau beanspruchen zu können, wollte den Mord aber stattdessen dem Bären in die Schuhe schieben.

Der Vater des jungen Mannes war der Häuptling des Stammes und er glaubte seinem Sohn. Der große Rat kam schließlich zusammen und der Bär verteidigte sich, aber es war zwecklos. Der Bär wurde schuldig gesprochen und zum Tode verurteilt.

Als der Mensch kam, um das Urteil zu vollstrecken, leistete der Bär heftig Widerstand und entblößte seine Reißzähne. Der Mensch versuchte ihn mit Vernunft zu überzeugen, dass der Gerechtigkeit Genüge getan werden müsse, aber der Bär antwortete: Deine Gerechtigkeit gilt nur für deine eigene Art. Wenn ihr diese Gerechtigkeit erfüllt, wird der Bär für immer das Böse in deiner Art jagen und wird niemals wieder die Hand des Menschen schütteln. Stattdessen wird er ihm Arme und Beine abreißen. Doch der Mensch ignorierte die Warnung des Bären und vollstreckte das rechtswidrige Todesurteil. Der Bär verließ daraufhin die Seite des Menschen für immer, und von diesem Tag an wuchsen dem Bären Krallen und er schüttelte nie wieder die Hand des Menschen. Stattdessen fürchtete sich der Mensch fortan vor dem Bären, besonders, wenn es sich dabei um einen bösen Menschen handelte.«

Tala blickte auf und bemerkte, dass alle innegehalten hatten und sie mit offenem Mund anstarrten. Schweigen hatte sie alle erfasst.

»Du sollst uns schöne Geschichten erzählen«, beschwerte sich Bang.

Mark und Marcy lachten.

»Tut mir leid, Bang. Das ist nur eine indianische Sage«, erklärte Tala und sah aus dem Augenwinkel eine Bewegung hinter dem Drahtzaun, der den Garten umgab. Clarisse kam auf sie zu, begleitet von zwei Mädchen.

»Sie sind da«, sagte Tala und stützte sich am Baum ab, um aufstehen zu können. Sie winkte ihnen zu, aber als die drei näherkamen, bemerkte Tala, dass Bang sich hinter Mark versteckte, als er Addy sah. Tala wurde wieder einmal bewusst, dass das Verhältnis von Bang zu Addy noch eine lange Zeit eine große Baustelle bleiben würde. Das Beste würde es sein, ihnen und vor allem dem Jungen Zeit zu geben und die Entwicklung und Akzeptanz ganz natürlich geschehen zu lassen.

»Hallo Tala, du arbeitest doch nicht etwa zu schwer, oder?«, fragte Clarisse besorgt.

»Nein, ich mache oft Pause und erzähle dabei kleine Geschichten. Ich fürchte nur, die Letzte war ein bisschen zu unheimlich.«

»Ich muss schon sagen«, warf Mark ein, »ich werde jetzt garantiert nächtelang Albträume haben. Der Mensch verrät den Bären … dem Bären wachsen Krallen, und von nun an tötet er böse Menschen bis in alle Ewigkeit. Das ist echt heftig!«

Marcy stieß ihn spielerisch an und kicherte.

Tala schnaubte. »Ich habe keine Ahnung, warum mir gerade diese Geschichte eingefallen ist. Das ist in der Tat ziemlich beängstigend.«

»Dann lasst uns jetzt zurück an die Arbeit gehen. Ihr seid schon ganz schön weit gekommen«, sagte Clarisse und zeigte auf die Beete.

Talas und Clarisses Blicke trafen sich, und Tala sah, dass auch Clarisse Bangs Anspannung wahrgenommen hatte. Beide Frauen hatten schon vorher vereinbart, die beiden so oft es ging zusammenzubringen, um Bang dabei zu helfen, seine Schuldgefühle und seine Angst gegenüber Addy zu überwinden.

Tala versorgte die Neuankömmlinge mit eigenen Eimern, und alle begannen daraufhin wieder zu arbeiten, während Tala sie im Blick behielt und dafür sorgte, dass alle regelmäßig Wasser tranken.

»Wie geht es dir im Lager drüben, kommst du dort zurecht, Lucy?«, fragte Tala sie, als stille Einladung, sich als Teil der Gruppe zu fühlen.

»Oh ja«, erwiderte Lucy lächelnd. »Alle sind sehr nett zu mir. Ich werde mit Ricks Frau Olivia in der Küche arbeiten und Clarisse außerdem auf der Krankenstation zur Hand gehen. Ein paar Mal am Tag sehe ich sie dann alle. Ich bin so dankbar dafür, wieder mit Menschen zusammen zu sein, und Olivia scheint mir auch nicht böse zu sein, weil ich ihren Mann verletzt habe.«

»Wir alle haben deine Lage verstanden, Lucy«, sagte Tala voller Mitgefühl. Diese Aussage schien Lucy etwas von ihrer Angst zu nehmen, und sie machte sich nun mit den anderen an die Arbeit.

Nach einer weiteren Stunde, in der sie sich gelegentlich miteinander unterhalten hatten, sah Tala die Sonne ihren höchsten Punkt erreichen. Es war jetzt Mittagszeit, deshalb ließ sie die anderen ihre Arbeit beenden. Alle nahmen ihre Eimer und ihre Gartengeräte und warfen das Unkraut in den Wald, wo es auf dem trockenen, mit Kiefernnadeln übersäten Boden natürlich verrotten würde. Zum Abschluss betrachteten sie noch einmal ihr Werk und den Garten als Ganzes. Was sie sahen, verlieh ihnen Hoffnung, denn das frische Grün wuchs und schoss ins Licht. Alles, wofür sie den Winter über so hart gearbeitet hatten, begann jetzt Früchte zu tragen. Bevor sie sich auf den Rückweg machten, pflückten sie noch genug junge Salatblätter und Radieschen für die Abendmahlzeit.

»Ich kann es kaum erwarten, dass es endlich wieder Karotten gibt«, sagte Marcy sehnsüchtig.

»Und grüne Bohnen«, meinte Mark nickend.

»Für mich sind es die Tomaten … auf die warte ich mit großer Freude. Ich kann die Pflanzen schon bis hierher riechen«, sagte Clarisse.

Tala bemerkte, dass Bang sich immer mehr zurückzog, und auch Addy beteiligte sich nicht an ihrer Unterhaltung. Sie sah, wie Bang vor Addy anhielt und unsicher fragte, auf welches Obst oder Gemüse sie sich denn am meisten freute.

Sie gebärdete Erdbeeren und lächelte schüchtern.

Bang stimmte ihr sofort zu. Rote, saftige Erdbeeren wären in der Tat das Beste von allem.

ANGESPANNTE ERWARTUNG

In der Nacht zuvor hatten sie beschlossen, die Interstate 5 im Westen anzusteuern. Dutch vermutete, dass die Invasoren auf den großen Highways blieben, um möglichst einfach und schnell ins Landesinnere vordringen zu können. Im Moment ging er jede Wette ein, dass sie zunächst die großen Städte sichern und sich dann in der gesamten Fläche ausbreiten wollten.

Das ergab für Dalton taktisch Sinn, also musste ihr erster Schritt darin bestehen, herauszufinden, wie nah die Invasoren ihrer Gegend und ihren beiden Camps schon waren. Das bedeutete, die kleinen Orte Concrete, Hamilton und Lyman in der Nähe von Sedro Woolley in Richtung Westen zu überprüfen, und zwar immer entlang des State Highway 20. Dieser Highway zog sich direkt an der nördlichen Seite des Skagit Rivers entlang bis nach Burlington, wo der Fluss eine Biegung nach Süden machte. Dort traf der Highway 20 dann auf die Interstate 5, die südlich nach Seattle und dann bis nach Los Angeles führte.

Dalton versuchte gedanklich, in die Rolle der Invasoren zu schlüpfen. Er würde den Hafen von Bellingham sichern und sich dann südlich vorarbeiten. »Sie müssen verdammt nah sein«, hatte er in der Nacht zuvor geschlussfolgert, als sie über die Karte gebeugt dagestanden hatten. »Es sind gerade einmal fünfzig Meilen bis nach Burlington.«

»Wenn sie unsere Position kennen würden und zu uns wollten, würden sie in etwas mehr als einer Stunde vor unserem Lager stehen«, war Sams Reaktion.

»Okay, dann lasst besser alles bleiben, was ihre Aufmerksamkeit erregen könnte«, hatte Rick sie alle im Scherz gewarnt.

»Wir bleiben in Deckung«, hatte Dalton geantwortet, »pirschen uns an und sehen nach, ob sie da oben sind, und dann bewegen wir uns soweit nach Süden, wie wir müssen. Hoffentlich sehen wir keinerlei Anzeichen von ihnen.«

»Habt ihr auch einen Notfallplan, falls ihr das Lager aufgeben müsst? Nur für den Fall der Fälle?«, hatte Dutch nachgehakt.

»Haben wir. Wir nehmen dann die Waldwege und Nebenstraßen durch die Berge nördlich von uns und setzen uns nach Kanada ab«, hatte Steven geantwortet und auf die Karte gezeigt.

Dutch war anderer Meinung. »Diese Jungs interessieren sich nicht für Grenzen. Es gibt kein Asyl da oben.«

»Nein, aber auf dem Weg dorthin durchqueren wir die Region um Mount Baker, und das ist unser Terrain. Wir kennen diese Berge wesentlich besser als sie. Das ist unser Vorteil. Hier gibt es immer noch Plätze, die absolut unberührt sind. Wir könnten dort unser Lager ein Leben lang verstecken; niemand würde uns jemals finden«, hatte Sam überzeugt erwidert.

»Wir geben unser Land auf keinen Fall auf, wenn ich noch ein Wörtchen mitzureden habe«, hatte sich Dalton eingemischt und das Gespräch beendet. »Lassen wir es lieber gut sein für heute.«

***

Dutch dachte über ihre Lagebesprechung in der letzten Nacht nach. Sam war nicht wie die anderen, und Dutch begann langsam zu verstehen, warum sie seinen Beitrag so sehr schätzten. Er wusste Dinge, viele nützliche Dinge. Dutch begann diese Haudegen mehr und mehr zu mögen.

Heute Morgen waren sie langsam durch den kleinen Ort Concrete gefahren. Überall lagen Müll und zerstörte Gegenstände herum, und der sekundäre Damm, der einen Teil des Zuflusses in den Skagit River blockiert hatte, war durch das Frühjahrstauwasser außer Kontrolle geraten. Das Wasser stieg immer höher und bedrohte bereits die Fahrbahn. Doch sonst gab es nichts anderes zu sehen, als dass die Vegetation und die Tierwelt alles Menschengemachte übernahmen und es sich zurückholten. Eine ganze Herde Hirsche hielt sich zum Beispiel an der Ecke der Superior Avenue und dem Cascade Loop auf, wo sich ein verlassener Truck Stop und ein Restaurant mit kaputten Fensterscheiben befanden. Einige der Tiere standen auf und bequemten sich, die Straße zu verlassen, aber die Mehrzahl fand es angemessener, dass Dalton um sie herum manövrieren musste.

»Diese Herden wachsen ja wie verrückt«, sagte Steven beeindruckt.

»Sie haben jetzt einfach mehr Platz«, fügte McCann hinzu.

»Ja, jetzt, wo die Plage Mensch verschwunden ist, wird die Tierwelt nach und nach die Lücken füllen«, stimmte Sam zu.

»Glaubst du, es gibt hier etwas, für das wir anhalten sollten?«, fragte Steven.

»Nein, es sieht ganz so aus, als wäre hier so ziemlich alles herausgeholt worden, und wir müssen uns dieses Mal streng auf die Mission konzentrieren anstatt auf unsere Vorräte. Lasst uns reingehen, Daten sammeln und wieder abhauen«, sagte Dalton, während er um einen riesigen Traktorreifen herumkurvte, der mitten auf der Straße lag.

McCann suchte nach dem passenden Traktor, der den Reifen verloren haben konnte. »Keine Ahnung, wo dieses Monster herkommt.«

»Nichts ergibt mehr Sinn in dieser Welt, das brauchst du gar nicht erst zu versuchen«, riet Steven dem Jüngeren.

»So viel ist sicher«, bekräftigte McCann.

Gerade waren sie an Lyman vorbeigefahren, und Dalton spürte, wie die Spannung in der Kabine des Jeeps zunahm, je näher sie ihrem Ziel kamen. Vom Rücksitz waren jetzt keine Stimmen mehr zu hören, denn sie alle befanden sich im höchsten Alarmzustand und hielten nach Hinweisen Ausschau. In vielleicht zwanzig Minuten würden sie wahrscheinlich mehr zu sehen bekommen als zufällige Reifen und Müll auf der Straße, die sich Mutter Natur langsam zurückholte, oder Wildtiere, die in den Überresten der menschlichen Zivilisation weideten.

Als sie sich Burlington näherten, tauchten immer mehr zerstörte Artefakte ihrer einst so modernen Kultur auf. Ihre Fahrt wurde immer langsamer, bis sie nur noch im Schritttempo zwischen eilig verlassenen Autos und Trümmern hindurchkamen, die die Stürme des Winters über den Asphalt des Highways verteilt hatten. Noch wies nichts auf jüngere menschliche Aktivitäten hin. Was sie sahen, war eher eine Ansammlung von Zufällen, die sie an den massiven Verlust der Zivilisation erinnerte. Als sie die Stelle erreichten, an der der Highway 20 in die Fairhaven Avenue einbog und den South Burlington Boulevard kreuzte, stoppten sie, denn die Kreuzung war komplett von einem MedEvac-Hubschrauber blockiert.

»Vergangenheit oder Gegenwart?«, fragte Dalton nach einem Moment der Stille.

Sam beugte sich vor, um in die anderen Straßen spähen zu können. »Vergangenheit«, sagte er nach einem kurzen Zögern und lehnte sich dann wieder zurück in seinen Sitz.

»Woher weißt du das?«, fragte Dutch gespannt.

Sam beugte sich erneut vor und zeigte auf etwas. »Siehst du das? Das ist der Pilot oder zumindest ein Teil von ihm. Er wurde bereits sauber abgenagt und der Schädel ist von der Sonne ausgebleicht.«

»Woher weißt du, dass das der Pilot ist?«, fragte Dutch.

»Der Rest von ihm liegt da drüben«, antwortete Sam und zeigte auf die andere Straßenseite, »in Uniform. Bei den ganzen Bruchstücken und dem Schmutz auf der Straße kann ich außerdem von hier aus sehen, dass es keine Fußabdrücke gibt. Die Kabinentür steht immer noch offen, und Regen und Rost haben dazu geführt, dass die Innenfarben über die weißen Seiten der Kabine geleckt sind. Jeder kann irgendwelchen Schutt und Wrackteile platzieren, damit es alt aussieht, aber nicht ohne Spuren zu hinterlassen. Dieses Zeug, das von den Rotorblättern hängt, hat bereits die Farbe darunter angegriffen. Das ist schon eine Weile da. Überall kann man Vogelkot sehen, der nach unten getropft ist. Echt aggressiv, das Zeug. Dieses Teil steht schon von Anfang an hier.«

»Was meinst du, finden wir da drin noch medizinische Ausrüstung oder Geräte?«, fragte Steven.

»Wir werden nicht anhalten«, warf Dalton sofort ein.

»An diesem Ort stellen sich mir die Nackenhaare auf. Wir sind hier komplett ohne Deckung«, sagte Dutch.

Dalton versetzte den Jeep in den Rückwärtsgang und sah dann eine Chance, links auf einen Parkplatz vor einem Einkaufszentrum einzubiegen, um die Kreuzung komplett umgehen zu können. Als sie das geschafft hatten, fuhren sie noch ein paar Blocks südlich parallel zur Interstate 5, wobei Dalton den Jeep zwischen den umherstehenden Autos hindurchmanövrieren musste. Dalton konzentrierte sich voll und ganz auf die Strecke vor ihm.

»Haltet die Augen nach jeder Art von Bewegung auf«, sagte er zu seinen Mitstreitern.

Sie näherten sich jetzt der West Fairhaven Avenue im Süden. Diese Straße führte an zwei Wohnblocks vorbei weiter nach Westen und tauchte schließlich unter der Interstate 5 hindurch. Von ihrem Standpunkt aus hatten sie freie Sicht auf den Highway, bis sie darunter hindurchfuhren.

»Ziel, drei Uhr«, sagte Sam ausdruckslos, und für den Bruchteil einer Sekunde dachte Dalton, dass Sam einen Scherz gemacht hatte. Doch dann erinnerte er sich daran, dass Sam keine Witze machte – niemals.

Er drehte den Kopf gerade noch rechtzeitig nach rechts, um den Umriss einer Person sehen zu können, die neben einem Militär-Humvee auf der Überführung der Interstate 5 stand und ein Gewehr auf sie gerichtet hielt.

»*Fuck!* Diese Bastarde!«, rief Steven.

»Zurück, zurück, zurück!«, schrie Dutch. »Bewegung links unten. Deckung!«

Sobald Dalton die Warnung hörte, prügelte er den Jeep in den Rückwärtsgang, doch die ersten scharfen *Pings* durchschnitten bereits die Luft in ihrer unmittelbaren Nähe. Sie waren gesehen worden, und es gab keine unmittelbare Möglichkeit, in Deckung zu gehen. Das nächstgelegene Gebäude gehörte zu einem Abschleppunternehmen und war lediglich mit Wellblech bedeckt. Eine Salve klimperte jetzt über das Blechdach und gab Geräusche von sich, die sie seit langer Zeit nicht mehr gehört hatten … zuletzt in einem weit entfernten Land.

Jetzt blockierte der verlassene Hubschrauber ihren Fluchtweg. Dalton schwang den Jeep in voller Fahrt herum und raste den Weg zurück, den sie gekommen waren, und zwar quer über den Parkplatz des Einkaufszentrums, zurück durch die

Stadt, und dann bog er rechts in die Spruce Street hinter ein Bürogebäude ein, bevor er abrupt anhielt.

»War es nur einer?«, fragte Dalton. Sein Herz zerbarst fast in seiner Brust, und er stellte fest, dass er sich automatisch seiner alten Tricks aus der Militärzeit bediente, um seinen Puls zu beruhigen.

»Nein, das waren mindestens drei Schützen«, sagte Dutch.

»Verdammte Scheiße!«, schrie Dalton und schlug mit der Faust auf das Lenkrad ein.

»Das wird ein Aufklärungstrupp sein«, vermutete Sam.

»Sollen wir sie außer Gefecht setzen?«, fragte McCann.

»So eine Scheiße. Wenn wir das tun, werden die anderen automatisch hinter uns her sein wie der Teufel hinter nackten Weibern. Bestimmt haben sie schon Funkkontakt zu den anderen aufgenommen«, erwiderte Dalton.

»Wenn wir es nicht tun, müssen wir uns an einem anderen Tag um sie und ihre Freunde kümmern«, warnte Dutch.

»Na gut. Hat jemand gesehen, wie viele es genau sind?«

»Nein, ich habe nur den einen gesehen«, antwortete Sam.

»Ich habe zumindest drei einzelne Waffen gehört«, meinte Dutch. »Wenn wir uns dafür entscheiden, dann müssen wir es jetzt sofort durchziehen, Dalton.«

»Junge«, sagte Dalton zu McCann und blickte ihn im Rückspiegel an. »Du kommst mit Steven und mir mit. Dutch, du bleibst bei Sam. Ihr flankiert diesen Block und geht dann nach Westen. Anschließend sucht ihr euch einen höhergelegenen Punkt aus, von dem aus ihr einen guten Überblick habt und gebt uns Feuerschutz. Wir bringen das schnell hinter uns und sehen dann verdammt noch mal zu, dass wir hier rauskommen. Ich hatte nicht erwartet, so schnell auf sie zu stoßen, und noch dazu soweit nördlich. Scheiße, wir haben echt ein riesiges Problem.«

Die fünf Männer teilten sich daraufhin in zwei Gruppen auf, und während Sam und Dutch den Block flankierten, begaben sich die anderen drei auf die Rückseite des Gebäudes.

Eine kleine Gruppe Fichten hinter dem Gebäude verschaffte ihnen zusätzliche Deckung. Mit gezogenen Waffen stürmten sie zum nächsten Gebäude – Dalton vorn, McCann in der Mitte und Steven hinter ihnen. Von dort aus konnten sie durch eine enge Gasse Dutch und Sam auf der anderen Straßenseite stehen sehen.

Dalton bedeutete der anderen Gruppe, im ersten Haus nach oben zu steigen. Sein Plan war es, mit seiner Gruppe einen Block weiter zu einem Bankgebäude zu rennen, während die anderen ihnen Deckung gaben.

Als Sam ihnen das Go-Signal gab, warf Dalton einen kurzen Blick um die Ecke und rannte dann über den leeren Parkplatz zum Nachbargebäude hinüber. Gerade als er sich umdrehen wollte, um McCann zu sich zu winken, hielt er schockiert den Atem an.

Denn was Sam nicht sehen konnte war, dass sich ihm ein Feind näherte. Zwar nicht der, vor dem sie Angst hatten, aber einer, der garantiert ebenso gefährlich war. Dalton stolperte rückwärts und schaffte es gerade noch, eine halbe Drehung zu machen, bevor sie ein großer Braunbär angriff. Steven zog McCann sofort zurück und sie nahmen hastig die Beine in die Hand.

Es war ein surreal wirkender Augenblick, als sie alle hilflos mitansehen mussten, wie der wütende Bär auf Dalton zustürmte. Das Raubtier warf dabei immer wieder den Kopf von links nach rechts, während es sein Maul aufriss und laut knurrte. Die riesigen, tellergroßen und klauenbewehrten Pfoten schlugen genau vor Dalton auf den Boden. Dieser sah sich panisch nach einer Feuerleiter oder einem anderen Zugang nach oben um, aber ohne Erfolg. Er versuchte schließlich auf gut Glück, eine offene Tür zu finden, um in das Gebäude fliehen zu können, aber alle Türen waren fest verschlossen. Die Beute saß in der Falle, und der Bär schien das zu wissen.

Sam rannte jetzt vorwärts, eilte zum nächsten Gebäude und wagte von dort aus einen Schuss auf das Tier, wobei er hinter die Schulter zielte. Sie alle wussten, dass sie nun aufgeflogen waren und auf diese Weise ihre Position preisgegeben hatten, aber in Anbetracht des akuten Risikos, dass sich der Bär in der nächsten Sekunde auf Dalton stürzen würde, musste er einfach handeln, und dies war nun mal seine einzige Chance, zu schießen, ohne Dalton dabei zu verletzen.

Der Bär drehte sich um. Der Schuss hatte ihn für einen Moment abgelenkt, aber die Wunde ließ ihn nur noch wütender werden. Sam zielte und feuerte ein zweites Mal, aber der Bär hatte seine Aggression leider bereits wieder auf Dalton gerichtet.

Dalton gab es auf, zu fliehen, und stellte sich darauf ein, gegen das heranstürmende Tier kämpfen zu müssen. Er richtete seine Waffe auf den Feind, zielte und feuerte, wohl wissend, dass der Bär im nächsten Augenblick über ihm sein würde. Das Tier war absolut riesig und roch deutlich nach Moschus, ein Geruch, der sich in sein Gedächtnis einbrannte. Als stünde er außerhalb seines Körpers, akzeptierte er nun, dass er einen Atemzug später zerfetzt werden würde, doch er würde keinesfalls eine leichte Beute abgeben.

Das Tier warf sich jetzt auf Dalton, presste ihn gegen das Backsteingebäude und brüllte dabei bestialisch. Dalton hörte mehrere Schüsse um sich herum, während der Bär sich in seinem Kopf zu verbeißen versuchte. Er wollte das Tier mit dem linken Arm abblocken und ergriff kurzerhand das Fell links von der Schnauze. Mit aller Kraft versuchte er das Maul des

Bären von sich wegzuschieben, und schmetterte mit der Rechten Faustschlag um Faustschlag in seinen Kiefer. Währenddessen zerrissen die scharfen Krallen seine Kleidung und seine Schulter. Dalton gelang es schließlich, die massive Pfote lange genug wegschieben zu können, um mit der rechten Hand sein Messer aus der Scheide zu ziehen. Er rammte die Klinge wieder und wieder in den Hals des Bären, mit jeder Unze Kraft, die er noch in sich hatte, doch das Tier zeigte immer noch keine Anzeichen von Schwäche. Das Gewehrfeuer setzte sich fort, und einen Moment lang war Daltons einziger Gedanke: *Warum ist dieser verdammte Bär nicht schon längst tot?*

Dann, endlich, zog sich das Tier von ihm zurück und drehte nach rechts ab. Dalton sackte in sich zusammen, und das Einzige, was er noch sah, war eine Menge rotes, fließendes Blut. Er hoffte, dass es das Blut des Bären war, aber er hatte das ungute Gefühl, dass einiges davon ihm gehörte. Schwarz begann nun die dominierende Farbe in seinem Sichtfeld zu werden, und das Letzte, was Dalton sah, während er seine Pistole erneut in Anschlag zu bringen versuchte, war ein schwarz gekleideter Mann, der ein Gewehr auf ihn richtete.

DER ANGRIFF

Sam konzentrierte sich voll und ganz auf den Bären und versuchte einen sauberen Schuss zu platzieren, ohne Dalton dabei zu verletzen. Alles ging so furchtbar schnell. Irgendwann nahm er in seiner peripheren Sicht Dutch wahr, der auf etwas zu seiner Linken schoss. Auf einmal hörte er ein *Ping* ganz knapp neben seinem rechten Ohr und wandte seine Aufmerksamkeit daraufhin einen Moment von Dalton ab, der gerade von dem Bären zerlegt wurde, nur um sehen zu müssen, dass mehrere Männer in Schwarz auf sie schossen. Dutch gab ihm Deckung, so gut er konnte, doch dann hörte er Schreie und schnellere Feuerstöße. McCann trat jetzt ins Freie und nahm sich einen der drei Angreifer links von sich vor, den er von seiner Position aus durch die Bäume niederstreckte. Eine andere Gestalt rannte nicht weit von Dalton entfernt in Deckung und verschwand dann um die Ecke des Backsteingebäudes. Den dritten Schützen hatte Sam noch nicht gesehen. Widerstrebend ließ er von dem Bären ab und konzentrierte sich stattdessen darauf, den Angreifer davon abzuhalten, McCann zu töten, der jetzt vollkommen offen und ohne Schutz dastand.

»Er hat ihn erwischt! Er hat ihn erwischt! Er ist tot«, schrie McCann über den Tumult hinweg und rückte zum zweiten Gegner vor.

Sam sah den Mann hinter dem Gebäude auf den Jungen zielen. »McCann, sofort runter!«, brüllte er. Als McCann sich umdrehte, sah Sam, wie der Junge wegen eines direkten Treffers in seine Seite zusammenzuckte. Er stürzte zu Boden, und Sam sprang vom ersten Stock des Gebäudes herunter und rannte an seine Seite.

Der gegnerische Schütze näherte sich jetzt von der Seite des Gebäudes. Sam hatte das Gefühl, dass er von dem Bären entweder nichts wusste oder dass es ihm einfach egal war. Dann hörte er Dutch plötzlich rufen: »Über euch!«

Sam hatte kaum Zeit, schnell genug hochzublicken, als Dutch schon einen überraschend aufgetauchten vierten Schützen vom Dach des angrenzenden Gebäudes schoss. Der Mann stürzte herunter und schlug nur wenige Schritte von Dalton entfernt auf dem Boden auf.

Sam tastete an der Halsschlagader nach McCanns Puls, konzentrierte sich dann aber schnell auf den letzten Mann, der seine Waffe fallen gelassen hatte und gerade vor dem stark verwundeten und noch stärker verärgerten Bären in ihre Richtung zurückwich. Dutch rief Sam fragend zu: »Schießen?«

»Nein, überlass ihn einfach dem Bären!«, schrie Sam zurück. »Hol den Jeep!« Denn er wollte den Blick nicht von dem Bären abwenden, der gerade dabei war, sein neues Opfer zu zermalmen. Der Mann schrie vor Schmerzen, aber das Schlimmste war das ausgehungerte Knurren, mit dem der Bär über seine Beute herfiel.

Das Motorengeräusch des Jeeps näherte sich, und als Dutch zwischen Dalton und Sam zum Stehen kam, schleppte er McCann hastig zum Auto. Sam und Dutch hoben den Jungen hinein und setzten ihn aufrecht hin.

»Bin ich getroffen worden? Er hat ihn getötet … Steven. Steven ist tot.«

Sam sagte beruhigend: »Es ist nur eine Wunde in der Schulter, Junge, du wirst es überstehen.«

»Steven ist tot«, wiederholte McCann fassungslos.

Sam nickte. Er hatte es zwar nicht selbst gesehen, aber bestimmt hatte der Junge recht. Er ging auf die andere Seite des Fahrzeugs zu Dutch, der über Daltons verstümmelten, blutigen Körper gebeugt war.

»Lebt er noch?«, fragte Sam angespannt.

»Der Puls ist da, aber er hat echt viel Blut verloren, Mann.«

»Lass ihn uns in den Jeep tragen«, sagte Sam, und beide hoben Dalton vorsichtig hoch, als ihnen plötzlich auffiel, dass die Schreie des neuen Opfers des Bären aufgehört hatten. Sie trugen Daltons bewusstlosen, blutigen Körper die wenigen Schritte bis zum Jeep hinüber und legten ihn so hin, dass sein Kopf auf McCanns Schoß ruhte. Wie schwer er verletzt war, konnten sie in diesem Moment nicht feststellen.

»Oh mein Gott«, sagte McCann, während er hastig nach Daltons Puls tastete, obwohl er selbst verletzt war.

»Noch einer«, sagte Sam bedrückt. Sie rannten auf die gegenüberliegende Seite des Fahrzeugs und holten Stevens Leiche. Schon als sie näherkamen, bestand kein Zweifel daran, dass er tot war. Ein sauberer Kopfschuss hatte ihn erwischt. Sam empfand jetzt auf einmal keinerlei Mitgefühl mehr für das Opfer des Bären.

»Dieser Mistkerl«, stieß Sam hervor.

»Bringen wir ihn nach Hause«, sagte Dutch nur. Sie hoben ihn hoch, öffneten die Heckklappe des Jeeps und legten seinen Körper hastig auf die Ladefläche. Dutch schnappte sich das Erste-Hilfe-Set und sprang auf den Beifahrersitz, während sich Sam auf den Fahrersitz niederließ. Sie rasten von der grauenvollen Szene weg in die Richtung, aus der sie ursprünglich gekommen waren.

»Wir müssen diese Sache im Camp ankündigen, denn er wird Blut brauchen«, sagte McCann vom Rücksitz aus.

»Wir dürfen das Funkgerät aber nicht benutzen«, wandte Sam ein.

»Er stirbt aber sonst! Er verblutet!«, schrie McCann verzweifelt.

Dutch öffnete das Erste-Hilfe-Set, drehte sich auf dem Sitz herum und beugte sich nach hinten.

Sam fuhr mit einer gehörigen Wut im Bauch weiter. McCann hatte ganz offensichtlich große Schmerzen, hielt sich aber aufrecht, so gut er konnte. Sam konnte leider nicht mehr tun als sie so schnell wie möglich nach Hause zu bringen und dabei aufmerksam den Rückspiegel im Auge zu behalten.

»Hier ist eine ganze Menge Blut, Mann«, sagte Dutch leise zu Sam.

Sam spürte, wie eine heiße Flüssigkeit über seine Stirn lief, und strich sich mit dem Arm über sein Gesicht. Als er ihn zurückzog, bemerkte er, dass es sich bei der Flüssigkeit um leuchtend rotes Blut handelte. Sie alle waren voll davon, ohne zu wissen, wessen Blut es eigentlich war. »Ist es hellrot?«

»Ja und nein; es gibt auf jeden Fall viel zu viel davon«, gab Dutch zurück. »Ich verbinde die Wunden jetzt erst mal. Daltons linker Arm hat auf jeden Fall mächtig was abbekommen.«

»Er wird es schaffen«, sagte Sam bestimmt und beschleunigte noch mehr. »Er muss es schaffen.« Während der ganzen Rückfahrt spielte er in seinem Kopf Szenarien durch, wie sie das hier zu Ende bringen und trotzdem überleben konnten.

DRUCK

»Hey, Junge, bleib wach! Wir sind fast da«, sagte Dutch eindringlich und tätschelte seine Wange.

McCann nickte nämlich immer wieder ein. Seine linke Schulter schmerzte höllisch bei jeder kleinsten Bewegung, doch trotzdem schaffte er es nicht, wach zu bleiben. Er versuchte mit tiefen Atemzügen durch den Schmerz zu kommen, aber es war vollkommen unerträglich. Er sah auf Daltons bewusstloses Gesicht in seinem Schoß hinab und überprüfte erneut dessen Puls.

»Er hält gut durch, Kumpel«, sagte Dutch zu ihm.

Doch McCann fiel auf, dass Daltons Unterlippe blau geworden war, seit er das letzte Mal nachgesehen hatte, und seine Gesichtsfarbe war mittlerweile geisterhaft blass. »Wir müssen über Funk Bescheid sagen! Clarisse braucht Zeit für die Vorbereitung und er braucht dringend Blut – und zwar sofort.«

Dutch sah den Jungen intensiv an. »Kumpel, wir fahren schon so schnell wir können.«

McCann schüttelte den Kopf, hob Daltons Hand und zeigte ihm Daltons Fingernägel. »Siehst du das? Das Nagelbett ist bereits blau verfärbt, genau wie seine Lippen. Er gerät in einen Schock. Sein Puls wird immer schwächer und er wird wahrscheinlich an Herzversagen sterben, bevor wir es überhaupt zurückschaffen.« McCann lehnte sich zurück. Darüber zu reden oder auch nur darüber nachzudenken war absolut unerträglich. Doch dann hatte er plötzlich eine Idee. *Er braucht Adrenalin, damit sich seine Blutgefäße verengen! Dadurch verlangsamt sich die Blutung automatisch. Haben wir irgendetwas mit Adrenalin hier?*

»Haben wir … haben wir einen EpiPen in diesem Notfallset?«

»Er hat keine allergische Reaktion«, sagte Dutch und sah McCann an, als hätte der Junge gerade vollkommen den Verstand verloren.

»Da ist mehr oder weniger pures Adrenalin drin. Es wird ihm etwas Zeit verschaffen«, brachte McCann mit Mühe hervor. Dutch kramte daraufhin in der Tasche herum und holte schließlich einen bunt verpackten Stick mit der Aufschrift *EpiPen* an der Seite hervor.

»Gib ihn her.« McCann griff danach, riss das Papier auf und zog mit den Zähnen die Kappe ab, dann stach er ihn mit Kraft in Daltons Oberschenkel. Er hielt Zeige- und Mittelfinger an Daltons Halsschlagader, lehnte sich in den Sitz zurück und versuchte mit seinen eigenen Schmerzen fertig zu werden. Er spürte, wie die Herzfrequenz zunahm.

»Schon besser, aber der Effekt wird leider nicht allzu lange anhalten. Wir müssen uns über Funk melden und sie alles vorbereiten lassen.« McCann starrte Dutch wütend in die Augen und konzentrierte sich dann auf Sams Blick im Rückspiegel. »Er wird es sonst nicht schaffen, Sam. Er braucht jede Chance, die wir ihm verschaffen können. Entweder bringst du ihn als Toten zu Clarisse, oder du lässt sie jetzt alles vorbereiten, um sein Leben retten zu können.«

»Tu es! Wir gehen das Risiko ein«, sagte Sam zu Dutch.

»Bist du sicher, Mann? Sie überwachen den ganzen Funkverkehr momentan ganz sicher«, wandte Dutch ein.

Sam nickte. »Sag ihr, wir sind in ungefähr fünfzehn Minuten da.«

McCann lehnte sich zurück und war zufrieden, dass er sie dazu gebracht hatte, auf die Stimme der Vernunft zu hören. Seine Augenlider schlossen sich und im Hintergrund hörte er jetzt Ricks aufgeregte Stimme, bevor er der Müdigkeit erlag.

DIE BEERDIGUNG

»Nein, lasst mich. Ich möchte es allein machen. Er war *mein* Bruder«, sagte Rick aufgebracht, als Reuben und Mark sich ihm am Rand der Waldgrenze näherten, wo ein großer Laubbaum für sich allein stand. Er sah zu, wie sich ihre grauen Umrisse zurückzogen.

Die Abenddämmerung war bereits hereingebrochen und das wenige verbliebene Licht ließ überall Schatten wachsen. Rick wischte sich den Schweiß von der Stirn und grub weiter das Grab, in dem sein Freund in Kürze für immer verschwinden würde. Steven lag eingewickelt in einige Decken rechts vom Loch.

Rick warf jedes Mal einen kurzen Seitenblick auf den kleinen Berg aus Decken, wenn er eine weitere Schaufelladung heraufbefördert hatte, bis er schließlich wusste, dass er genug gegraben hatte. Er blieb stehen, packte das Ende der Schaufel mit beiden Händen und stützte in einem plötzlichen Ausbruch schrecklicher Trauer sein ganzes Körpergewicht darauf. Er weinte hemmungslos und seine Tränen vermischten sich mit dem Staub des Grabes eines geliebten Menschen. »Gottverdammt, konntest du dich nicht wenigstens einmal rechtzeitig ducken?«, schrie er Steven wütend an. Große hastige Schluchzer folgten. »Du blödes Arschloch! Ich habe dich so geliebt, Mann!«

Es war jetzt dunkel. Das letzte Licht war verschwunden, und irgendwo in seinem Kopf war ihm bewusst, dass es absolut verrückt war, Selbstgespräche zu führen und sich mit dem toten Steven zu streiten, aber er musste es trotzdem tun. Er stieg aus dem Grab und fluchte laut weiter, während er an der mit Decken umwickelten Leiche zog.

»Du musstest ja unbedingt abhauen und dich erwischen lassen, was? Wer zum Teufel wird denn jetzt den ganzen Unfug aushalten, den ich immer veranstalte? Du unvorsichtiger Idiot.« Er schleppte ihn mit dem Kopf voran an den Rand des Grabes und sprang wieder hinein. »Und ich darf deinen Arsch jetzt auch noch begraben.« Er brach wieder zusammen. *»Du verdammtes Arschloch!«* Rick schluchzte heftig, umklammerte Stevens Körper und vergrub sein Gesicht in seiner Seite.

Nachdem die Welle der Trauer endlich vorbei war, wischte er sich mit dem Ärmel über die Nase. »Ich werde sie dafür bezahlen lassen, Kumpel! Das verspreche ich dir, Mann.« Er wuchtete Steven in das Grab und ließ ihn langsam auf den Boden sinken. Kühle, weiche, lehmige Erde nahm ihn in der ewigen Dunkelheit in Empfang. Rick schaltete seine kleine Taschenlampe an und schlug die Decke auf, um seinen Freund ein letztes Mal anzusehen. Mitten in seiner Stirn befand sich ein perfektes Loch. Rick drehte sich rasch weg und spuckte Erde aus. Er zog die Kette mit den Erkennungsmarken von Stevens Hals. Aus seiner Nase drohte Schnodder herabzutropfen, den er schnell mit dem Handrücken wegwischte. Er entfernte eine von Stevens Metallplaketten und nahm dafür eine seiner eigenen Erkennungsmarken, die ihm um den Hals hingen. Dann befestigte er seine eigene Marke an Stevens Kette und legte sie ihm wieder um den Hals. Langsam schob er das kalte Metall unter dessen Hemd. Stevens Marke befestigte er an seiner Kette und strich vorsichtig darüber.

»Ich werde dich niemals vergessen, Mann«, sagte Rick und zog die Decke wieder über Stevens Gesicht. Anschließend holte er tief Luft und versuchte die Trauer zu bewältigen. Seine Stimme brach, als er sagte: »Mann, ist das vielleicht eine Scheiße.« Er stieg ein letztes Mal aus dem Loch.

»Auf Wiedersehen, Steven. Du warst wie ein Bruder für mich. Ich werde dich vermissen.« Er atmete einmal tief durch, nahm die Schaufel wieder in die Hand und schüttete die Erde in das Grab hinein, zuerst ganz langsam, dann immer schneller. Er musste ihn begraben und wollte es endlich hinter sich bringen, sonst würde er noch den Verstand verlieren. Wieder und wieder fand eine Schaufel voll Erde ihren Platz im Loch. Der Mond stand hoch über ihm, als Rick endlich fertig war und den Rest der Erde zu einem kleinen Hügel über dem Grab aufschüttete. Er kniete sich hin und glättete die Erde sorgfältig mit seinen Händen. Größere Klumpen zerrieb er zu winzigen Partikeln, bis eine glatte Erhebung entstanden war. Immer noch auf den Knien richtete er sich auf und legte seine schmutzigen Hände auf seine Schenkel.

»Gott, bitte nimm meinen Freund an. Er kann manchmal ein totales Arschloch sein, aber er ist ein guter Mensch. Ich flehe dich an, hilf uns, diese Wichser zu vernichten. In Jesu Namen. Amen.« Er stand auf und nahm die Schaufel. »Ruhe in Frieden, mein Bruder«, sagte er leise und ging dann in der Dunkelheit der Nacht langsam in Richtung des Lichts, das in der Ferne ihr Lager markierte.

»McCann, McCann.« Graham tätschelte sanft seine Wange und schob eines seiner Augenlider nach oben. »Mein Junge!«, rief er noch einmal.

»Gib ihm noch etwas Zeit. Er träumt gerade«, sagte jemand anderes, aber schon wurde die Stimme leiser und war kurz darauf ganz verschwunden.

Es stimmte, er träumte. Er träumte einen Albtraum. Nur, dass dieser jetzt eine Erinnerung war und er nicht mehr daraus erwachen würde.

Er stand wieder an der Wand, wo Steven ihn aus der Schusslinie gestoßen hatte. Die Geräusche klangen wie im Krieg. Ein Krieg, zu dem irgendjemand einen Bären eingeladen hatte, von dem niemand sagen konnte, auf wessen Seite er stand. McCann fand einen schönen, handlichen Stein auf dem Boden. Er füllte seine Hand gut aus und sein Gewicht war perfekt. Er entfernte sich von der Wand, nahm Anlauf und warf ihn mit maximaler Kraft auf den Bären. Er traf ihn genau am Hinterkopf. Der Bär ließ von Dalton ab, aber dann sprang aus dem Nichts plötzlich noch ein bewaffneter Feind hervor und feuerte in ihre Richtung. Steven stieß McCann zu Boden, und als McCann sich zu bewegen versuchte, spürte er nur noch Stevens passives Gewicht auf sich. Steven war tot!

Er setzte sich auf und drehte ihn langsam um. Steven starrte ihn mit weit aufgerissenen und ebenso blauen wie toten Augen an, die immer noch das Entsetzen widerspiegelten, das sie zuletzt gesehen hatten. Er schloss Stevens Lider und spürte dabei eine unbändige Wut in sich aufsteigen. Er stürmte vorwärts und …

»McCann, wach endlich auf, Kumpel«, sagte Graham wieder und drückte sanft seine rechte Schulter. »Du musst aufwachen, mein Junge.«

»Ich bin ja hier«, sagte McCann mit schwacher Stimme. Er schaffte es noch nicht, seine Augen zu öffnen, aber er schob den Albtraum beiseite und fühlte, wie Graham seinen Kopf ein wenig zu heben versuchte.

»Komm schon Kumpel, wach auf«, verlangte Graham erneut.

»Warum?«, fragte McCann bitter. Er war einfach noch nicht bereit, sich dieser Welt zu stellen. Er wollte diesen Traum nicht noch einmal erleben müssen, aber irgendwie war er überzeugt davon, das Ergebnis ändern zu können, wenn er ihn noch einmal durchlebte.

»Weil Clarisse es gesagt hat, und glaub mir, es ist besser, ich wecke dich, als wenn sie über dich herfällt«, sagte Graham.

McCann schnaubte. Es fühlte sich an, als würden winzige Ambosse seine Augenlider niederdrücken.

»Ich bekomme die Augen einfach nicht auf. Ich bin müde, Mann, so unfassbar müde. Komm einfach später noch mal wieder«, murmelte McCann.

»Hier, nimm einen Schluck.« Graham hielt einen Becher mit Wasser an McCanns Lippen, und dann gelang es ihm endlich, seine Augen einen Spalt breit zu öffnen. Als er sich aufsetzte, spannte er aus Versehen die falschen Muskeln in seiner linken Schulter an und ein höllischer Schmerz schoss durch ihn hindurch.

»Verdammt, tut das weh«, beschwerte sich McCann.

»Halt deinen Arm still, ich helfe dir hoch«, erwiderte Graham. Er schob seinen Arm um McCanns Brust und stützte ihn vorsichtig unter der Schulter, um ihn in eine sitzende Position zu ziehen. Gleichzeitig benutzte McCann seinen rechten Arm, um sein Gewicht nach oben zu manövrieren.

»Das tut echt höllisch weh«, sagte er gequält und sah zum ersten Mal auf seine Schulter. Sie war komplett verbunden.

»Was zur Hölle ist passiert?«, fragte McCann.

Graham sah ihn prüfend an, während er dessen Decke zurechtrückte. »Woran erinnerst du dich denn noch?«

McCann schüttelte den Kopf und versuchte die Benommenheit loszuwerden. »Ein Schuss hat mich erwischt. Dalton wurde von einem Bären angegriffen und Steven – Steven ist tot, und ich bin daran schuld.« Seine Stimme brach und er wandte hastig den Blick von Graham ab.

»Sam und Dutch haben etwas anderes erzählt«, sagte Graham ruhig.

»Wenn ich nicht … wenn ich nicht den Stein auf den Bären geworfen hätte, hätte Steven mich nicht wegschubsen müssen. Dann wäre er noch am Leben«, sagte McCann verzweifelt. Er konnte ein Schluchzen jetzt nicht mehr unterdrücken.

»McCann«, sagte Graham leise. »Sam hat gesagt, dass sich der Bär erst von Dalton abgewandt hat, nachdem du den Stein auf ihn geworfen hast. Sie haben mehrmals auf das verdammte Vieh geschossen, ohne dass es irgendetwas bewirkt hat. Dalton wäre tot, wenn du nicht eingegriffen hättest.«

»Dalton hat es geschafft?« McCann sah ihn mit feuchten Augen an.

»Ja, das hat er, und es sieht ganz so aus, als hättest du recht gehabt. Die Adrenalinspritze hat ihm das Leben gerettet, McCann. Er wäre sonst tatsächlich verblutet.«

McCann wischte sich die Tränen ab und holte tief Luft. »Okay. Danach muss ich wohl ohnmächtig geworden sein.« Er schüttelte den Kopf und tat sich schwer bei dem Versuch, das alles zu begreifen.

»So war es. Als ihr angekommen seid, hatten wir schon alles vorbereitet. Wir haben Dalton sofort operiert. Macy hat dich auf dem Rücksitz gefunden und überall war Blut. Sie ist ziemlich ausgeflippt. Sie ist bei dir geblieben, bis wir dich auch operiert haben, dann ist sie verschwunden.«

»Mist. Wo ist sie denn jetzt?«, fragte McCann besorgt und begann sich aufzurichten.

»Ist schon in Ordnung, lass gut sein. Ich habe sie später im Wald gefunden. Sie hatte furchtbare Angst um dich«, erklärte Graham.

McCann nickte. Es musste ein schrecklicher Anblick für Macy gewesen sein. Doch dann überkam ihn plötzlich die Erinnerung daran, weshalb sie alle Angst haben sollten.

»Moment mal. Wie lange ist das Ganze her? Wie lange sind wir schon wieder zurück?«

»Eine Nacht. Heute ist der nächste Tag«, antwortete Graham.

»Habt ihr etwas von den Invasoren gehört?«

»Bis jetzt noch nicht. Wir überwachen aber den gesamten Funkverkehr. Wir haben alle hierher ins Lager der Prepper gebracht, bis wir mehr darüber wissen, welche Art von Bedrohung sie für uns darstellen. Denn je mehr wir sind, desto geschützter sind wir auch.«

McCann nickte. »Was ist mit den Pferden?«

»Die sind auch alle hier. Dutch und ich sind letzte Nacht extra noch mal mit einem Truck zu unserer Blockhütte gefahren und haben fast alles von dort mitgenommen«, berichtete Graham. »Dir geht es soweit gut. Die Kugel ging glatt durch. Clarisse war sehr zufrieden, nachdem sie die Wunde gereinigt und verbunden hatte. Wir müssen den Verband zwar jeden Tag wechseln, aber es sollte gut von allein heilen. Du hattest wirklich großes Glück.«

»Ich muss jetzt nach Macy sehen. Kannst du sie bitte zu mir schicken?«

Graham schüttelte den Kopf. »Sie wird nicht kommen, McCann. Ich habe es schon versucht. Sie braucht etwas Zeit. Immerhin dachte sie, du wärst tot.«

McCann nahm Graham jetzt zum ersten Mal bewusst wahr. Der Mann sah absolut fertig aus. »Hast du überhaupt geschlafen, Graham? Du machst keinen guten Eindruck auf mich.«

»Ich war die ganze Zeit bei dir, seit du die Operation hinter dir hast. Ich hätte es mir nie verziehen, wenn du es nicht geschafft hättest«, gab Graham daraufhin zu.

»Mir geht es gut, Graham. So leicht wirst du mich nicht los. Wie kommt Rick denn mit Stevens Tod zurecht?«

Graham sah aus dem Plastikfenster des Zeltes nach draußen und dann zu Boden, bevor er leise antwortete: »Er hat ihn letzte Nacht begraben ... allein. Er wollte sich von niemandem helfen lassen. Wir werden uns nachher zusammenfinden und seiner gedenken. Weißt du, diese Bastarde tun mir fast leid«, sagte Graham. Der leise, hasserfüllte Ton in seiner Stimme fuhr durch McCanns Wirbelsäule und ließ ihn unwillkürlich frösteln. Er hatte Graham noch nie zuvor so erlebt. Er hätte nicht gedacht, dass der Mann überhaupt hassen konnte, doch jetzt wusste er es besser.

»Diese Drecksäcke«, sagte McCann. »Es gibt keine Worte, um zu beschreiben, wie teuflisch diese Dschihad-Extremisten sind ... und was sie getan haben.«

»Vielleicht ist es genau das. Sie sind so weit entfernt von jeglicher Humanität, dass niemals einer von ihnen mit einem Namen bedacht werden sollte«, antwortete Graham.

»Bis wir sie von der Erde auslöschen, müssen wir sie wohl irgendwie benennen. Mein Vater nannte sie immer *Die bösartige Nation*. Es bedeutet, dass diese Menschen nur Gewalt und Zerstörung in sich tragen.«

»Ich kann mir keinen passenderen Begriff vorstellen, weil wir nichts Besseres kennen, und dennoch ist ihnen damit immer noch zu viel der Ehre erwiesen«, sagte Graham bitter.

McCann schob seine Beine langsam über die Bettkante. »Kannst du mir bitte meine Hose geben?«

»Wo willst du denn hin?«, fragte Graham.

McCann lächelte schelmisch. »Ich muss mich erst mal ein wenig frisch machen und dann Macy finden. So leicht kommt sie mir nicht davon.«

Graham kicherte und reichte McCann einen Satz Camouflage-Kleidung der Prepper. »Ich habe dir extra etwas Sauberes zum Anziehen mitgebracht. Deine alten Klamotten mussten wir leider verbrennen. Du hast quasi in deinem eigenen Blut, in Daltons und etwas Bärenblut gebadet.«

McCann hob die Bettdecke kurz hoch und zog sie dann rasch wieder über sich. Kurz darauf traf ihn ein plötzlicher Schreck. »Warte mal. Wer hat mich denn sauber gemacht?«

Graham zuckte mit den Achseln. »Ich habe keine Ahnung. Ich nehme mal an, Clarisse. Sie und Lucy haben sich schließlich um alles Medizinische gekümmert.«

»Das darf doch nicht wahr sein, Mann!«, sagte McCann entsetzt, als er noch einmal unter sein Laken spähte und ein weiteres Mal feststellte, dass er tatsächlich splitterfasernackt war.

HOFFNUNG AUF HEILUNG

Clarisse schlüpfte zurück in Daltons Zimmer. Lucy stand gebeugt in einer Ecke des Raumes und war gerade dabei, alle blutigen Handtücher und die Ausrüstung, die sie bei Daltons Operation benutzt und weggeworfen hatten, aufzusammeln. Eigentlich war es mehr ein Zusammenflicken von dem gewesen, was sie noch hatten retten können, mit dem, was noch übrig gewesen war. Wie es ausgehen würde, war jetzt eine Frage der Zeit und des Infektionsschutzes. Dalton konnte ihr immer noch unter den Händen wegsterben. Sie kannte die Risiken gut genug und war deshalb, als sie den Raum nach der Notbehandlung verlassen hatte, um sich darum zu kümmern, dass McCann gut aus der Anästhesie aufwachte, als Chirurgin gegangen. Jetzt kehrte sie zurück als … als was? Als Daltons Liebhaberin?

Es war mehr als das. Sie wusste, dass sie beide das Gefühl hatten, mehr zu sein als nur Liebhaber, obwohl keiner von beiden das, was sie teilten, genau benennen konnte.

Er lag hilflos wie eine Marionette da, der die Fäden durchtrennt worden waren. Um ihn herum erledigten Monitore, blinkende Lichter und piepende Displays, die zum Glück die richtigen Geräusche erzeugten, ihre Arbeit.

»Ich denke, ich habe jetzt alles. Ich werde die Sachen in die Feuerstelle werfen«, sagte Lucy zu ihr.

»Danke, Lucy. Mach das, achte aber darauf, dass du dich danach gründlich desinfizierst, so wie ich es dir gezeigt habe. Danach holst du dir bitte etwas zu essen. Danke für alles, du warst heute eine wirklich große Hilfe.« Clarisse brachte ein gequältes Lächeln zustande, als Lucy an ihr vorbeiging.

Sie musste es Daltons Jungs noch erzählen. Diese waren vorerst bei Ricks Familie untergekommen, und sie hatte alle darum gebeten, es ihr zu überlassen, ihnen den Stand der Dinge mitzuteilen, sobald sie dazu in der Lage war. Die bevorstehende Aufgabe belastete sie allerdings schwer.

»Verdammt, Dalton«, flüsterte sie. Sie spürte Wut in sich aufsteigen, die sich daraus speiste, dass sie sich so sehr um ihn sorgte. Sie würde es nicht überleben, wenn er starb. Er hatte sie für sich gewonnen und hatte sie damit verletzlich gemacht. Er war in ihr Herz getreten und hatte es irgendwann übernommen, als sie einmal nicht aufgepasst hatte. Sie war sich nicht einmal sicher, wann es genau passiert war.

Sie machte einen vorsichtigen Schritt nach dem anderen, bis sie schließlich an seinem Bett angekommen war. Mit den Fingerspitzen fuhr sie sanft über die grüne Army-Wolldecke und zeichnete den Verlauf seiner Beine nach. Sie hatte es kaum geschafft, die Arterie in seiner linken Schulter wieder zu schließen. Der Verletzung nach, vermutete sie, dass er versucht hatte, den Bären mit diesem Arm zurückzuhalten. Tiefe Bissspuren und aufgerissene Wunden sprachen eine deutliche Sprache.

Clarisse presste sich die Hand auf den Mund, um einen lauten Schrei zu unterdrücken, der ihr zu entgleiten drohte, als sie sich vorstellte, was er alles durchgemacht hatte. Dafür weinte sie jetzt unhörbar, aber hemmungslos.

Seine rechte Hand … sie erinnerte sich daran, wie seine rechte Hand aussah. Über seinen Knöcheln war keine Haut mehr gewesen. Bis auf den weißen Knochen hindurch hatte er mit dieser Faust um sein Leben gekämpft, daran hatte sie keinen Zweifel.

»Dalton …« Clarisse fuhr mit den Fingerspitzen vorsichtig über seine nackte Brust, wo die scharfen Krallen des Bären tiefe Spuren hinterlassen hatten. »Verlass mich nicht, verdammt noch mal«, flüsterte sie verzweifelt. Es war das einzige Zeichen von Schwäche, das sie sich erlaubte und auch das nur im Flüsterton. Die Vorstellung, ein Leben ohne Dalton führen zu müssen, nahm ihr komplett den Atem. Plötzlich bog Rick um die Ecke.

»Wie sieht es aus?«

Rasch wischte sie den Beweis ihrer Liebe aus ihrem Gesicht, bevor sie zu ihm aufsah. »Besser – laut den Maschinen jedenfalls. Er müsste eigentlich bald aufwachen.«

»Ich halte hier die Stellung, wenn du zu seinen Jungs gehen willst«, sagte Rick. »Sie wissen immer noch nichts.«

Sie drehte sich zu Rick um und wollte gerade antworten, als sie seine blutunterlaufenen Augen und den Ausdruck des Schocks in seinem Gesicht bemerkte.

»Rick, es tut mir so leid wegen Steven«, sagte sie daraufhin und berührte tröstend seinen Unterarm.

Rick schüttelte den Kopf. »Ich bekomme es immer noch nicht in meinen Kopf hinein. Das kann doch alles nicht wirklich passiert sein. Ich habe ihn selbst begraben, und doch kann ich mir nicht vorstellen, dass er tatsächlich nicht mehr da ist«, sagte er mit erstickter Stimme.

»Warum ruhst du dich nicht etwas aus, Rick?«

»Nein, es geht schon. Du brauchst mich hier. Es wäre mir lieber, wenn du es den Jungs erzählst. Ich schaffe das einfach nicht, Clarisse. Außerdem ist es sowieso besser, wenn sie es von dir erfahren.«

Sie nickte und breitete dann stumm die Arme aus.

Jemanden zu umarmen, geschweige denn Rick, war bisher undenkbar für sie gewesen.

Er sah sie mit einem seltsamen Blick an, umarmte sie aber und schüttelte dabei den Kopf.

»Wir werden auch das durchstehen, Rick. Was dich nicht umbringt, macht dich nur härter. Das hat meine Mutter immer gesagt. Aber um ehrlich zu sein, ich habe ihr nie geglaubt«, sagte Clarisse und klopfte ihm tröstend auf den Rücken.

Er zog sich zurück und blickte sie ernst an. »Das hilft zwar nicht, war aber ein netter Versuch.«

Ihr kamen daraufhin wieder die Tränen und sie drückte unter ihrer Brille den Nasenrücken zusammen, um den Fluss einzudämmen. Rick setzte sich neben Dalton auf den Stuhl.

»Ich rufe dich sofort, wenn hier irgendetwas Alarm schlägt, in Ordnung?«, fragte Rick und zeigte mit der Hand auf die verschiedenen Monitore, die allesamt leise klickten oder piepten.

»Ja. Ruf mich aber auch, wenn er aufwacht. Ich bin auch nicht lange weg.«

FEST IM SATTEL

Lucy warf das letzte blutgetränkte Handtuch ins Feuer. Sie hatte sie eines nach dem anderen verbrannt, um die Flammen nicht zu ersticken. Sam hatte sie extra gewarnt, nicht zu viel auf einmal ins Feuer zu werfen, damit nicht zu viel Rauch entstand und den Standort des Lagers der Prepper verriet. Sie starrte in die Flammen und wischte sich mit dem Handrücken über die Stirn. Sie war wie in Trance, und die Menschen, die in ihrer Nähe vorbeikamen, nahm sie nur in gedämpften Farben und aus den Augenwinkeln wahr.

Es fühlte sich gut an, zu arbeiten, beschäftigt zu sein und den anderen helfen zu können. Lucy genügte das vollkommen … harte Arbeit, die den anderen half, und so wenig persönliche Interaktion wie möglich, um sich nicht damit beschäftigen zu müssen, was ihr widerfahren war.

Dann bemerkte sie auf einmal am Rande ihres Sichtfelds etwas Seltsames. Ein Pferd bewegte sich rückwärts. Sie blinzelte und versuchte zu verstehen, was da vor sich ging.

McCann, der gerade eben noch auf einer Trage aus der Krankenstation gebracht worden war, versuchte jetzt, sein Pferd zu besteigen, während er einen Arm in einer Schlinge trug. Sie machte einen Schritt vom Feuer weg, um seine wenig erfolgversprechenden Versuche besser beobachten zu können. Er zog die Zügel mit der rechten Hand in Position und umklammerte dann den Sattelknauf, während er die Führungsleine ruhig zu halten versuchte. Anschließend schob er seinen linken Fuß mit der Stiefelspitze in den Steigbügel und schwankte unsicher hin und her. Das Pferd, das einen verwirrten Eindruck machte, trat nun einen Schritt zur Seite und vermasselte McCanns Plan damit endgültig.

»Verdammt«, sagte McCann ungeduldig.

Lucy sah sich mehrfach mit der Hoffnung um, dass irgendjemand vorbeikam und ihn von seiner eigenen Dummheit abhielt, aber in diesem Moment war leider absolut niemand in Sicht. Sie hob deshalb ihren Korb auf und ging widerstrebend auf ihn zu, während er erneut kläglich am Versuch scheiterte, das Pferd nur mithilfe seines rechten Arms zu besteigen.

Sie trat hinter McCann und fragte: »Meinst du, das ist wirklich eine gute Idee?«

Er drehte sich um, um zu sehen, wer ihn angesprochen hatte und antwortete dann: »Ich muss dringend etwas erledigen.«

»Du bist gerade erst nach einer Operation aufgewacht. Weiß Clarisse, dass du hier draußen herumrennst?«

McCann gab sein Unterfangen für den Augenblick auf und drehte sich verärgert zu Lucy um. »Kannst du mir bitte einen großen Gefallen tun und kurz die Zügel halten?« Er hielt ihr das Ende hin.

Sie sah auf seine ausgestreckte Hand herunter und schüttelte dann den Kopf. »Nein, ich bekomme sonst nur Ärger. Denn ich glaube nicht, dass du fit genug bist, um zu reiten. Ehrlich gesagt solltest du noch nicht einmal laufen.«

»Es ist schon okay, wirklich. Du bekommst bestimmt keine Probleme. Hier, hältst du das mal bitte?«, fragte er und hielt ihr die Zügel erneut unter die Nase.

Doch Lucy ignorierte sie standhaft. »Kann ich vielleicht irgendetwas für dich tun oder dir etwas holen, was du brauchst?«

Er sah sie frustriert an. »Nein, kannst du nicht. Wenn du so gut bist und einfach nur die Leine hältst, damit mein Reittier stehen bleibt, hilft mir das genug. Ich verrate schon niemandem, dass du mir geholfen hast, versprochen.«

Lucy sah sich erneut nach allen Seiten um, und als sie sich wieder McCann zuwandte, zuckte sie zurück, als sie sah, dass er ihr die Leine erneut hinhielt, viel zu nahe dieses Mal. Sie schnappte unweigerlich nach Luft und ließ den Wäschekorb fallen, um den sie bis gerade ihre Arme geschlungen hatte. Der Kampf gegen ihre inneren Dämonen war anscheinend noch längst nicht gewonnen.

»Hey, tut mir leid. Entschuldige bitte«, sagte McCann zerknirscht und hob vorsichtig seine rechte Hand. »Ich wollte dich nicht erschrecken.«

Lucy schob eine lange rote Haarsträhne zurück, die ihr ins Gesicht gefallen war.

»Schon … schon gut. Ich werde das schon überstehen«, sagte Lucy und versuchte sich gleichzeitig davon zu überzeugen, dass sie tatsächlich an das glaubte, was sie da sagte.

»Nein, ehrlich, es tut mir leid. Das war dumm von mir. Es wird dir hier niemals jemand wehtun. Du musst keine Angst haben. Ich will nur schnell etwas erledigen.«

Über Lucys Gesicht huschte ein Lächeln. Sie wusste, dass McCann nur versuchte, ihr ein sicheres Gefühl zu geben. »Okay, dann beeil dich aber. Ich will auf keinen Fall die schlecht gelaunte Seite von Clarisse kennenlernen müssen.«

»Das gilt für uns beide«, murmelte er. Er gab ihr erneut die Leine, wobei er darauf achtete, dass seine Hand ihrer nicht zu nahe kam.

»Soll ich die Zügel straff halten, wenn es rumzickt?«

McCann grinste. »Das wird es nicht. Es kennt mich nur einfach nicht mit diesem nutzlosen linken Arm.«

»Siehst du, sogar dein Pferd ist der Meinung, dass du hier nicht herumturnen solltest«, sagte Lucy. Sie sah sich noch einmal um, um sicherzugehen, dass niemand sie beobachtete. McCann versuchte noch einmal, in den Sattel zu gelangen, wobei er allerdings erneut kläglich scheiterte. Er geriet ins Stolpern und konnte sich erst im letzten Moment abfangen.

»Sag mal, hast du nicht eine Vicodin bekommen?«, fragte sie jetzt.

»Das Zeug habt ihr mir gegeben? Verdammt noch mal. Aber egal, ich muss trotzdem zu ihr. Noch ein Versuch.« Er angelte mit dem Stiefel nach einem Futtereimer, drehte ihn mit einem sanften Tritt auf den Kopf und schob ihn dann in Position.

Lucy lachte darüber, dass McCann offenbar durch nichts kleinzukriegen war. Er näherte sich dem Pferd erneut und setzte seinen linken Fuß auf den Eimer, um sich von einer höheren Stelle aus in den Sattel schwingen zu können. Mit seinem linken Arm in der Schlinge musste das allerdings trotz des Vicodin höllisch wehtun, dachte sie.

Bevor sie ihn warnen konnte, stieß McCann sich ab und landete mit seinem Oberkörper quer über dem Sattel, es gelang ihm aber nicht, sein rechtes Knie hoch genug zu heben, um sich in die Sitzposition schieben zu können. Stattdessen hing er jetzt bäuchlings und etwas hilflos über dem Pferderücken.

In diesem Moment kam Sam aus dem Stall und Lucy zuckte erschrocken zusammen, weil sie davon ausging, dass sie jetzt in großen Schwierigkeiten steckte. Sam stoppte tatsächlich mitten in der Bewegung und sah die beiden aufmerksam an, um die merkwürdige Situation einschätzen zu können. Lucy stand da, hielt die Zügel, und McCann hing mit einem überraschten Gesichtsausdruck quer über dem Rücken seiner Stute.

»Er … versucht, auf das … das Pferd zu klettern«, stotterte Lucy. »Ich habe versucht, ihn davon abzuhalten, aber er hört einfach nicht auf mich, und außerdem ist er high, dank der Vicodin, die er bekommen hat.«

»Sam, ich muss zu ihr«, sagte McCann eindringlich, als ob das die ganze Geschichte erklären würde.

Lucy beobachtete, wie Sam die Szene ausgiebig betrachtete und sich dann offenbar ein Urteil über die Sache zu bilden schien. Er ging in einem Radius von fünf Fuß um den jungen Mann und das Pferd herum und schob McCanns rechtes Knie dann nach oben, damit dieser in den Sattel steigen konnte. Anschließend nahm er Lucy die Zügel ab und gab sie McCann, sobald dieser aufrecht im Sattel saß.

»Sie ist im Wald, in der Nähe des Flusses. Falls jemand fragt, ich habe dich nicht gesehen«, knurrte Sam und ging ohne ein weiteres Wort weg.

Lucy blickte ihn nur überrascht an und sagte nichts.

»Das hier«, sagte McCann leicht lallend und machte einen Kreis mit der rechten Hand um sich herum, »ist nie passiert.«

Lucy sah ihm kopfschüttelnd hinterher, als er in Richtung des Flusses davonritt. »Ich hoffe nur, er fällt nicht vom Pferd und bricht sich den Hals«, sagte sie leise und sah sich noch einmal um, ob es irgendwelche Zeugen gab. Dann eilte sie zurück zur Krankenstation.

DAS DILEMMA

Clarisse ging auf dem Flur an Lucy vorbei, vermied es jedoch, ihr in die Augen zu sehen.

»Du holst dir jetzt dein Abendessen, in Ordnung, Lucy? Wir sehen uns dann später im Zelt. Ich werde wahrscheinlich noch eine Weile bei Dalton bleiben. Kommst du solange allein klar?«

»Ja, Clarisse, natürlich. Ich esse einfach wieder mit Addy und Sam zusammen. Bitte sag mir aber, wenn es etwas gibt, wobei ich dir helfen kann.«

»Du bist schon jetzt eine riesige Unterstützung gewesen. Gott sei Dank warst du da und hast mir geholfen. Für die vielen Aufgaben, die wir bewältigen müssen, waren wir sowieso schon ziemlich wenige, bevor sich die Jungs verletzt haben.«

»Wirklich, wenn ich etwas tun kann, sag mir einfach Bescheid. Die Arbeit tut mir gut«, wiederholte Lucy.

»Für den Moment fällt mir nur ein, dass du Addy von mir Hallo sagen kannst. Ich habe das Gefühl, als hätte ich sie tagelang nicht gesehen.«

»Das mache ich. Bis später!«

Als Clarisse schon losgehen wollte, fiel ihr plötzlich noch etwas ein und sie drehte sich um. »Oh, Lucy. Hast du McCann gesehen? Ich muss ihn fragen, ob er in Zukunft für Steven einspringen würde. Immerhin hat er wenigstens ein bisschen

Ahnung von der Materie, aber als ich ihn in seinem Zimmer gesucht habe, war er nicht da.«

»Äh … nein, keine Ahnung«, antwortete Lucy hastig.

Lucy machte einen nervösen Eindruck auf Clarisse, aber sie tat es als Teil der Bewältigung von Lucys Trauma ab, zumal sie auf einen Schlag so viele neue Menschen hatte kennenlernen müssen. »Halb so wild. Wenn du ihn siehst, schick ihn bitte zu mir. Ich danke dir.«

»Alles klar«, sagte Lucy und eilte mit gesenktem Kopf davon.

Clarisse ging weiter und holte tief Luft, als sie die Krankenstation verließ und die kühle Abendluft ihr Gesicht traf. Das Licht des Tages begann bereits nachzulassen. Sie liebte es, wie sich zu dieser Jahreszeit das Sonnenlicht jeden Tag ein wenig länger hielt. Ein verführerischer Essensgeruch wehte ihr aus der Richtung des Speisezelts entgegen und sie hatte umgehend das Bild von einem herrlichen Eintopf vor Augen. Das Wasser lief ihr im Mund zusammen. Außerdem bedeutete der Geruch ein Stück Normalität und Behaglichkeit … etwas, von dem sie alle in diesen Tagen gar nicht genug bekommen konnten.

Als Clarisse über den Platz zwischen den Zelten lief, sah sie, wie Mark und Marcy neben einem Mann aus dem Prepperlager Wache hielten. Es war großartig, dass die Menschen aus Grahams Camp jetzt hier bei ihnen waren. So waren sie da draußen nicht mehr auf sich allein gestellt. Außerdem war es gut, ein Auge auf Tala haben zu können, denn die Geburt stand in wenigen Monaten bevor.

Sie mussten nur Ruhe bewahren und so lange wie möglich unentdeckt bleiben. Clarisse hoffte, dass sie alle vorerst in ihrem Lager bleiben konnten, aber sie wusste, dass Graham, Reuben und Rick bereits einen Notfallplan vorbereiteten, durch den sie mehr oder weniger sofort verschwinden konnten. Die Vorstellung, diesen Ort verlassen zu müssen, war nicht gerade tröstlich, vor allem wenn der Anführer der Gruppe gerade in der Krankenstation lag und sie mehrere Kinder und eine schwangere Frau bei sich hatten. Aber so war nun mal die Lage, und sie mussten alles tun, um zu überleben.

Trotz der beinahe fröhlichen Stimmung, in der sie zum Zelt von Ricks Familie spazierte, verstärkte jeder Schritt ein ahnungsvolles Gefühl der Angst in ihr. Entweder konnte Clarisse den Jungs erklären, dass ihr Vater von einem Bären angegriffen worden war und schlimme Verletzungen davongetragen hatte, an denen er immer noch sterben konnte, denn das war die Wahrheit … oder sie sagte ihnen einfach nur, dass sie die Wunden ihres Vaters versorgt hatte und er sich auf dem Weg der Besserung befand. Sie hatte immer noch keine Entscheidung deswegen getroffen und war nur noch fünf Schritte vom Zelt entfernt.

Nach drei Schritten blieb sie stehen und stemmte die Hände in ihre schmalen Hüften, sah nach unten und schob mit ihrem Armeestiefel die staubige Erde zur Seite. Diese Jungs hatten immer noch mit dem Verlust ihrer Mutter zu kämpfen, und bis jetzt wussten sie nur, dass ihr Vater auf der Krankenstation war. *Sag ihnen einfach die Wahrheit, befahl sie sich schließlich selbst. Sie schüttelte ihre Zweifel ab, hob den Kopf, rückte ihre Brille zurecht und machte die letzten beiden Schritte zum Zelt hin.*

»Hallo Olivia«, sagte sie zu Ricks Frau, die auf einem Stuhl saß und ein Buch auf dem Schoß hielt. Clarisse war überrascht, Olivias Gesicht so voller Trauer zu sehen, aber Stevens Tod war für Ricks Familie so, als hätten sie einen Bruder verloren. Clarisse hatte das beinahe vergessen. »Es tut mir so leid, Olivia«, sagte sie.

»Das geht uns allen so, Clarisse. Es ist wirklich hart in dem Wissen zu leben, dass es jeden Moment einen der unseren erwischen kann. Wir haben die Pandemie überlebt, und für eine Weile haben wir gedacht, damit hätten wir es geschafft, doch das ist nicht der Fall. Wir sind immer noch sehr verletzlich. Es hätte genauso gut Rick sein können, der sein Leben gelassen hätte. Hätte er nicht am Tag zuvor die Schusswunde im Bein erlitten, wäre er derjenige gewesen, der auf die Erkundungsmission gegangen wäre. Das Ganze wird niemals enden. Das Gefühl, dass mein Ehemann oder meine Bethany jede Sekunde sterben könnten, wird mich wohl fortan immer begleiten. Bitte entschuldige, ich stehe anscheinend immer noch unter Schock …«

Clarisse ging weiter in das verdunkelte Zelt hinein, denn irgendwo aus einem abgetrennten Raum im Zelt waren die Geräusche eines Zeichentrickfilms zu hören. Sie setzte sich neben Olivia auf einen Stuhl und legte ihr die Hand auf die Schulter. »Du bist gerade in tiefer Trauer, das kann ich sehen. Es ist normal, dass du darüber nachgrübelst, was hätte sein können. Am Ende ist es genau diese Angst, die uns alle gerettet hat, und Angst und Entschlossenheit werden uns auch in Zukunft retten. Stevens Verlust ist ein echter Schlag. Ich weiß offen gestanden nicht, wie ich ohne ihn zurechtkommen soll.« Sie starrte eine Sekunde lang geradeaus und erinnerte sich daran, wie sie ihn einmal dabei überrascht hatte, als er mit den Versuchsmeerschweinchen wie mit einem Hundewelpen gespielt und dann mit einem albernen Grinsen zu ihr hochgesehen hatte. »Weiß Gott, er hat mich immer verrückt gemacht.« Sie schniefte und wischte unter ihrer Brille eine unkontrollierte Träne beiseite.

»Ich weiß nicht, was wir jetzt machen sollen«, fuhr Clarisse fort. »Aber am besten immer eins nach dem anderen, würde ich sagen. Jetzt muss ich erst mal Daltons beiden kleinen Jungen erzählen, dass ihr Vater noch nicht über den Berg ist … und dass so kurz nach dem Verlust ihrer Mutter. Doch ich muss es tun und dann werde ich mich wieder um ihn kümmern. Ich hoffe, du hast nichts dagegen.«

»Natürlich nicht. Ich hoffe, er erholt sich rasch wieder. Wir brauchen ihn«, entgegnete Olivia.

»*Ich* brauche ihn. Das weiß ich jetzt. Du kannst jederzeit zu mir kommen, und dann reden wir, in Ordnung, Olivia? Wir sind gerade so damit beschäftigt, unser Leben am Laufen zu halten, dass ich dich so gut wie gar nicht mehr sehe.«

»Das fände ich prima. Die Jungs sind nebenan bei Bethany und sehen sich mal wieder *Pocahontas* an. Ich wünschte, wir hätten mehr Filme mitgenommen. *Pocahontas* macht mich langsam nämlich echt wahnsinnig. Immer wieder wollen sie nur diesen einen Film sehen. Vermutlich konzentrieren sich die Kinder auf etwas, das sie kennen und das sie tröstet, wenn die Welt um sie herum unsicherer wird«, sagte Olivia lächelnd.

»Ich nehme sie nur kurz eine Minute beiseite und gehe dann wieder zurück, wenn das für dich in Ordnung ist.«

»Aber natürlich«, sagte Olivia und wandte sich wieder ihrem Buch zu.

Clarisse stand auf und näherte sich der Filmmusik, die aus dem anderen Abschnitt des Zeltes kam. Als sie die Zwischenwand aus Zeltstoff zur Seite schob, sah sie die drei Kinder auf ihren Bäuchen vor sich liegen. Ihre kleinen Köpfe ruhten in ihren Händen und die Arme hatten sie mit den Ellbogen auf den Boden aufgestützt.

»Hallo ihr drei«, sagte Clarisse und setzte sich im Schneidersitz neben sie. Vorsichtig strich sie Kade über den Rücken. Alle drei Köpfe drehten sich gleichzeitig zu ihr um und lächelten sie an, bevor sie sich wieder dem Film zuwandten.

»Bethany, kannst du bitte kurz zu mir kommen?«, hörten sie Olivia nebenan rufen. Bethany sprang auf, kletterte über die Jungen und verließ den Raum.

»Ich muss mal eben mit euch reden«, sagte Clarisse. »Könnt ihr euch für eine Minute zu mir setzen?«

Hunter, der Ältere der beiden, war sechs Jahre alt. Er sah zu ihr auf und warf einen kurzen Blick zurück auf den Bildschirm, dann konzentrierte er sich auf Clarisse und setzte sich hin. »Geht es um Dad?« fragte er sofort.

»Ja.«

Damit gewann sie auch Kades Aufmerksamkeit, und beide setzten sich hin und nahmen die gleiche Position ein wie Clarisse. Sie musste lächeln, so süß waren ihre beiden Gesichter. Sie legte jedem von ihnen eine Hand auf die Schulter und sah sie ruhig an. In ihrer Magengrube befand sich plötzlich ein Felsbrocken. »Euer Dad …«

»Ist er tot?«, fragte Hunter und unterbrach sie mit ausdrucksloser Stimme. Die Frage kam vollkommen unvermittelt und machte Clarisse Angst. Ihre Hände zuckten von den Schultern der Kinder zurück.

»Nein … nein. Er kommt wieder auf die Beine, Hunter.« Plötzlich wurde ihr bewusst, dass dieser kleine Mann mit seinen erst sechs Jahren schon viel zu viel gesehen und durchgemacht hatte. »Er wurde von einem Bären angegriffen«, sagte sie leise und wartete auf eine Reaktion.

»Ist er okay?«, fragte Kade ängstlich. Seine großen Augen füllten sich mit Tränen, während Hunter mürrisch nach unten blickte und an den Schnürsenkeln seiner Stiefel herumspielte.

»Er ist nicht bei Bewusst… er schläft gerade. Ich habe ihn operiert und seine Wunden versorgt. Aber es könnte ziemlich lange dauern, bis es ihm wieder besser geht.«

»Hat der Bär ihn gebissen?«, fragte Kade.

»Na klar hat er das, Kade«, sagte Hunter zornig.

Clarisse überlegte eine Sekunde, bevor sie ihm langsam antwortete: »Der Bär hat ihm in die Schulter gebissen. Euer Dad hat viel Blut verloren, aber ich denke trotzdem, dass er wieder auf die Beine kommt.« Ihr Magen verkrampfte sich, als sie ihnen diese Unwahrheit sagte. Denn es war noch viel zu früh, um sagen zu können, ob Dalton das Ganze überstehen würde, aber sie konnte seinen Söhnen jetzt unmöglich in die Augen sehen und ihnen sagen, dass sein Tod durchaus eine realistische Möglichkeit war. Sie hatte gedacht, sie wäre dazu in der Lage, aber das war sie nicht.

»Kann ich ihn besuchen?«, fragte Kade mit der hohen Stimme eines kleinen Jungen.

Clarisse lächelte und versuchte ihre Gefühle zurückzuhalten, denn in Kades Stimme schwangen auch Trotz und Abwehr mit. »Er ist im Moment noch nicht bereit für Besucher, aber ich hole euch sofort, sobald es so weit ist. In Ordnung?«

Kade nickte, aber Hunter murmelte: »Er wird wahrscheinlich sowieso sterben, genau wie Mom.«

»Sag so was nicht, Hunter!«, schrie Kade und fing an zu weinen.

»Du musst nicht weinen, Kade. Alles wird gut werden«, sagte Clarisse. Sie hob ihn auf ihren Schoß und umarmte ihn fest. Dann küsste sie ihn auf den Kopf und roch das Kleine-Jungen-Aroma nach Schweiß und etwas Dreck, als er sich an sie presste. »Ich sage euch beiden jetzt mal was: Euer Dad wird nicht sterben. Aber selbst, wenn das passieren würde, könnt ihr euch sicher sein, dass Rick und ich uns immer um euch kümmern würden.« Sie legte ihre rechte Hand auf Hunters Knie. »Ihr werdet niemals allein sein, das verspreche ich euch.«

Clarisse war klar, dass das nicht die ganze Wahrheit war, aber sie wusste, dass sie ihr Bestes geben würde, damit Dalton überlebte, egal was es sie kostete. Diese Jungen brauchten ihren Vater, und sie würde alles dafür tun, damit er weiter für sie da sein konnte.

»Verstehst du mich, Hunter?«, fragte sie den düster dreinblickenden Jungen.

Er verzog das Gesicht, doch seine traurigen Augen blitzten auf und er nickte.

Sie drückte Kade fest an sich und küsste ihn noch einmal. »Ich muss jetzt zu eurem Dad zurück. Ich sehe aber später wieder nach euch und sage euch dann, wie es ihm geht. Okay?«

Sie nickten beide, und sie hob den kleinen Jungen wieder von ihrem Schoß und stand auf. Die Zwei legten sich wieder auf den Bauch und konzentrierten sich auf das, was sich auf dem Bildschirm abspielte und ihnen eine Fluchtmöglichkeit aus der Realität bot. So hart wie sich die Wirklichkeit für die beiden momentan anfühlen musste, hoffte sie, dass sie in ihrer Parallelwelt etwas Frieden finden konnten.

Am Übergang zum Hauptzelt hielt Clarisse kurz inne und machte sich das Versprechen bewusst, das sie den beiden gerade gegeben hatte. Sie wischte sich auf dem Weg nach draußen die feuchten Augen ab und winkte Olivia und Bethany zu, als sie das Zelt verließ und sich auf den Weg zurück zur Krankenstation machte. Sie hoffte inständig, dass sie das Richtige getan hatte.

EIN ZWANGLOSES GESPRÄCH

»Wo hast du denn gesteckt, Sam?«, fragte Reuben, als Sam im Kommunikationszelt erschien, um seine Schicht zu übernehmen, weil er ein paar Minuten zu spät war.

»Ich wurde auf dem Weg ein wenig abgelenkt«, antwortete Sam, und Graham wartete auf eine weitere Erklärung, aber Sam sagte nichts mehr.

Stattdessen hatte er damit zu kämpfen, etwas hereinzutragen, das wie Spulen von grünen Paracord-Nylonschnüren aussah, die auf Stöcken in verschiedenen Größen steckten. Außerdem hatte er ein Beil dabei.

»Ich löse jetzt die Wache am Tor ab, damit sie zum Abendessen gehen kann«, meinte Reuben.

»Ich kann auch gern einen Wachdienst übernehmen, Reuben«, bot Graham an.

»Wir brauchen dich hier, bis Rick wieder zurück ist, denn hier muss man immer zu zweit sein. Einer, der die Monitore überwacht, und einer, der im Notfall mobil unterwegs sein kann, falls wir etwas hören oder sehen«, erklärte Reuben.

Graham erkannte die Logik hinter dieser Routine sofort und stimmte deshalb zu. Er sagte: »Hey, Reuben, bevor du gehst, kannst du bitte noch kurz nachschauen, ob McCann und Macy bei Einbruch der Dunkelheit wieder zurück sind? Wenn nicht, sag mir sofort Bescheid.«

»Wo ist McCann eigentlich?«, fragte er Graham, während Sam eine größere Menge Nylonschnur von einer Spule abrollte und zwischen seinen Knien auf den Boden fallen ließ.

»Er ist auf einer Art persönlichen Mission. Alles gut. Ein Mann muss eben tun, was ein Mann tun muss.« Sam zog sein Taschenmesser heraus und schnitt etwas Schnur ab, wobei er an einem Ende einen Knoten machte.

»Erwischt«, sagte Graham kichernd, ließ die Sache aber auf sich beruhen, wohl wissend, was McCann vorhatte. Dennoch machte ihm sein Zustand natürlich Sorgen. »Was machst du da eigentlich?«

»Ich baue Fallen«, antwortete Sam.

»Warte mal … ist McCann etwa mit dem Pferd unterwegs?«, rief Reuben jetzt von der Tür aus.

»Ja, das ist er«, antwortete Sam, und Reuben ging kopfschüttelnd los, um sich um seine anderen Aufgaben zu kümmern.

Nachdem er gegangen war, sagte Sam: »Ich beneide dich wahrlich nicht. Zwei Töchter …« Er sah hoch zu Graham und schüttelte den Kopf, als wäre dies die schlimmste Seuche, die man sich nur vorstellen konnte.

»Aber das ist doch noch gar nichts.« Er sah dabei zu, wie Sam zwei weitere Schnüre abrollte und abschnitt, die ungefähr so lang waren wie die erste. »Wenigstens streiten sie sich gerade nicht. Das macht mich immer komplett wahnsinnig. Tala versteht sich aber gut mit ihnen.«

»Wie kommt sie mit dem Umzug zu uns zurecht? Es tut mir echt leid, dass wir euch da rausholen mussten, aber es ist die beste Variante«, sagte Sam mit einem Stück Schnur im Mund.

»Sie ist hart im Nehmen und gut darin, sich anzupassen. Es gibt eigentlich nichts, was sie sich zu sehr zu Herzen nimmt … mal abgesehen von der Vorstellung, dass ich getötet werden könnte«, gab Graham jetzt zu.

»Ja, das kann ich mir vorstellen. Steven zu verlieren, war ein echter Schlag, und dass Dalton so außer Gefecht ist, stellt einen massiven Nachteil für uns dar, aber er wird es schon durchstehen – notfalls aus purer Willenskraft, wenn sonst nichts mehr hilft. Er wird seine Jungs niemals allein zurücklassen, solange er noch kämpfen kann.« Sam legte die Paracord-Schnüre zur Seite und nahm jetzt das Beil und eine stabile Astgabel zur Hand. Dann begann er, unterhalb der Gabel eine Kerbe in das Holz zu schneiden.

Graham war bewusst, wie sehr Sam sich eine Rückkehr zur Normalität wünschte, aber es machte ihm große Sorgen, dass Dalton als ihr Anführer so lange Zeit ausfallen könnte und solange Rick den Verlust von Steven noch nicht verarbeitet hatte, drohte die Gruppe ohne Daltons Führung auseinanderzufallen. Sie hatten zwar durchaus die taktische Stärke, den Kampf auch gegen eine größere feindliche Gruppe zu bestehen, aber dass ihnen nun einige wichtige Hände fehlten, war ein kritischer Nachteil. Jeder Mann, der ausfiel, schmerzte in so einer kleinen Gruppe. Graham kontrollierte erneut die Monitore, die die Bilder der Überwachungskameras zeigten, während Sam an etwas arbeitete, von dem er nur vermuten konnte, dass es eine Art Falle mit einer Schlinge werden würde.

»Wie sieht eigentlich der Notfallplan aus, Sam? Für den Fall, dass sie uns doch zu nahe kommen.«

»Kommt ganz darauf an, was sie tun und wie nah sie uns kommen«, antwortete Sam. »Wenn sie uns hier aufspüren, werden wir gegen sie kämpfen und anschließend fliehen müssen. Wir haben deshalb die notwendigen Fahrzeuge schon mit Vorräten bestückt und eine Route nach Norden geplant, auf der wir extrem schnell verschwinden können. Wir sind hier zwar ganz gut versteckt, aber leider nicht so gut, dass man uns nicht finden könnte. Es ist also nur eine Frage der Zeit. Ich bin der Meinung, dass wir sie als Erstes angreifen müssen, und zwar bevor sie uns entdecken. Im Moment sind wir leichte Beute, das ist keine gute Position.«

»Warst du bei der Polizei oder in der Army, Sam?«

»Keines von beidem, aber ich habe mein ganzes Leben lang gegen Menschen, Bären und Bestien aller Art gekämpft. Diese Typen würde ich der Kategorie Bestie zuordnen. Kein Mensch würde jemals so etwas tun, wie sie es getan haben. Sie sind eindeutig zu weit gegangen, um noch eine Chance auf Erlösung zu haben. Sie müssen ausgerottet werden wie der Abschaum, der sie sind.« Er steckte das Beil in die Kerbe, die er eben geschaffen hatte.

Graham hatte Sam nie mehr als ein paar Sätze am Stück sagen hören. Diese Art zu denken war vollkommen neu für Graham, aber er stimmte Sam in allem zu. Sie mussten sich wehren, und zwar schnell. Das Problem war nur, dass sie nicht wussten, wie weit sich die Invasoren schon ausgebreitet hatten. Es war gut möglich, dass sie schon bis nach Texas und zu den Grenzen im Süden gekommen waren.

»Ich bin hundertprozentig deiner Meinung, Sam«, sagte Graham.

Graham überprüfte die Bildschirme noch einmal genauer. Im Zentrum von Cascade sah alles ruhig aus, mal abgesehen von der Herde Hirsche, die am frischen Frühlingsgrün in der Nähe der Post zupften.

»Sah McCann so aus, als könnte er sich schon wieder auf einem Pferd halten?«, fragte Graham nach einer Weile. Sam überlegte, während er seine Arbeit an einem weiteren Stock fortsetzte. »Nein, aber normalerweise weiß er, was er tut. Meine Mutter hätte gesagt, dass der Junge mit einer alten Seele gesegnet ist. Um ihn würde ich mir also keine Sorgen machen. Mark und Marcy auf der anderen Seite werden aber wahrscheinlich bald dafür sorgen, dass du Großvater wirst.«

»Sag das bloß nicht, Mann«, flehte Graham und hielt abwehrend seine Hände in die Höhe. »Ich weiß wirklich nicht mehr, was ich mit den beiden noch machen soll.«

»Du kannst überhaupt nichts machen. Die Natur wird ihnen schon von allein alles beibringen, und im Moment braucht diese Welt jedes Baby, das es kriegen kann. Das Problem ist nur, dass wir es jetzt mit einem neuen Feind zu tun haben und nicht mehr sicher sind.«

Inmitten der Überwachungsmonitore schnellten jetzt ihrer beider Köpfe nach oben, als die gelegentliche Aktualisierung der Repeater anlief und sich eine menschliche Stimme über den Äther ausbreitete. Ihre Augen trafen sich. Es war eine Stimme der Normalität aus der Vergangenheit, die Frequenz und Standort der Repeater in die Welt hinaussandte und noch immer ihre Pflicht erfüllte, obwohl es kaum noch jemanden gab, der sich dafür interessierte. Aus irgendeinem Grund regte es sie heute ganz besonders auf. Sam schüttelte nachdrücklich seinen Kopf und Graham nickte zustimmend.

JUNGE LIEBE

Der Wald umfing ihn wieder. Es war für ihn, als verweile ihr Geruch zwischen den schattigen Kiefern, um ihn zu ihr zu führen. Der Sonnenuntergang schimmerte durch die hohen Bäume, machte das Licht sanft und erinnerte McCann an früher. Es blieben nur noch wenige Minuten, bevor das Sonnenlicht ganz verschwunden sein würde, deshalb rief er sanft nach ihr: »Maaacy …«

Stille erfüllte die Luft und verbarg ihre Anwesenheit. McCann versuchte sie mit einem weiteren leisen Ruf hervorzulocken. Die Schmerzmittel beeinträchtigten zwar seine Sinne, aber er fühlte, dass sie hier war … er war sich absolut sicher.

Dann brachte ein zufälliger Strahl der untergehenden Sonne eine Strähne ihres goldenen Haares hinter einem Baum zum Leuchten. Er näherte sich ihr vorsichtig, bis er feststellte, dass sie mit einem Auge hinter dem Stamm hervorspähte.

»Macy?«

»Was machst du denn hier?«, fragte sie erschrocken.

»Ich suche dich.«

Sie lehnte sich hinter dem Baum hervor, um ihn ganz ansehen zu können.

»Du bist doch verrückt«, sagte sie, wirkte dabei aber auch geschmeichelt, weil McCann trotz seines Zustandes hierhergekommen war, um sie zu suchen.

»Komm schon, Macy. Zwing mich nicht, abzusteigen, denn ich glaube nicht, dass ich es noch einmal aufs Pferd schaffe«, gab er zu und streckte ihr seinen rechten Arm entgegen. Als ob sie jemals einfach so auf ihn gehört hätte …

»Ich will aber nach Hause. Nicht in das Lager der Prepper«, beschwerte sie sich.

»Das Lager der Prepper ist im Moment unser Zuhause. Es ist sicherer dort, Macy. Komm mit mir mit, ich bitte dich«, redete er ihr weiter gut zu.

Blitzartig verschwand sie wieder hinter dem Baum und war nicht mehr zu sehen.

»Verdammt, Macy. Komm schon«, sagte er laut und fing an in seinem Sattel zu schwanken. Sein Kopf drehte sich immer mehr, während er im schwächer werdenden Licht nach ihr suchte.

»Reite zurück, McCann. Ich komme später nach … wenn ich dazu Lust habe.«

Frustration machte sich in ihm breit. Das Licht sank immer weiter hinter die Kiefern. Ihre Stimme schien sich mittlerweile um ihn herumzubewegen.

»Macy, bitte komm mit mir mit«, flehte er in dem Wissen, dass eine strenge Tonlage bei ihr nicht funktionierte. Er wartete und hoffte, dass sie irgendwann ein Einsehen haben würde. Wegen der zunehmenden Dämmerung schloss er die Augen und versuchte ihre Geräusche zu lokalisieren. Einige Augenblicke vergingen, ohne dass etwas von ihr zu hören war. Er holte tief Luft. Seine einzige Chance, sie zu finden, war, doch noch vom Pferd abzusteigen. Er atmete langsam ein und aus und versuchte so viel Entspannung wie möglich daraus zu ziehen.

»Okay, dann komme ich dich jetzt eben holen«, sagte er resignierend und hob seinen Fuß, um abzusteigen. Überrascht spürte er plötzlich einen leichten Druck an seinem Oberschenkel. Macys blaue Augen, in denen sich das letzte goldene Flackern der untergehenden Sonne spiegelte, durchbohrten McCann förmlich. Er hielt ihr seinen rechten Arm hin, sie umklammerte ihn und nutzte ihr gegen die Seite des Pferdes gestütztes Knie als Hebel, während er sie hochzog und vor sich in den Sattel setzte.

»Du lenkst sie besser, oh meine Königin der Heimlichkeit«, sagte er dramatisch. Er gab ihr die Zügel, schlang seinen Arm um ihre Taille und flüsterte dann in ihren Nacken: »Mach dir keine Sorgen, Macy. Ich würde dich niemals verlassen.«

KOMM ZU MIR

Daltons Brust hob und senkte sich mit einer stetigen Frequenz, an die sich Ricks Atmung allmählich anzupassen begann. »Komm schon, Dalton. Wach endlich auf, Mann. Ich habe schließlich noch eine Menge zu tun.«

Rick warf ein paar Mal seinen Hut in die Luft und ließ die Krempe durch seine Hände gleiten, während er zwischen seinen Knien nach unten starrte. Die Stille im Raum, die nur durch das stete mechanische Piepen unterbrochen wurde, machte ihn allmählich verrückt. »Im Ernst, hier liegt verdammt viel an, Mann. Ich bin mir nicht sicher, ob wir das ohne dich schaffen werden.« Er fuhr sich mit der Hand, die vom Ausheben des Grabes ganz rau und schwielig geworden war, über das müde Gesicht.

»Wie geht es ihm?«, fragte Clarisse. Rick schreckte zusammen, als sie auf einmal den Raum betrat. »Irgendwelche Veränderungen?«

»Nein, ich denke nicht.«

»Du kannst dich jetzt wieder um andere Dinge kümmern. Ich war bereits bei den Jungs.«

»Wie haben sie es denn aufgenommen?«, fragte er angespannt.

Clarisse fuhr sich mit der Hand über das glatte Haar, eine Geste, mit der sie zu überprüfen pflegte, ob noch alles an Ort und Stelle saß. »Ich hatte wirklich vor, ihnen die Wahrheit zu sagen. Ich wollte, dass sie verstehen, wie kritisch sein Zustand ist und dass er immer noch sterben kann.« Beim Erzählen durchlebte sie die Szene in der Erinnerung noch einmal. Sie brach den Augenkontakt mit Rick ab, sah hastig zu Boden und schüttelte dann den Kopf. »Aber ich konnte es nicht tun. Er muss das einfach überstehen. Er hat keine Wahl.«

»Er wird es schaffen, Clarisse«, sagte Rick bestimmt. »So ist es eben, er hat verdammt noch mal keine andere Wahl. Hörst du das, du Arschloch?« Rick sprach in Daltons Richtung, der weiterhin regungslos dalag. Dann stand Rick auf und streckte sich.

»Du solltest dich ausruhen und etwas Schlaf nachholen, Rick.«

»Keine Chance. Kein Frieden für die Bösen, und ich werde hier bald sehr böse sein«, sagte er und verließ das Zelt und ging in die kühle Abendluft hinaus.

Clarisse sah ihm hinterher. Ein bedrohliches Kribbeln durchlief ihren Körper und jedes Haar an ihren Armen und dem Nacken stand zu Berge. Rick war jemand, der für viele einzigartige Talente bekannt war. Doch jetzt war er nur noch ein Mann, der auf brutale Rache und Vernichtung aus war. *Die Hölle kennt keine Gnade für diejenigen, die auf der falschen Seite der Rache stehen.*

Sie versuchte das Kribbeln abzuschütteln und konzentrierte sich stattdessen wieder auf Dalton. Aufmerksam überprüfte sie jede Maschine, die mit dem Mann verbunden war, den sie liebte. Erleichtert stellte sie fest, dass es keine Veränderungen gab, die auf einen Rückschlag hinwiesen. Jetzt galt es, ihn langsam aufzuwecken, um herauszufinden, ob es weiteren Behandlungsbedarf gab, wenn er bei Bewusstsein war.

Sie verließ Daltons Seite, schloss die Zeltklappe, um etwas Privatsphäre zu schaffen, und nahm dann ihre Brille ab. »Okay, Sweetheart. Zeit, zu mir zurückzukehren.«

Ein weißes Laken deckte Dalton von der Taille abwärts zu, und Clarisse zog es langsam bis zu seinen Knöcheln hinunter. Sie betrachtete den mit Verletzungen übersäten Körper vor sich, und versuchte sich auf die Partien zu konzentrieren, die unverletzt geblieben waren und die sie so sehr liebte. Vorsichtig fuhr sie mit ihrer Hand über die Innenseite seines haarigen, muskulösen Oberschenkels. Sie konnte sich nichts Besseres vorstellen, um ihn aus einem so tiefen Schlaf zu wecken, als ihn auf die Lippen zu küssen und ihn dort zu massieren, wo er ihre Berührung so sehr liebte. Sie achtete allerdings darauf, seine verletzte Schulter nicht zu berühren, als sie mit der anderen Hand sanft durch seine dunkelblonden Locken fuhr.

Aus dem Augenwinkel sah sie, wie Daltons rechte Hand zuckte, und sie drehte ihren Kopf langsam zur Seite, um auf den EKG-Monitor schauen zu können, wo die Kurve einen leichten Anstieg der Herzfrequenz anzeigte.

»Wehe, du hörst jetzt auf«, vernahm sie kurz darauf seine heisere Stimme an ihrem Ohr.

Sie lächelte ihn an und war überglücklich, dass er tatsächlich aufgewacht war. Ihre Tränen rannen über ihre Wangen und tropften auf seine Brust hinab, als sie flüsterte: »Ich höre nie mit etwas auf, wenn ich erst mal damit angefangen habe. Das weißt du doch.«

DIE ZELTSTADT

Tala wachte in ihrer vorübergehenden Unterkunft auf. Graham lag in Löffelchenstellung hinter ihr und hatte seinen Arm um ihren runden Bauch gelegt. Das Baby trat die ganze Zeit und drehte sich in ihr.

»Er will spielen«, sagte Graham schläfrig.

»Du meinst sie, richtig?«, fragte Tala, während seine Hand sanft über ihre zarte nackte Haut bis zu der Stelle streichelte, wo sich ihr Tanktop wölbte. Dann spürte sie, wie seine Hand zu ihrer Hüfte wanderte.

»Tala«, sagte er und kuschelte sich noch näher an sie heran.

»Leider nein«, sagte sie und zeigte auf die andere Seite des Zeltes, wo ein kleiner Junge schlief und laut schnarchte. Sie legte einen Finger an ihre Lippen und lächelte Graham verführerisch an. »Pssst …«

Er senkte niedergeschlagen den Kopf. »Okay, ich muss gleich eh meinen Dienst antreten«, sagte er und schwang seine Beine über die Seite des Bettes.

»Ich auch. Ich habe heute Morgen nämlich Küchendienst.«

»Lass es aber bitte langsam angehen«, sagte Graham und zog seine Jeans hoch. Tala stützte sich auf den Ellbogen auf, um ihm beim Anziehen zuzusehen. »Hast du auch schön aufgepasst, dass die Jungs gestern Abend im Jungenzelt und die Mädchen im Mädchenzelt geblieben sind?«

»Ja, das habe ich, das letzte Mal heute Morgen gegen drei Uhr, als ich meinen Wachdienst beendet hatte. Aber das heißt gar nichts. Wenigstens war Sheriff bei Macy«, sagte er und schlüpfte aus dem Zelt nach draußen, um zu den Duschen zu gehen.

»Hab einen schönen Arbeitstag, Graham!«, rief Tala ihm hinterher, und er drehte sich noch einmal zu ihr um und bedachte sie mit einem gespielt finsteren Lächeln und einer hochgezogenen Augenbraue, die sagte: *Lass es gut sein, oder es wird dir noch leidtun.* Als er gegangen war, legte sie sich wieder hin und kuschelte sich an der Stelle zusammen, an der seine Wärme und sein Geruch noch immer im Bett wahrnehmbar waren. Es machte ihr Angst, dass sie sich in ihrem eigenen Zuhause, in ihrer Blockhütte, nicht mehr sicher fühlen konnten, sowohl Graham als auch die Kinder, die sie lieben gelernt hatte und mittlerweile als ihre eigenen betrachtete.

Die Zwillinge wohnten jetzt in dem Zelt, das neben ihrem aufgebaut war, und die Jungs in dem Zelt auf der anderen Seite, alle in einer Reihe, so, wie auch die Zelte der Prepper angeordnet waren. Graham kochte jetzt keinen Kaffee mehr in der Morgendämmerung, und auch all die anderen kleinen Dinge, die ihre Morgenroutine eigentlich ausmachten, fehlten. Sogar die Kinder, die erst den zweiten Tag im Lager der Prepper waren, hatten noch damit zu kämpfen, sich anzupassen, obwohl ihnen allen durchaus bewusst war, dass es das Beste war und sie sich in der neuen Situation zurechtfinden mussten.

»Arbeiten wir heute wieder im Garten?«

Tala drehte sich zu Bang um, der unter seiner Decke hervorspähte. Kurz hatte sie die Befürchtung, vor dem Jungen rot zu werden. Sie hoffte, dass er noch nicht allzu lange wach war und ihr kleines Geplänkel nicht mitbekommen hatte. »Ja, ich denke schon. Gleich nach dem Frühstück«, sagte sie.

Tala setzte sich auf, zog den Pullover über ihr Baumwoll-Tanktop und sagte: »Zeit, den Tag zu beginnen.«

Bang lächelte sie an. »Ich muss mich als Erstes um die Hühner kümmern. Ihnen gefällt es hier nämlich nicht. Sie fühlen sich fremd und denken deshalb wahrscheinlich, sie haben sich verlaufen«, sagte er.

»Hmm«, meinte Tala, die das Gefühl hatte, dass Bang gerade nicht nur über die Hühner sprach. »Gibst du ihnen denn das gleiche Futter wie sonst?«

»Na klar«, antwortete er.

»Verbringst du genauso viel Zeit mit ihnen wie früher?«

»Ja«, bestätigte er.

»Nun gut«, sagte sie und strich sich die Haare aus den Augen, »dann versuche doch mit ihnen zu reden und ihnen zu erklären, dass wir nur vorübergehend hier wohnen. Hier ist es nun mal sicherer und ihnen wird nichts passieren, weil es hier mehr gute Menschen gibt, die auf sie aufpassen, als in unserer Blockhütte. Sie sollen aber wissen, dass wir, sobald die Gefahr wieder vorüber ist, nach Hause zurückkehren. Vorerst müssen wir uns aber erst mal hier zurechtfinden.«

»Kommen die bösen Männer, die Steven getötet haben, hierher?«, fragte Bang flüsternd mit vor Schreck geweiteten Augen.

Talas Lippen wurden zu einem schmalen Strich und sie überlegte fieberhaft, was sie sagen konnte und was er in seinem Alter besser noch nicht wissen musste. Schließlich zog sie ihn an ihre Seite und sagte ganz ehrlich: »Wir wissen es nicht, Bang, aber wir werden dich immer beschützen.« Das schien offenbar alles zu sein, wonach er verlangt hatte, denn er ließ sich beruhigen. Er schmiegte sich an sie und sie umarmte ihn mit ebenso liebe- wie sorgenvollem Herzen.

Als sie mit Bang das Zelt verließ, ging er in die entgegengesetzte Richtung. Er winkte, als würde er zur Schule gehen und sie zur Arbeit. Bisher war ihr nie aufgefallen, wie sehr das Lager der Prepper einer kleinen Stadt ähnelte, die alles innerhalb ihrer von Zäunen geschützten Grenzen bot … mit Ausnahme von Clarisses Quarantänestation, die mehr war als nur ein Sicherheitsmerkmal oder ein Labor.

Sie hatte gehofft, etwas Neues über Daltons Zustand zu erfahren. Als sie sich dem Speisezelt näherte, stieß sie auf Marcy, die fleißig den Anweisungen von Olivia folgte. Sie umarmte Marcy herzlich und sagte: »Guten Morgen, meine Liebe.«

»Guten Morgen, Tala«, sagte Olivia. »Du hättest nicht so früh herkommen müssen, in deinem Zustand. Du solltest jetzt so viel schlafen, wie du kannst. Wenn das Baby erst mal geboren ist, kannst du diesen Luxus für eine ganze Weile vergessen.«

»Oh, das ist mir schon klar. Das Kleine weckt mich allerdings schon jetzt immer in aller Herrgottsfrühe auf. Ist also schon in Ordnung. Ich will so viel wie möglich helfen, solange ich noch kann. Hast du etwas Neues von Dalton gehört?«, fragte sie und zog sich eine Schürze über.

Olivia rührte gerade in einem großen Topf mit dampfendem Haferbrei, während Marcy einige Handvoll Rosinen hinzufügte. »Ja, er ist wach und es geht ihm einigermaßen gut. Rick kam letzte Nacht zurück und hat erzählt, dass Clarisse extra bei ihm im Medienzelt war. Dalton ist aufgewacht und es sieht wohl ganz gut aus. Er konnte sogar schon das Bett verlassen. Ich habe ihn zwar noch nicht gesehen, aber Rick meinte, dass Clarisse ihn noch zwingt, sich zu schonen. Seine Schulter ist verbunden und er hat große Schmerzen, aber sie kümmert sich um ihn. Er wird bestimmt wieder ganz der Alte.«

»Das sind ja tolle Neuigkeiten! Darauf haben wir alle gehofft und gewartet«, sagte Tala erleichtert. Sie stapelte Papierschalen an der Haferbreistation aufeinander und stellte Plastiklöffel daneben. Marcy füllte Wasser in die große Gastro-Kaffeemaschine und Tala legte kleine Päckchen mit Zucker und Süßstoff und Rührstäbchen dazu. Dann suchte sie die Tütchen mit Kaffeeweißer, fand aber keine.

»Olivia, habt ihr noch irgendwo Kaffeeweißer?«

»Ähm … leider nicht«, sagte sie mit einem konsternierten Gesichtsausdruck. »Wir haben überhaupt keinen mehr, und Dalton wird garantiert auf die Barrikaden gehen, wenn er das mitbekommt. Ich habe Kondensmilch aus der Dose in seinen Kaffee getan, als Rick vorhin einen Becher für ihn geholt hat, aber auch davon ist nicht mehr viel übrig. Von jetzt an trinken wir den Kaffee also schwarz, wenn jemand fragt … bis uns irgendwann auch der Kaffee ausgeht.«

»Gott helfe uns allen, wenn das passieren sollte«, sagte Tala nur halb im Scherz und dachte daran, wie mürrisch Graham ohne seinen Morgenkaffee war.

Marcy lachte. »Das ist aber auch ein Unglück. Die beiden sollten momentan sowieso lieber auf Koffein verzichten. Das Zeug ist gar nicht gut für sie.«

Olivia rührte jetzt braunen Zucker in den Haferbrei und klopfte den großen Metalllöffel laut an der Seite des Topfes ab, als sie fertig war. Sie lächelte, als sie sich an etwas erinnerte. »Meine Liebe, du willst auf keinen Fall in der Nähe von Rick oder Steven sein, wenn …« Sie erschauderte, hielt kurz inne und das Lächeln verschwand urplötzlich von ihrem Gesicht.

Tala sah sie an und trauerte mit ihr.

»Entschuldige bitte. Es ist so schwer zu akzeptieren, dass er nicht mehr da ist«, sagte Olivia leise.

Bevor Tala etwas sagen konnte, kamen die Ersten zum Frühstück. Olivia setzte trotz ihrer noch feuchten Augen ein strahlendes Lächeln auf und begrüßte alle, während Tala eine sehr traurig wirkende Marcy ansah. Es gab nichts, was sie tun konnte. Sie hatten auch lange getrauert, als Ennis gestorben war – sogar jetzt trauerten sie noch um ihn – und sie wusste, dass Trauer nun mal Zeit brauchte.

MENSCHENFALLEN

»Ich hatte keine Ahnung, dass du so hinterhältig bist«, sagte McCann zu Sam, als sie die Fallen und die tödlich gespitzten Speere in zwei Köchern durch den Wald trugen. Kniehohe Schwertfarne schimmerten ringsum in leuchtendem Grün.

»Es geht hier ums Überleben, das ist alles«, erklärte Sam und baute die erste Falle auf. Dann wies er in den Wald hinein. »Siehst du den Pfad, den die Hirsche durch den Wald geschaffen haben? Das ist wie ein natürlicher Highway. Die Invasoren werden diesem Weg automatisch folgen, um unnötige Geräusche zu vermeiden. Genau dort werden wir also unsere Bogenfallen aufstellen und sie zwischen den natürlichen Farnen und Gräsern entlang des Pfades verstecken.

Am besten schaust du dir erst einmal an, wie ich diese Falle hier aufstelle, dann kannst du mir bei den anderen helfen.« Sam begann damit, mehrere Stöcke in den Boden zu schlagen, über die er dann einen Bogen legte. Er dehnte die Schnur hinter dem Bogen in vollem Zug und schlug an dieser Stelle weitere Stöcke in den Boden. Dann nahm er einen Stock, an den eine Schnur gebunden war, und schlug ihn auf der anderen Seite des Hirsch-Highways in den Boden. »Das hier ist der Auslöser«, erklärte er und schlug noch ein paar weitere Stöcke in den Boden, um die er dann die Schnur schlang. Anschließend band er das andere Ende der Schnur an ein winziges

Stöckchen, zog die Sehne des Bogens zurück, spannte sie hinter den Fixpunkt und sicherte das Ganze mit dem Stöckchen.

Sam lehnte sich auf den Knien zurück und hob seine Hände warnend nach oben.

»Okay, pass auf. Dieses Ding ist absolut tödlich, sobald du den Speer in der Konstruktion platziert hast. Er steht unter enormer Spannung und die Spitze zeigt in einem leichten Winkel nach oben. Am anderen Ende des Speers ist eine Kerbe, siehst du?« Er zeigte McCann die Stelle, an der die Sehne leicht Halt finden würde. »Lauf niemals genau vor die Falle, nachdem du den Speer eingespannt hast, unter gar keinen Umständen. Wir machen die Fallen scharf, sobald Rick seinen Reapern den letzten Schliff verpasst hat.«

McCann fand allein die Bogenfallen verdammt beeindruckend, und er hatte keine Ahnung, was Rick noch geplant hatte. »Was zum Teufel ist denn ein Reaper?«, fragte er, und Sam machte etwas, das McCann nie von ihm erwartet hätte. Es erschreckte ihn geradezu.

Sam kicherte leise und hinterhältig, dann sagte er: »Du denkst vielleicht, dass ich einige gute Tricks auf Lager habe, aber Rick hat die echten Asse im Ärmel. Er ist ein ziemlich verdrehter, verrückter Motherfucker. Er hat diese Teile selbst entworfen – ich kann es dir gar nicht richtig erklären, das musst du selbst sehen. Sagen wir es mal so, es sollte sich niemand aus dieser Richtung auf uns zu bewegen, es sei denn, er oder sie verspürt einen unbändigen Todeswunsch und möchte gern aufgespießt oder erschossen werden – oder beides.«

McCann räusperte sich, sein Hals war plötzlich vollkommen ausgetrocknet und kratzte. »Äh, ja, so viel ist sicher.«

Sie machten sich auf den Weg durch den Wald zu Rick, der auf ihrem Jeep hockte. Er befestigte gerade etwas an einem Ast und schob es zur Tarnung zurück unter die immergrünen Zweige.

»Das sollte passen. War der letzte«, sagte Rick zu ihnen, als sie sich näherten. Es war warm und die Arbeit war anstrengend genug gewesen, um Rick ins Schwitzen zu bringen. McCann hatte den Eindruck, dass Rick schon seit Tagen nicht mehr geschlafen hatte. Sein Army-T-Shirt war durchgeschwitzt, und während er den letzten Schliff an seiner Vorrichtung vornahm, versuchte McCann herauszufinden, was es überhaupt war.

»Erklär McCann doch mal, wie diese verdammten Dinger funktionieren, Rick«, sagte Sam.

»Na klar, geht gleich los.« Rick wischte sich mit dem Unterarm den Schweiß von der Stirn. »Das Prinzip ist eigentlich ganz einfach, wenn man ein paar verschiedene Konzepte in einem Projekt zusammenfasst. Es war ganz praktisch, dass ich früher RC-Modellflugzeuge gebaut habe und schon immer ein Waffennarr war.

Um die Waffe fernsteuern zu können, verwende ich ein 2,4-Gigahertz-Funksystem, das aus einem Sender und einem Empfänger besteht. Die neuen 2,4-Gigahertz-Systeme sind wie ein Mobiltelefon nur mit einem einzigen Sender beziehungsweise Empfänger verbunden. Damit können andere Funkübertragungen das System kaum stören oder es gar übernehmen. Der Sender ist der Controller, mit dem man auch ein RC-Flugzeug steuert, und der Empfänger ist der, der normalerweise im Flugzeug steckt. Der Empfänger nimmt die Signale von der Fernsteuerung und sendet dann die Befehle an jeden der Servo-Motoren, die die Steuerflächen des Flugzeugs bedienen.

Ich habe eine Halterung angefertigt, die an einem Ast befestigt wird und zwischen den Zweigen nach unten hängt. Daran ist die Waffe selbst befestigt. Aluminiumschienen mit zwei Achsen und Servo-Motoren, damit sich die Waffe in alle Richtungen bewegen kann. Mit einem einfachen Joystick auf dem

Fernsteuerungs-Controller hast du dann die volle Kontrolle über die Waffe.

Wenn derjenige, der die Waffe steuert, den Joystick nach hinten zieht, geht der Lauf nach oben. Schiebt er sie nach vorn, geht der Lauf nach unten. Links und rechts sind klar. Ich musste die stärksten Servos verwenden, die ich hatte, um die Konstruktion stabil genug zu machen, damit sie auch unter Belastung zuverlässig funktioniert, aber es hat sich gelohnt.

Die Waffe, die ich daran montiert habe, ist ein abgespeckter M4-Karabiner, der dort an der Schiene und dem Steuermechanismus befestigt ist, wo sich sonst ein Visier, eine Optik oder eine Kombination aus Tragegriff und Old-School-Visier befinden. Um Gewicht zu sparen, habe ich alles nicht zwingend Erforderliche abgebaut und nur das Pufferrohr auf der Rückseite gelassen. Auch den Vorderschaft und das dreieckige Frontvisier habe ich entfernt. Außerdem habe ich eine Magnetspule von einem RC-Flugzeug neben dem Magazinschacht angebracht, womit sich der Abzug auch über die Fernsteuerung betätigen lässt. Dieses feine M4 verfügt somit über einen Empfänger der Klasse drei mit einer vollständigen Autofeuer-Kontrolle und einem Beta-C-MAG-Doppelmagazin, das mit jeweils einhundert Schuss geladen ist. Ich schätze mal, mehr Munition ergibt ohnehin keinen Sinn, da sich das Teil irgendwann durch den permanenten Rückstoß selbst außer Gefecht setzen wird.

Als Zielvorrichtung setzt das System primär auf eine Kamera, die hinter dem Lauf montiert ist und ein Live-Bild an einen Monitor überträgt, der mit dem Controller verbunden ist. Da die Kamera den genauen Weg der Geschosse natürlich nicht wirklich verfolgen kann, ist das Beta-Magazin bei jedem dritten Schuss mit Leuchtspurmunition geladen, damit der Weg der Kugeln tatsächlich sichtbar wird und man über die Kamera gegebenenfalls nachsteuern kann. Die Leuchtspurmunition funktioniert auch als Back-up-Zielsystem, falls die Kamera ausfallen sollte. Solange du die Waffe im Auge behältst, kannst du das Feuer auch visuell lenken.

Das gesamte Set-up wird von einem Akku gespeist, der vor Ort über ein kleines Solarpanel oben auf dem Baum geladen wird. So wie ich das Ganze einschätze, ist die Munition schon lange verbraucht, bevor der Akku leer ist, sodass das Erhaltungsladegerät genügt, um die Batterie jederzeit vollgeladen und einsatzbereit zu halten. Zum kompletten Laden einer leeren Batterie reicht es allerdings nicht.«

McCann verschlang jedes Detail und stellte sich vor, wie die Invasoren vor diesen Maschinen in alle Richtungen in Deckung rannten. Stille entstand, bis McCann voller Ehrfurcht sagte: »Ihr zwei seid echt durchtriebene Typen.«

»Verdammt noch mal, so ist es! Und darauf bin ich verdammt stolz«, sagte Rick grinsend.

»Ihr beiden macht mir langsam eine Höllenangst. Ihr seid wirklich ein verrücktes Team«, meinte McCann. Er hatte immer gewusst, dass diese Jungs über einige interessante Fähigkeiten verfügten, aber jetzt war er auf eine fast schon beängstigende Art und Weise beeindruckt. »Ich glaube, ich weiß jetzt mehr, als ich wissen wollte«, erwiderte McCann und strich sich über die Haare, die sich unwillkürlich in seinem Nacken aufgestellt hatten.

Rick lachte. »Ja, ich fürchte, das hier ist ein bisschen über deiner Gehaltsstufe.«

Auf einmal raschelte es im Wald, ungefähr dreißig Fuß südlich ihrer Position, und McCann machte sich vor Schreck fast in die Hose. Automatisch zog er seinen Colt, die plötzliche Bewegung gefiel der Wunde an seiner Schulter allerdings überhaupt nicht, und er ging vor Schmerz in die Knie. Sam war sofort in die Hocke gegangen und hielt den Bogen gespannt, und Rick war vom Jeep heruntergesprungen und hinter dem Baum in Deckung gegangen, an dem er gerade noch gearbeitet hatte. Er hielt sein M1A fest gegen seine Wange gedrückt und scannte die gesamte Umgebung aufmerksam durch sein Leupold-Zielfernrohr. »Ein Hirsch«, flüsterte Rick nach einem kurzen Moment.

»Mann, das hat mich aber verdammt erschreckt«, gab McCann zu.

Sam stand vorsichtig auf und flüsterte: »Wir können im Moment nicht vorsichtig genug sein. Jetzt ist es Zeit, aus den Jägern die Gejagten zu machen.«

EIN TRICK

»Es ist nicht so einfach, wie ihr vielleicht denkt«, versuchte Dutch es mit sanfter, ermutigender Stimme Lucy, Macy, Bang und einigen anderen der Prepper-Kinder zu erklären. Macy vermutete, dass er keine Ahnung hatte, auf welchem Niveau ihre und Bangs Fähigkeiten lagen, aber sie würden es ihm noch früh genug zeigen können, und unabhängig davon hatte Dutch vielleicht auch noch den einen oder anderen Trick auf Lager. Lucy, Hunter, Kade, Bethany und Addy standen zusammen mit ihnen vor dem alten Haudegen und hörten seinen Instruktionen aufmerksam zu.

Dutchs Hunde und Sheriff waren ebenfalls in der Nähe; Elsa rekelte sich auf dem spärlichen Waldboden, während Frank und Sheriff neben ihnen hechelten und so aussahen, als würden sie der Unterweisung genau folgen.

»Ihr müsst das Ziel etwas höher anvisieren, um den Wind und die Flugbahn des Pfeils zu berücksichtigen«, fuhr er fort. »Der Pfeil krümmt sich nämlich, wenn er das Ziel trifft. Seht ihr? Passt auf, ich zeige es euch.«

Er legte auf eines der Ziele auf der anderen Seite der Zaunlinie in dreißig Fuß Entfernung an und begann dann, sein Bewegungsmuster laut zu beschreiben. »Den Ellbogen zurückziehen entlang der Sichtlinie und den Bogen dabei vollkommen gerade halten. Lasst ihn nicht heruntersinken. Die Sehne berührt eure Lippen knapp rechts neben der Mitte. Zielen, ausatmen, halten und loslassen.« Er ließ den Pfeil fliegen. Macy beobachtete, wie sich das mit roten Federn versehene Ende des Pfeils in den ersten Millisekunden des Flugs verdrehte, bis der Pfeil gerade flog und die Zielscheibe an der linken Begrenzung des Rings in der Mitte traf.

»Jetzt seid ihr dran«, wies er sie an. Macy und Bang hoben ihre Bögen in einer fließenden Bewegung und mit großer Fertigkeit. Ihre Pfeile trafen direkt die goldene Mitte. Lucy und die anderen hatten ihre Bögen noch gar nicht in Position gebracht, als die beiden Pfeile mit weichen Einschlägen unmittelbar hintereinander in der Scheibe stecken blieben. Dutch hielt abrupt inne und starrte sie an. »Ich glaube, ich bin gerade geschlagen worden!«, sagte er fassungslos. Macy und Bang kicherten. »Warum habt ihr denn nichts gesagt? Zur Hölle, *ihr* bringt ihnen jetzt das Bogenschießen bei, ich habe noch andere Dinge zu erledigen.« Macy hob zwinkernd die Augenbrauen, als Dutch zurück ins Lager stiefelte.

»Er ist nicht wirklich sauer«, erklärte Lucy und winkte ab. »Zeigst du mir, wie das geht?«

»Natürlich, aber eigentlich ist er derjenige, der es mir beigebracht hat«, erwiderte Macy und zeigte auf Bang.

»Ernsthaft?«, fragte Lucy überrascht. »Das ist echt beeindruckend.«

DIE BERATUNG

»Okay, die Fallen und die Überwachungstechnik sind scharf. Unser Standort ist vorerst sicher«, sagte Dalton, nachdem Rick ihnen die Situation erklärt hatte.

Clarisse reichte ihm eine Schmerztablette und einen Becher Wasser, um sie herunterzuspülen. Er war noch nicht wirklich fit, aber sobald er aufrecht im Bett sitzen konnte, hatte er sie zu sich in sein Zimmer gerufen. Sobald er mehr als zehn Fuß ging, wurde ihm immer noch schwindlig und übel, und er war gezwungen, sich wieder hinzusetzen, deshalb war es intelligenter, wenn die anderen zu ihm kamen. Sie waren jetzt alle um ihn herum versammelt, standen oder saßen und starrten beklommen auf seine Wunden.

»Wir haben für alle Fälle Szenarios für eine Flucht und ein paar mögliche Routen ausgearbeitet«, erklärte Dutch.

Die Männer sahen Dalton an, denn sie erwarteten automatisch, dass er die Führung übernahm. Sie brauchten ihn, doch er war nicht kampffähig. Nicht in diesem Zustand. Es erschreckte und verunsicherte ihn zutiefst, dass er in so einer kritischen Zeit so schwach war. Das Einzige, was er tun konnte, war, alles mit ihnen durchzusprechen. Zumindest für den Moment musste das genügen.

»Irgendwelche Hinweise?«, fragte er Rick, der selbst total fertig aussah und dunkle Ringe unter seinen Augen hatte. Der

Mann war außerdem blass wie ein Vampir und hatte einen Gesichtsausdruck, den Dalton schon einmal gesehen hatte. Es war ein Ausdruck unterdrückter Wut, die direkt unter der Oberfläche brodelte.

Vor Jahren, in der Wüste, hatten sie auf schlimmste Art und Weise einen ihrer Männer verloren. Es war ein mieser Soldat gewesen, aber er war *ihr* mieser Soldat gewesen, und er hatte sich gefangen nehmen lassen, der Dummkopf. Nachdem sie ihn gefoltert hatten, war er schließlich enthauptet worden, und das schreckliche Video dieser Tortur hatten die Entführer ihnen zum Geschenk gemacht.

Rick hatte vergeblich versucht, die Position ihres Kameraden zu lokalisieren, bevor das Unvermeidliche geschehen war. Sie hatten jeden Informationsfetzen akribisch verfolgt, aber ohne Ergebnis. Es war ein verheerender Schlag für sie gewesen. In dem Video hatten sie endlich einen der Angreifer identifizieren können, aber der Preis dafür war gewesen, die Folter und den Mord wieder und wieder ansehen zu müssen. Wie sich herausgestellt hatte, hatte es sich um eine Dschihadistin gehandelt.

Es war eine ironische Entdeckung gewesen, denn der tote Soldat war zwar einer der ihren, aber war nicht gerade der Typ guter Familienvater gewesen. Um der Wahrheit die Ehre zu geben, war er ein ziemlich lausiger Vater gewesen. Nach seinem Tod hatten sie Wochen damit zubringen müssen, alle seine sechs Kinder bei den unterschiedlichen Müttern aufzuspüren, um die schlechten Nachrichten überbringen zu können. Es hatte die Kinder und auch die Mütter nicht wirklich gekümmert, ob der Mann lebte oder tot war. Und der Ausdruck auf Ricks Gesicht damals war nichts im Vergleich zu dem gewesen, was Dalton jetzt sah.

»Letzte Nacht waren ein paar vereinzelte Klicks zu hören. Sie könnten zwar versuchen, uns damit hereinzulegen, aber höchstwahrscheinlich waren es einfach nur Störgeräusche. Dutch und ich haben überprüft, ob es Morsezeichen gewesen sein könnten, aber die Zeichenfolge war offenbar rein zufällig. Wir denken deshalb, dass es nur weißes Rauschen war«, berichtete Rick mit ernster und gebrochener Stimme.

»Okay, trotzdem sollten wir alles Ungewöhnliche aufmerksam beobachten.« Dalton sah Reuben an. »Sind die Trucks schon beladen und stehen sie in der richtigen Richtung?«

»Positiv. Die zusätzlichen Vorratspunkte sind ebenfalls gesichert und stehen für alle Eventualitäten bereit.«

»Graham, bist du mit an Bord? Ich weiß, dass hier vieles neu für euch ist, aber auf ein kurzes Zeichen hin muss hier trotzdem jeder sofort seinen Job erledigen, und wie ich höre, seid ihr schon gut mit dabei.«

»Ja, wir sind definitiv mit an Bord, und zwar alle. Meine Crew hat ihren Platz hier sofort gefunden und alles hat gut zueinander gepasst«, sagte Graham.

»Ich bin froh, das zu hören. Dutch hat mir vom Bogenschießtraining berichtet und wie Bang die ganze Sache letzten Endes übernommen hat. Das hätte ich ja zu gern gesehen.« Als Dalton unwillkürlich anfing zu lachen, musste er sofort seine Schulter festhalten, so sehr schmerzte sie dabei. Auch die anderen stimmten in den so dringend benötigten fröhlichen Moment ein.

»Wenn er nicht so ein bescheidener kleiner Kerl wäre, wäre es eigentlich gar nicht so verdammt komisch gewesen, aber er ist wirklich winzig. Ich konnte es einfach nicht glauben. Diese Kinder werden uns bei der Verteidigung eine große Hilfe sein«, sagte Dutch.

»Oh ja, das werden sie«, stimmte ihm Graham zu. »Bang konnte das schon gut, als er zu mir gekommen ist. Seine Mutter hat es ihm beigebracht. Sie war unglaublich stark und schaffte es, lange genug am Leben zu bleiben, um ihn mir übergeben zu können. Sie wartete, bis mein Vater gestorben war; sie hat mich die ganze Zeit beobachtet. Ich weiß ehrlich gesagt nicht, wie sie es geschafft hat. Sie hieß HyunOk. Ich werde niemals ihren entschlossenen und mutigen Blick vergessen.« Graham sah zu Clarisse hinüber, die ihn anlächelte.

»Unterschätze niemals die Kraft, die die Liebe einer Mutter birgt«, sagte sie.

»Sie hätte ihm das Leben nehmen können. Das haben viele getan«, wandte Dalton ein.

»Für einige Mütter ist das keine Option«, meinte Clarisse, und Dalton sah, wie sie Tala anlächelte, die neben Graham mit der Hand auf ihrem geschwollenen Bauch dasaß. Sie alle wussten, was Clarisse damit meinte; es gab nichts hinzuzufügen.

»Es war jedenfalls keine Option für sie. Dieser Junge hat mir meinen Arsch gerettet und mir mehr als einmal den Bauch gefüllt«, erzählte Graham. Dalton, der an seine eigenen Söhne dachte, konnte gut nachfühlen, wie sehr Graham Bang ins Herz geschlossen hatte. Dieser war genauso Grahams Sohn, wie Hunter und Kade Daltons Söhne waren.

»Okay, gut. Ich schaffe es hoffentlich bis morgen aus diesem verdammten Bett heraus … falls meine Leibärztin mich gehen lässt«, sagte Dalton und lächelte Clarisse an.

Sie musterte ihn kurz, konnte seine Hoffnung aber bestätigen. »Ich denke, das ist möglich, aber du musst es auf jeden Fall langsam angehen lassen. Die Heilung wird viel Zeit brauchen. Du wirst also noch einige Wochen nicht hundertprozentig bei Kräften sein.«

»So viel Zeit haben wir aber womöglich nicht. Gibt es noch Fragen? Nein? Sag mal, Rick, hast du genügend geschickte Operatoren unter uns gefunden, die die Steuerung der Reaper übernehmen?«, fragte Dalton.

»Es sieht in der Tat ziemlich gut aus, ja. Du wirst überrascht sein, wer den Test als Bester bestanden hat. Wir haben fünf gute Kandidaten ausgewählt.«

»Also gut, wir sehen uns dann morgen früh. Bleibt wachsam«, sagte er und entließ sie. Einer nach dem anderen verließen sie den Raum, dann wandte sich Dalton an McCann und sagte: »Hey, kannst du noch einen Moment hierbleiben?«

»Natürlich.«

»Ich kann dir gar nicht genug danken. Sam hat mir erzählt, was passiert ist … zumindest das, was er aus seiner Perspektive sehen konnte. Dieser verdammte Bär wollte einfach nicht aufhören mich anzugreifen. Das Letzte, woran ich mich erinnere, war, dass ich meine Pistole gezogen habe, und dann ist der Bär plötzlich auf jemand anderen losgegangen, der aber nicht zu unserer Gruppe gehörte. Ich habe immer wieder auf den Bären geschossen, ohne mitzubekommen, dass er den Feind angegriffen hat. Was zur Hölle ist denn bloß passiert? Ab da ist bei mir alles schwarz.«

McCann musste seine Schuld an Stevens Tod für einen Moment herunterschlucken, bevor er sprechen konnte. »Nichts, was wir versucht haben, hat diesen verdammten Bären abgelenkt. Ich weiß nicht, wie viele Schüsse wir in ihn hineingepumpt haben, bevor diese verfluchten Bastarde plötzlich aufgetaucht sind. Sie haben auf uns geschossen, und dazu noch dieser irre Bär, der dich zerfleischt hat … es war ein total durchgeknalltes Bild wie vom Ende aller Tage«, erzählte McCann.

»Das, mein Freund, ist das, was wir ein absolutes Desaster oder einfacher ausgedrückt einen Clusterfuck nennen«, erklärte Dalton.

McCann stieß ein trauriges Kichern aus. »Ja, das war es tatsächlich. Alle schossen wild durcheinander, und irgendwann stieß ich mit der Rückseite meines Stiefels gegen einen großen Stein, der gegen die Mauer prallte, und dann war auf einmal Steven vor mir. Alles verlangsamte sich wie in Superzeitlupe. Ich sah das Chaos, als sei ich ein unbeteiligter Beobachter. Du hast gerade versucht, dem Bären mit einem Messer zu Leibe zu rücken, und bist langsam an der Wand nach unten gerutscht. Ich hörte auf zu schießen, hob den Stein auf, sprang aus der Deckung hinter der Mauer hervor und schleuderte ihn dem Bären mit so viel Kraft wie ich nur konnte an den Kopf. Steven sprang vor mich, weil ich der Bestie nun vollkommen wehrlos gegenüberstand und … auf einmal flog er rückwärts über mich hinweg. Ich wusste sofort, was passiert ist.« Er sah nach unten und schüttelte den Kopf, während er diesen Albtraum noch einmal durchlebte. »Es ist meine Schuld, dass er gestorben ist. Er hat nur versucht, mich zu schützen. Ich habe es vermasselt, deshalb ist er gestorben. Ich hätte ihn davon abhalten müssen.«

Dalton wartete einen Moment, bis McCann wieder ruhiger geworden war, dann sagte er: »McCann, in so einem Clusterfuck hast du keine Chance, vernünftig zu reagieren. Ich habe selbst erlebt, wie sich die bis ins Unendliche verlangsamte Zeit anfühlt, und dass man genau weiß, dass jede Entscheidung, die man in der nächsten Sekunde trifft, unweigerlich eine Kettenreaktion auslösen wird. Niemand außer dir selbst macht dich für Stevens Tod verantwortlich. Es waren *diese* Hurensöhne, und glaub mir, die Rache wird unsere sein. Du hast mein Leben gerettet, Mann. Du hast meine Söhne davor bewahrt, ganz ohne Eltern dastehen zu müssen. Ich stehe tief in deiner Schuld.« Dalton schüttelte McCann die Hand.

»Danke, Dalton. Kann Rick oder jemand anderes mir die Handzeichen zeigen, die ihr normalerweise verwendet, damit ich zumindest weiß, wie ich kommunizieren soll, wenn jemals wieder so eine Scheiße passiert?«

»Aber sicher«, antwortete Dalton. »Frag Rick. Er zeigt es dir ganz bestimmt mit großem, grimmigem Vergnügen. Zur Hölle, Sam hat uns eigentlich mal andere Handzeichen beigebracht, ich schätze, mittlerweile verwenden wir eine Kombination aus beiden, aber ehrlich gesagt, macht es in so einer Situation wahrscheinlich auch keinen großen Unterschied.«

Clarisse kam zurück in den Raum und beide Männer drehten sich zu ihr um. »Die Besuchszeit ist vorbei, Jungs. Dalton muss jetzt schlafen«, sagte sie streng und schob McCann zur Tür.

»McCann, schau morgen mal bei mir vorbei. Ich muss mir noch einmal deinen Arm anschauen«, sagte Clarisse, als der junge Mann ihr zuwinkte und aus dem Blickfeld verschwand.

»Du bist so gemein«, neckte Dalton sie.

»Und du bist müde. Ich kann es ganz genau sehen«, sagte Clarisse, während sie eine Spritze vorbereitete und den Inhalt in Daltons Venenkatheter gab.

»Hey, was zum Teufel war das?«, fragte er und packte sie am Oberschenkel. »Wehe das war jetzt Schlafsand.«

»Du bist so ein Baby und noch dazu ein furchtbarer Patient.«

»Wenn meine Erinnerung korrekt funktioniert, warst du vor Kurzem noch eine ziemlich ungezogene Ärztin«, erwiderte Dalton und zog sie auf die Höhe seiner Lippen herab.

IN FESTLICHER STIMMUNG

Graham schnappte sich sein Tablett und folgte Mark durch die Schlange der Essensausgabe. »Hast du heute Abend Wache?«, fragte er Mark, während Olivia das Wild des Tages in Form eines Eintopfes mit übervoller Kelle auf seinen Teller gab. »Ich danke dir«, sagte er und nahm sich eine Brötchenreihe. Er war am Verhungern und der Geruch der frischgebackenen Brötchen, der den ganzen Tag durch das Lager der Prepper geweht war, hatte ihn schwach gemacht und auf seine Instinkte reduziert, auch wenn es sich nicht um Talas berühmte herzhafte Biskuits handelte.

»Ja, McCann und ich«, antwortete Mark. »Rick hat gemeint, ich dürfte nicht zusammen mit Marcy Wache halten. Sie würde mich zu sehr ablenken, hat er gesagt.« Mark stopfte sich ein Brötchen in den Mund und griff nach einem weiteren.

»Sind die Mädchen jetzt auch dort?«, fragte Graham.

»Ja, die Zwillinge haben die laufende Schicht übernommen. Rick hat sie zum Test schießen lassen und sie dann heute Nachmittag zum Wachdienst eingeteilt, während du unterwegs warst.«

»Großartig. Wir sehen uns dann später, ich löse dich nach deiner Schicht heute Nacht ab.«

Graham fand den Tisch, den Tala ausgesucht hatte und setzte sich neben sie.

»Graham, warum hast du Rick gesagt, dass ich keinen Wachdienst übernehmen kann?«, fragte Tala. Sie sah wütend aus, und wie stets, wenn sie wütend auf ihn war, waren ihre Augen schwarz wie Kohlestückchen. Graham sah Mark an, der das Ganze mitangehört hatte, und verspürte plötzlich ein großes Bedürfnis, sich ausschließlich mit seinem Essen zu befassen.

»Ich glaube, die Antwort ist offensichtlich«, entgegnete Graham.

»Ich kann immer noch schießen, Graham. Du hättest mich fragen sollen, wenigstens hätten wir darüber reden sollen, bevor du einfach eine Entscheidung für mich triffst. Du weißt ganz genau, wie ich so etwas hasse. Ich bin schwanger und nicht tot«, sagte Tala wütend.

»Können wir vielleicht später im Zelt darüber reden?« Graham küsste sie auf die Stirn, berührte sanft ihren Rücken und zog sie auf der Bank leicht an sich. Dann umarmte er sie. Alles war so neu und anders und sie fühlte sich irgendwie vollkommen fehl am Platz, das konnte er gut verstehen.

Tala wartete einen Moment und beugte sich dann dicht an sein Ohr. »Ich bin mir nicht sicher, ob du heute Abend bei mir im Zelt sein wirst«, flüsterte sie mit einem Grinsen.

»Oh doch, das werde ich, Tala. Ich lasse dich nämlich nicht aus den Augen. Ich werde dich und unser Kind beschützen. Du bist eine starke, besondere Frau, aber zur Hölle, ich könnte nicht eine Sekunde ohne dich leben. Das würde mich umbringen. Unser Baby ist kurz davor, geboren zu werden. Nein, Tala, ich lasse dich ganz bestimmt keinen Wachdienst machen. Du kannst sauer auf mich sein, wie du willst, aber ich mache das alles nur aus Liebe.«

Sie lehnte sich an Graham und legte ihren Kopf auf seine Brust, dann machte sie einen Schmollmund und sagte: »Ich bin dir ja gar nicht böse. Ich habe einfach nur Angst und dazu viel zu viele Hormone in mir. Außerdem bin ich frustriert, dass mir jetzt selbst *deine* Hemden zu klein sind.«

Er lächelte in ihre Haare hinein. »Du bist wunderschön, Tala. Mein Gott, für mich bist du jetzt sogar noch anziehender als je zuvor, mit unserem Kind, das in dir wächst. Es ist mir heute Morgen übrigens verdammt schwergefallen, dich in Ruhe zu lassen.« Graham wusste, dass sie vor allen anderen einen roten Kopf bekommen würde, sobald er so etwas in ihr Ohr flüsterte.

Tala wusste es auch. »Hör auf, Graham, bitte. Nicht jetzt.« Sie lehnte sich wieder an ihn und flüsterte mit einem verschmitzten Lächeln: »Aber vielleicht später.«

DIE BÖSARTIGE NATION

Die Angehörigen der bösartigen Nation schlichen durch den Frühlingsregen und glitten versteckt auf ihren Bäuchen im Schlamm durch den frühen Nebel des Tages und die dunkle Decke der Nacht. Zuerst kamen ein paar Vorauskommandos, dann waren sie Legion. Zuerst waren sie nur ein Rinnsal, dann ein stetiger, trüber Strom, der immer größer wurde, auf der Lauer lag und beobachtete.

Graham lehnte sich in der Wachhütte mit dem Rücken gegen die Wand, hinter der sich die Quarantänestation befand. Er blinzelte angestrengt, denn seine Augen hatten es schwer, sich an die Nachtsichtkontaktlinsen zu gewöhnen. *Ich kann nicht glauben, dass ich mich dazu habe überreden lassen.* Er hatte von diesen Dingern zwar schon mal gehört, aber nie geglaubt, dass er sie jemals tragen würde, und dass seine Augen jetzt grün leuchteten wie die eines Cyborgs, fand er äußerst beunruhigend.

Rick hatte ihm versichert, dass diese neuartigen Kontaktlinsen viel besser waren als die Nachtsichtgeräte, weil diese immer noch Probleme bei der Tiefenwahrnehmung hatten. Er hatte Graham erzählt, wie er sich mal aus einem Nighthawk-Hubschrauber im Irak heruntergelassen hatte, als ihm plötzlich der Boden entgegenzuspringen schien. Es war eine verdammt harte Landung geworden, bei der Rick sogar ohnmächtig geworden war und sich den Knöchel gezerrt hatte. *Objekte können wesentlich näher sein als sie scheinen.* Das Ende vom Lied war, dass er zwei Tage unter Schmerzen mit einem notdürftig mit Tape fixierten Knöchel herumlaufen musste.

Graham und Sam hatten sich beide für die Kontaktlinsen entschieden. Rick war stolz, dass er es geschafft hatte, einige dieser kleinen technischen Wunder für sie zu organisieren, bevor die Welt auseinandergefallen war. Man hatte sogar gemunkelt, dass sie bei der Tötung von bin Laden eingesetzt worden waren. Die jüngste Entdeckung von Graphen, einem ultraleichten und gleichzeitig superstabilen Kohlenstoff, mit der Dicke von nur einem Atom, hatte das alles möglich gemacht.

Was Graham im Moment am meisten störte, war allerdings der Gelmagnet, der die Linse mit Strom versorgte. Dieser Magnet wurde an das Augenlid geklebt, und dessen Gewicht war äußerst gewöhnungsbedürftig. Bei jedem Blinzeln hatte er das Gefühl, einen dicken Fremdkörper im Auge zu haben. Graham nahm an, dass er sich mit der Zeit an dieses Gefühl gewöhnen würde, aber noch zog es jedes Mal seine Aufmerksamkeit auf sich, wenn er das Auge schloss und wieder öffnete.

Er suchte jetzt den Bereich vor sich von links nach rechts ab und bemerkte dabei Sams grün leuchtende Augen, die ihn von rechts anstarrten. Es war ein unheimliches Gefühl. Er blinzelte erneut und spähte nach Westen, um den dunklen Wald nach ungewöhnlichen Bewegungen abzusuchen. Das spärliche Licht der Sterne genügte, um durch die Kontaktlinsen den Wald in einem schillernden und hell leuchtenden Grün sehen zu können. Bei Mondlicht wäre es wahrscheinlich so hell wie tagsüber im Sommer gewesen, und er hätte eine Sonnenbrille gebraucht, um überhaupt etwas erkennen zu können.

Der Stöpsel in seinem Ohr klickte jetzt einmal und Graham sprach leise in das Mikrofon, das an seinem Kragen befestigt war. »Nichts zu sehen, doch der Regen nimmt zu. Over.«

»Reuben löst dich in zehn Minuten ab. Over«, antwortete Rick.

»Verstanden«, gab Graham zurück. Der Funkkanal blieb offen, um im Notfall rasch Informationen austauschen zu können.

In Grahams Ohr wurde es jetzt wieder still und er konnte den Regen sanft auf das üppige Blattwerk und die trockenen Nadeln prasseln hören, die den Boden zwischen den Bäumen bedecken. Seine Gedanken schweiften automatisch zu Tala ab, die warm und rund in ihrem Zelt lag, und er fragte sich, wie er es McCann klarmachen konnte, Bang für eine Nacht in sein Zelt aufzunehmen, ohne dabei seine amourösen Absichten offenbaren zu müssen. *Vielleicht Schlaflosigkeit,* dachte er. *Ja, das dürfte funktionieren. Der Junge schnarcht ja immerhin gewaltig.* Er würde einfach behaupten, dass Bangs Schnarchen Tala und ihn vom Schlafen abhielt und sie dringend wieder einmal durchschlafen mussten. *Das* könnte tatsächlich funktionieren.

Plötzlich deutete ihm sein Gehirn einen Umriss an, der eigentlich nicht da sein sollte. Graham hielt es im ersten Moment für einen Streich, den ihm seine überreizte Fantasie spielte. Er starrte die Anomalie eine Millisekunde länger an, um sicherzugehen, dass es nicht doch sein wirrer Verstand war, der lose Elemente in falscher Logik miteinander zu verbinden versuchte, aber je länger er hinstarrte, desto weniger ließ sich leugnen, dass dort tatsächlich jemand war. Der Umriss befand sich im Freien und sah ihn mit leuchtend grünen Augen an. Langsam stellten sich Graham die Nackenhaare auf.

Ohne sich zu bewegen, flüsterte er in sein Mikrofon: »Rick, zehn-vierzehn.«

Ein Augenblick verging, während Graham den Umriss weiterhin genau im Blick behielt. Dann hörte er ein verwirrtes Schnaufen in seinem Ohr: »Was zum Teufel soll ein zehn-vierzehn sein, Graham?«

Graham wurde plötzlich bewusst, dass er einen von Ennis alten Polizeicodes anstelle des vereinbarten Militärcodes verwendet hatte, aber sein Verstand konnte sich gerade einfach nicht daran erinnern, was die richtige Antwort war, und das genau in diesem entscheidenden Moment.

»Sprich mit mir, Graham! Was zur Hölle meinst du? Hast du jemanden gesehen?«, fragte Rick nervös.

»Mmmh«, sagte er leise.

»Wie viele?«

»Einer, bis jetzt.«

»Wo?«

»Nordwesten. Ich kann ihn aber kaum erkennen«, sagte Graham leise und langsam, weil er hoffte, dass der Wind seine Stimme nicht weit genug tragen würde.

»Füße stillhalten. Wir kommen zu dir«, erwiderte Rick.

»Verstanden«, antwortete Graham, der mittlerweile ganz klar die Umrisse eines Mannes erkennen konnte. Jetzt sah er, wie sich etwas vorwärtsbewegte, das aussah wie ein in ein Laken gehülltes Bein, aber anstatt gebückt weiterzugehen, hockte sich der Mann auf den Boden. Die leuchtende Gestalt zielte offenbar auf etwas in seiner Richtung.

»Oh Scheiße, er bewegt sich.«

»Runter, Graham!«, schrie Rick direkt hinter ihm, nachdem er den Feind gesehen hatte, der genau auf Grahams Position zielte. Von einer anderen Position aus eröffnete jetzt Sam plötzlich das Feuer, und kurz darauf brach die Hölle los.

Lichtstreifen schossen auf Graham zu, und etwas, das wie eine Reihe von Projektilen klang, surrte dicht an seinem Kopf vorbei, als er sich zu Boden fallen ließ. Irgendetwas traf seine Brust, und für eine panische Sekunde vergaß Graham, dass er eine Schutzweste trug. Der Einschlag raubte ihm den Atem. Plötzlich tauchten noch mehr neongrüne Umrisse auf, die sich allesamt auf ihn zubewegten. Was zuvor noch nach Büschen und Zweigen ausgesehen hatte, verwandelte sich jetzt in menschliche Formen … in Körper, die in Stoff gehüllt waren.

Graham hörte auf einmal einen gellenden Schrei aus der Tiefe des Waldes, und unvermittelt explodierte eine Gestalt in seinem Sichtfeld förmlich. Der Schatten umklammerte einen Speer, der mitten in seiner Brust steckte. Eine weitere schreiende Gestalt, die einen Speer aus ihrem Oberschenkel zog, erschien auf der Bildfläche.

»Reaper!«, schrie Daltons Stimme in Grahams Ohr.

»Verstanden«, antwortete Reuben.

Graham legte sein Gewehr an, sah durch das Zielfernrohr und nahm einen der vielen plötzlich aufgetauchten Angreifer ins Visier, der offenbar Leuchtspurmunition in seine Richtung abfeuerte. Auf dem Bauch liegend, schob er den Lauf seines Gewehrs langsam durch das Geländer der Wachhütte. Er entschied sich für drei schnelle Salven hintereinander, aber als die Gestalt in seinem Visier fiel, wurde sie sofort von einer anderen ersetzt.

Immer mehr Gegner kamen jetzt durch den Wald. Die ersten kaum erkennbaren Figuren wurden jetzt durch eine Wand aus Männern in weiten weißen Stoffen ersetzt, die winzige Lichtspuren auf sie abfeuerten. Sobald einer fiel, kamen sofort zwei Weitere nach.

»Reaper bereit«, rief Rick durch den Ohrstöpsel.

Graham schoss weiter aus seiner versteckten Position heraus und sah einige Feinde fallen, während andere sich zurückzogen und auf seine Position feuerten. Er wusste, dass er sich bald eine neue Stellung suchen musste, oder ihn würde das gleiche Schicksal ereilen wie sein erstes Ziel.

»Bereit.« Talas Stimme zog jetzt seine gesamte Aufmerksamkeit auf sich.

Ihm wurde übel, weil er wusste, dass sie einen tödlichen Job zu erledigen hatte, aber er feuerte dennoch weiter. Er hatte zwar gehört, dass die Reaper durch Rick, Tala, Clarisse, Lucy und McCann gesteuert wurden, aber Tala einerseits in Sicherheit zu wissen und sich andererseits vorzustellen, wie sie eine dieser Killermaschinen bediente, machte Graham schier wahnsinnig. Dennoch durfte er diese Sorgen jetzt auf keinen Fall zulassen.

Er wusste, dass Reuben, Mark und die Zwillinge gerade die restlichen Bewohner des Lagers in Sicherheit brachten und damit ihren Evakuierungsplan in Gang setzen, während die anderen kämpften.

Er entdeckte eine weitere Gestalt und feuerte drei kurze Stöße in die Brust des Mannes, der daraufhin in sich zusammensackte. Er zielte wieder nach links, hörte dann aber, wie die Reaper zu feuern begannen. Die Stimmen in seinem Ohr vervielfachten sich jetzt. Er vernahm ein paar frustrierte Geräusche, und Dalton musste die Gruppe anweisen, still zu sein, damit die Leitung für notwendige Befehle frei blieb. Ein paar weitere schroffe Wörter waren noch zu hören, aber Graham hatte keine Zeit, sich auf die Stimmen zu konzentrieren, denn um ihn herum jaulte das Maschinengewehrfeuer der Reaper und die schrillen Schreie der überraschten Invasoren auf.

Eine weitere Kugel surrte dicht an seinem Kopf vorbei, und er spürte, wie eine Hand seine Jeans am Bund packte und ihn nach hinten zog. Graham warf einen Blick zurück. Es war Dutch.

»Mir nach!«, schrie Dutch. Graham eilte sofort hinter dem größeren Mann her, bis beide hinter der Quarantänestation in Deckung gingen.

»Schieß weiter!«, schrie Dutch.

»Mache ich ja, aber es kommen einfach immer wieder welche nach!«

»Die Reaper werden bald etliche von ihnen ausschalten. Nur nicht entmutigen lassen. Mach einfach weiter! Dalton wird uns schon Bescheid geben, wenn wir uns zurückfallen lassen müssen.«

Graham zielte erneut und feuerte. An Zielen mangelte es ihm nicht. Auch Sam schoss wiederholt von seiner Position aus nach Osten. Er bezweifelte langsam, dass die Reaper gegen diese Masse viel ausrichten konnten. Zahlenmäßig waren sie offenbar deutlich unterlegen, er konnte nur hoffen, dass sie zumindest die besseren Waffen hatten.

LEUCHTENDE AUGEN

Jeder wusste, wo er zu sein hatte und was seine Aufgabe war, und ihnen allen war klar gewesen, dass es nicht einfach werden würde. Was Graham allerdings nicht erwartet hatte, war die schiere Anzahl feindlicher Soldaten, die gerade auf sie zustürmten.

Dalton behielt die Bildschirme und die fünf Operatoren, die die Reaper steuerten, gleichzeitig im Auge. Alle saßen oder standen dort, wo sie sich am wohlsten fühlten. Seine Hauptpriorität war es, für ihre Sicherheit zu sorgen, während sie den Feind weniger als sechshundert Fuß von ihrer Position entfernt bekämpften. Wenn die Angreifer weitere Geländegewinne machten, würden sie diese Stellung allerdings rasch verlieren.

Sie alle trugen Nachtsichtbrillen und passten sich immer besser an jedes Kamerabild und die Controller in ihren Händen an. Dalton beobachtete die Bewegungen des Feindes, schaltete um und ließ die Reaper je nach Bedarf feuern. Dabei verfolgte er die Kamerabilder jedes Reapers auf seinem eigenen Monitor. Die fünf in den Bäumen befestigten ferngesteuerten Maschinengewehre machten einen Höllenlärm, und Dalton fühlte sich unweigerlich nach Afghanistan zurückversetzt.

Er saß auf seinem Stuhl und sein Blick schoss immer wieder zwischen seinem Monitor und den fünf Operatoren hin und her, die er so aufmerksam dirigierte.

»Zwei, nach links schwenken. Lass sie nicht über die Flanke vorbei«, sagte er ruhig.

»Ich gebe mein Bestes«, erwiderte McCann.

»Du hast zwei Mal einhundert Schuss. Mach sie fertig damit«, erinnerte ihn Dalton und drehte sich wieder zu den Monitoren um. Sie hatten keine Chance, herauszufinden, wie viele Angreifer es waren. Ein Humvee erschien jetzt im Hintergrund, und mehrere Angreifer eilten dahinter in Deckung, als Tala, die Reaper Nummer 3 bediente, schrie: »Ihr verdammten Feiglinge, kommt gefälligst zurück!«

»Richtig so, Tala, bleib an ihnen dran«, rief Dalton. »Denkt immer daran, das ist kein Videospiel. Ihre Waffen sind echt, und wenn wir sie durchlassen, stecken wir in gewaltigen Schwierigkeiten.«

Rick hielt seine Position auf der rechten Flanke, aber es kamen immer mehr Angreifer. Eine Baumgruppe gab mehreren von ihnen Deckung, und die schnell aufeinanderfolgenden Feuerstöße von Waffe Nummer 1 ließen kaum genug Pausen, um die Überhitzung des Laufs zu verhindern.

»Sprich mit mir, Rick!«, forderte ihn Dalton auf.

»Kann nicht. Bin beschäftigt«, sagte Rick knapp und konzentrierte sich dann wieder voll und ganz darauf, so viele Gegner wie nur möglich zu erledigen. Er schwitzte stark, und Dalton begann sich Sorgen zu machen, dass sein Freund die Welle nicht mehr lange würde zurückhalten können.

Sieben bis zehn Dschihadisten gelang es, an Ricks Reaper vorbeizuschlüpfen, indem sie ihre Kameraden kurzerhand als lebendige Schilde benutzten.

»Ihr Arschlöcher!«, schrie Rick voller Zorn und drehte seinen Reaper in ihre Richtung, während sie von rechts auf Sams Position zu rannten.

»Sam! Geh in Deckung!«, warnte ihn Dalton.

Rick konnte die ersten drei außer Gefecht setzen, nur damit die übrigen das Gleiche tun konnten, was sie schon zuvor getan hatten: sie nahmen die Leichen ihrer Brüder, um sich vor dem feindlichen Feuer zu schützen, bis sie hinter den Bäumen eine bessere Deckung fanden.

»Sam, du bist dran. Drei Uhr«, wies Dalton an.

»Verstanden«, sagte Sam.

Rick war zu seiner Position zurückgekehrt und gab Feuer. Er hatte noch etwas weniger als die Hälfte seiner Munition übrig, als die Leuchtspurgeschosse anzeigten, dass sich die Präzision der Konstruktion rapide verschlechterte. Der Reaper war kurz davor, durch die konstante Belastung auseinanderzufallen. Rick verteilte weiterhin so viele tödliche Schüsse wie nur möglich, wobei er den Rückstoß auszugleichen versuchte, aber irgendwann gab Reaper Nummer 1 endgültig den Geist auf. »Scheiß drauf«, rief Rick, setzte das Nachtsichtgerät ab und warf den Controller in die Ecke.

»Nummer 4, gib deinen Controller an Rick ab«, befahl Dalton.

Dalton wusste, dass Clarisse kein Problem damit hatte, Rick ihren Controller zu überlassen. Sie war zwar durchaus in der Lage, diesen Job zu erledigen, aber sie wurde auch dringend an anderer Stelle gebraucht. Sie zog ihr Nachtsichtgerät vom Kopf, und selbst das schwache Licht im Medienzelt blendete sie für einen Moment. Sie blinzelte mehrmals und erblickte dann Dalton, der mit dem Kinn auf McCann deutete. Auf dem Hemd des jungen Mannes breitete sich ein Blutfleck aus, aber jetzt war keine Zeit, sich um Wundversorgung zu kümmern. Die Spannung im Zelt wurde langsam schier unerträglich.

»Clarisse, du übernimmst als Läufer. Ich muss wissen, wie weit Reuben mit der Evakuierung ist«, sagte Dalton.

Sie drehte sich um und verließ sofort das Zelt, während das Chaos draußen weiterging.

»Sam, Status«, rief Dalton.

»Ich mache sie gerade fertig. Ich versuche, die defekte Nummer 1 auszugleichen. Sieht ganz so aus, als versuchten sie jetzt verstärkt, dort durchzubrechen. Ich kann das den ganzen Tag machen, aber ich habe nur begrenzt Munition, Dalton.«

»Graham?«, fragte Dalton.

»Es sind einfach zu viele«, sagte Graham frustriert.

Dann erschütterte plötzlich eine Explosion den Boden. Die vier verbliebenen Reaper-Operateure schwankten, konnten ihr Gleichgewicht aber halten.

»Was zur Hölle war das denn? Bericht … sofort!«, brüllte Dalton.

»Ein verdammter Mörser!«, schrie Dutch über den Lärm des Krieges hinweg. »Noch dazu eine Brandbombe! Sofort zurückziehen!«

»Noch einer!«, rief Graham. Der Boden erzitterte erneut.

»Graham!«, schrie Tala. »Graham!« Sie riss ihr Nachtsichtgerät vom Kopf und rannte zur Tür. Dalton fing sie gerade noch rechtzeitig auf, als auch schon die nächste Granate einschlug. Er deckte ihren Körper mit seinem, während sie zu Boden gingen.

»Zurückziehen!«, befahl Dalton, als Clarisse zurückkehrte und Dalton und Tala aufhalf. Reuben erschien mit ihrem Humvee, und Rick schob alle Operateure aus dem brennenden Zelt in das Fahrzeug.

»McCann, du gehst mit Rick. Holt sofort die anderen!«, befahl Dalton.

Tala weinte, und Clarisse hielt sie so fest im Arm, wie sie nur konnte.

»Komm schon, Dalton«, flehte Clarisse ihn an.

Doch Dalton wich ihrem Blick aus und schloss die Fahrzeugtür von außen. Er schlug zweimal auf die Motorhaube und nickte dann Reuben zu, der sofort das Gaspedal durchtrat. Clarisses Schrei vermischte sich mit seinem Namen, als er sich zu dem brennenden Lager umdrehte. Nur Daltons Silhouette war jetzt noch vor dem Flammenmeer zu sehen, als er mit der einen Hand eine Pistole zog und mit der anderen ein langes Messer.

VOLLE FAHRT

»Tala!«, rief Clarisse, hielt die schluchzende Frau an den Schultern fest und schüttelte sie sanft, um ihre Aufmerksamkeit auf sich zu lenken, während Reuben davonraste. Sie flüsterte: »Ich gehe zurück. Gebt mir eure Waffen und ein paar extra Magazine. Wenn ich nicht zurückkehre, passt bitte für mich auf Addy und die Jungs auf.«

Tränen liefen über Talas Wangen. Sie warf einen raschen Blick auf Reubens Hinterkopf, nickte dann und reichte Clarisse ihre Pistole. Lucy gab Clarisse ebenfalls ihre Waffe, einige Magazine sowie das Nachtsichtgerät, das sie automatisch mitgenommen hatte. »Hol sie zurück«, sagte Tala.

»Das werde ich«, antwortete sie und umarmte beide kurz. Anschließend lächelte sie finster. Sie öffnete ihre Jacke, steckte ihre Brille in die Innentasche und befestigte das Nachtsichtgerät an ihrer Gürtelschlaufe. Eine der zusätzlichen Pistolen steckte sie in ihren Hosenbund, die andere in eine Beintasche ihrer Cargohose. Die Magazine verstaute sie in der anderen Beintasche. Zu guter Letzt schloss sie den Reißverschluss ihrer Jacke und zog die Kapuze über ihren Kopf.

»Reuben!«, rief sie alarmierend laut und klar in einem für sie ungewohnten Befehlston. Sie schwang die Tür des Humvee auf und beugte sich nach hinten, um sich abzurollen. Sie gab ihm keine Chance, ihr diese Aktion auszureden. Sobald

Reuben begriff, was Clarisse vorhatte, begann er automatisch zu bremsen. Sie blickte ein letztes Mal zu Tala und Lucy, dann sprang sie. Die Arme hielt sie schützend über ihren Kopf, als sie aus dem Fahrzeug fiel und sich mit Schwung auf dem Boden abrollte. Sie stützte sich sofort auf ein Knie auf und sah, wie der Humvee wieder Geschwindigkeit aufnahm und sich entfernte.

Clarisse überprüfte hektisch, ob sie sich verletzt hatte. Als sie keine größeren Schmerzen spürte, zog sie ihre Pistole aus dem Seitenholster, nahm ein Magazin und lud es in die Kammer. Dann steckte sie die Waffe wieder ins Holster, setzte das Nachtsichtgerät auf und rannte in den Wald hinein, um sich dort Deckung zu suchen und sich auf kürzestem Weg in Richtung der Schüsse und der wachsenden Flammen durchzuschlagen. Doch je näher sie kam, desto weniger konnte sie erkennen. Die Sicht durch das Nachtsichtgerät war so grell, dass ihre Augen tränten, deshalb nahm sie das Gerät ab und befestigte es wieder an ihrer Gürtelschlaufe.

Jetzt war ihre Zeit gekommen. Zusammen mit allen anderen war sie in taktischen Manövern geschult worden, und es war überlebenswichtig, dass sie sich dieses Training jetzt zunutze machte. Schatten bewegten sich vor den Flammen. Viele trugen traditionelle Kleidung, einige Camouflage. Ihre Mission war es, die Jungs zu finden und sie zum Teufel noch mal da rauszuholen. Sie wusste, dass Dalton nicht lange durchhalten würde, besonders nicht in seinem Zustand.

Einer der Schatten kam ihr zu nahe und Clarisse sprang hastig hinter einem Baum in Deckung. Die Baracken standen jetzt vollständig in Flammen, denn der Feind zündete alles an und begann das Lager zu überrennen. Es mussten mindestens hundert gewesen sein, als der Angriff begonnen hatte. Plötzlich erschien ein roter Lichtpunkt auf ihrem Oberschenkel. Sie geriet sofort in Panik und bereitete sich innerlich schon darauf vor, dass sie ein Schuss traf, doch der rote Punkt blinkte und sie folgte dem Licht schließlich zur Quelle. Es war Sam, der sich in einem Baum versteckte und ihr auf diese Weise signalisierte, zu ihm zu kommen.

Clarisse rannte gerade auf Sam zu, als ein Angreifer plötzlich etwas in einer fremden Sprache schrie. Sie spürte, wie ein Schuss ganz in der Nähe ihrer Füße in den Boden einschlug. Mit ihrem rechten, ausgestreckten Arm und mit der gezogenen Waffe schlug sie ihm zweimal gegen die Brust … er war keine drei Fuß mehr von ihr entfernt. Sam machte ihm mit einem Kopfschuss ein Ende und endlich erreichte sie ihn und den schützenden Baum.

»Wo sind die anderen?«

»Dalton ist okay«, sagte Sam sofort.

»Wo ist er?«

»Rechte Flanke. Er holt Dutch«, erwiderte er.

»Und McCann?«

»Der ist mit Rick unterwegs, sie holen Graham.«

Jetzt sah sie das Blut, das der Feuerschein auf Sams Arm zum Leuchten brachte. Seine Hände waren über und über damit bedeckt.

»Wo bist du getroffen worden?« Sie schnappte erschrocken nach Luft.

»In den Oberschenkel«, erwiderte Sam. Sie betastete sein Bein und spürte etwas Heißes und Feuchtes. Sie zog zuerst ihre Jacke aus und dann ihr dünnes Baumwoll-T-Shirt hoch, von dem sie nun den Saum abriss und ihn über ihren Kopf schob. Sie dehnte die Stoffschlaufe, so gut es ging, und band sie um Sams Bein, um die Blutung soweit zu stoppen, dass er bei Bewusstsein blieb. Er packte sie jetzt an der Schulter und knurrte sie an: »Verschwinde von hier, Clarisse!«

»Halt die Klappe!«, erwiderte Clarisse. »Du musst wach bleiben, Sam. Ich werde sie finden und zu dir schicken.«

»Nein«, sagte er nachdrücklich und ergriff ihren Ärmel. »Sie werden dich gefangen nehmen, und du weißt genau, was sie dann mit dir tun.«

Sie riss sich los. »Bleib wach, Sam. Ich bin gleich wieder da.« Sie zog ihre Jacke über ihr blutbeflecktes T-Shirt und rannte los. Zuerst musste sie Dalton finden. Sie nutzte die Dunkelheit des Waldes und schlich langsam im Schatten der Bäume vorwärts, die im Schein des gefräßigen Feuers, das das Lager mehr und mehr verschlang, hin und her zuckten.

Sie bewegte sich über die rechte Flanke, blieb die ganze Zeit im Schatten und sprang von einem Flecken Dunkelheit zum nächsten. Jeder Schritt brachte sie ihrem eigenen Tod näher, aber sie ging trotzdem bereitwillig, um sie zu töten, wenn sie es vermochte. Denn sie wollte sie töten. Sie wollte sie ermorden, verstümmeln und vernichten ... diejenigen, deren Selbstsucht nicht nur eine Nation, sondern die gesamte Menschheit zerstört hatte.

Mit gezogener Waffe näherte sich Clarisse dem zunehmenden Gewehrfeuer auf der rechten Seite des Lagers. Beim nächsten Anstieg, der sie um das ehemalige Speisezelt herumführte, stieß sie auf einen toten Angreifer, der vermutlich Daltons Kriegskunst erlegen war. Sie nahm sein automatisches Gewehr an sich, das ein paar Fuß entfernt lag, schlang die Waffe am Riemen über ihren Rücken und rannte weiter.

Zwei Angreifer kamen um die Ecke und sie schoss dem ersten mit der Waffe in ihrer Rechten aus kürzester Entfernung in den Kopf. Dann berechnete sie blitzschnell, dass sie einen weiteren Sekundenbruchteil hatte, um den anderen zu erledigen. Mit der linken Hand holte sie die zweite Pistole aus ihrem Bund, schob sie unter ihren rechten Arm und jagte dem anderen Angreifer eine volle Ladung in den Bauch. Zuletzt schwang sie ihren rechten Arm herum und erledigte ihn mit einem Kopfschuss, nicht einmal fünf Fuß von ihr entfernt. Ohne auch nur langsamer zu werden, rannte Clarisse weiter, eine Waffe in beiden Händen. Die Geräusche des Krieges und des Tötens kamen jetzt näher, und ihr wurde bewusst, dass sie einen oder sogar all ihre Freunde tot auffinden konnte. Sie musste sie da herausholen oder es zumindest versuchen.

»Aaaaahhhhhhhh!«

Clarisse blieb abrupt stehen. Das war Daltons gequälte Stimme, gefolgt von einem Schusswechsel, der noch intensiver war als zuvor. Sie näherte sich seinem Standort, voller Angst vor dem, was sie dort vorfinden könnte.

Sie konnte die Geräusche der Schlacht nicht einmal mehr registrieren, so intensiv war das Geschehen um sie herum. Als sie um die rechte Seite der Wachhütte bog, sah sie endlich Dalton, der hinter einem Jeep kniete, der so durchlöchert war, dass sein Schutz bald zu einer Falle werden würde.

Dalton feuerte gerade auf eine ganze Gruppe links von seiner Position. Clarisse suchte nach Dutch, aber der war nirgendwo zu sehen. Fünf Männer schossen auf Dalton, während ein anderer etwas lud, das für Clarisse gewaltig nach einem Raketenwerfer aussah. Das war der Mann, den sie sich zuerst vornahm, denn sie musste etwas Zeit gewinnen, um die ungeschützte, etwa zwanzig Fuß lange Strecke zu Dalton überwinden zu können und ihn zur Hölle noch mal da rausholen. So wie er mit dem Knie gegen den Jeep lehnte, zweifelte sie daran, dass er überhaupt noch in der Lage war zu stehen, geschweige denn zu laufen. Sie durfte also keine Zeit mehr verlieren; sie musste ihn *jetzt* da rausholen.

Clarisse steckte die Pistolen in die Holster und nahm das Gewehr zur Hand, das sie gerade eben aufgehoben hatte. Sie überprüfte, ob es geladen war, drückte den Schaft in ihre Schulter und zielte dann, so ruhig sie konnte, auf den Mann mit dem Raketenwerfer. Sie folgte der Linie seines Armes, wo die Munitionskiste mit den Granaten des Raketenwerfers zu sehen war. Ihr Schuss traf perfekt, und die Granaten explodierten in einem ungeheuren Feuerball und töteten den Schützen und zwei weitere Männer, die in der Nähe standen. Die Explosion erzeugte außerdem genug Ablenkung, um die zwanzig Fuß bis zu Daltons Position überwinden zu können. Clarisse rannte los, bevor sie die Gelegenheit hatte, es sich noch einmal anders zu überlegen.

Dalton starrte überrascht auf die Explosion und drehte sich dann um, als er Clarisse auf sich zukommen hörte. Sie hatte die Pistole wieder in ihrer Rechten und feuerte erneut auf einen in Weiß gekleideten Angreifer, der auf sie zielte. Dalton drehte sich hastig um und griff denselben Mann an, der daraufhin zu Boden ging. Clarisse war jetzt endlich an Daltons Seite.

»Clarisse!«, schrie Dalton ebenso entsetzt wie bestürzt und drückte sie sofort nach unten. Sie bekam kaum mit, dass Dalton sie mit Schimpfwörtern bedachte. Seine Lippen bewegten sich zwar, aber Clarisse hörte nichts. Sie drehte sich um, suchte die Gegend nach weiteren Feinden ab und fand endlich, wonach sie gesucht hatte … die Munitionskisten der Gegner. Diese galt es zu sprengen, denn die Gegner nacheinander einzeln auszuschalten würde zu lange dauern.

Wenn sie Munition für einen Raketenwerfer hatten, verfügten sie bestimmt über noch mehr gefährliches Zeug. Der Feuerschein erhellte die Position des Gegners und Clarisse zielte auf das Heck eines Fahrzeugs, von dem sie vermutete, dass es ihren Munitionsnachschub barg. Sobald Dalton begriffen hatte, worauf sie zielte, ließ er von ihr ab und konzentrierte sich auf dasselbe Ziel. Ein Explosionsblitz zerriss kurz darauf die Nacht und sie warfen sich gemeinsam zu Boden. Sie hatten anscheinend einen Glückstreffer gelandet.

Clarisse zog Dalton auf die Beine und schlang seinen rechten Arm über ihre Schulter. Humpelnd rannten sie beide los und gaben sich gegenseitig Deckung vor den Salven, die auf sie einprasselten. Clarisse schaffte es gerade noch, sie zu einem ihrer eigenen Jeeps zu bringen, als Dalton allmählich das Bewusstsein verlor. Er lehnte sich gegen die Tür, hatte aber nicht mehr die Kraft zu stehen und begann langsam herunterzurutschen. Clarisse vermutete, dass er bewusstlos wurde, weil der massive Adrenalinstoß nachließ.

»Einsteigen!«, schrie sie und öffnete die Tür. Verzweifelt schob sie ihn auf den Sitz.

»Verschwinde von hier, Clarisse!«, sagte er kraftlos. »Sie haben Dutch.« Das war das Letzte, was er sagen konnte, bevor ihm endgültig schwarz vor Augen wurde.

Clarisse warf den Motor an und steuerte den Jeep in rasender Fahrt nach Westen, durch ihren ehemaligen sicheren Hafen hindurch. Ihr Lager war inzwischen fast vollständig niedergebrannt. Sie fuhr wie eine Wahnsinnige und hoffte, noch andere ihrer Freunde zu finden, bevor das gesamte Lager überrannt wurde. Schüsse schlugen mit metallischem Klirren gegen den Jeep, sobald das Fahrzeug zwischen den Schatten sichtbar wurde.

Die anderen sahen sie bereits, bevor Clarisse sie entdeckte … fast wäre sie direkt in sie hineingerast. Unmittelbar vor ihr kamen sie aus den Schatten hervor, aber nur zwei der Gestalten standen. Clarisse brachte den Jeep mit einer Vollbremsung zum Stehen. Jetzt konnte sie Graham erkennen, der einen anderen Mann im Gamstragegriff über dem Rücken trug. Er und McCann eilten sofort zum Heck des Jeeps, legten Rick hinein und sprangen hinterher. Die ganze Zeit über standen sie unter Beschuss. Graham hockte sich sofort hinter die Heckklappe und erwiderte das Feuer.

Clarisse warf einen Blick in den Rückspiegel und erkannte im Schein des Feuers McCanns Gesicht. Seine Miene spiegelte die Hölle wider, durch die sie in den letzten Stunden gegangen waren. Wie in Zeitlupe schlug er gegen die Innenseite des Jeeps und schrie: »Los, los!« Clarisse trat das Gaspedal durch und der Jeep raste in die Dunkelheit davon.

Der Feind ließ jetzt seinen religiösen Singsang erklingen, dabei hoben sie ihre Gewehre hoch über den Kopf und tanzten wild im Feuerschein. Die Szene erinnerte sie an Schakale, die ein erbeutetes Opfer feiern. Diese Gestalten waren nicht mehr menschlich. Plötzlich sah sie, dass Dutch unter ihnen war … sie mussten ihn seinem sicheren Tod überlassen. Dieser Gedanke quälte Clarisse unfassbar, aber sie hatten nun mal keine andere Wahl. Nicht jetzt.

In der Nähe des Waldstücks, in dem sie Sam zurückgelassen hatte, hielt sie an, zeigte auf seinen Standort und schrie: »Holt Sam!« Graham sprintete in den Wald, Sam löste sich aus den Schatten, musste sich aber gleich wieder gegen einen Baum lehnen. Graham schleppte ihn zum Auto, während Clarisse immer wieder hektisch in den Rückspiegel sah.

Die Gegner setzten ihnen immer noch nach. Gegen das Licht konnte sie erkennen, wie zwei Motorräder sie verfolgten. Kurz darauf hörte sie, wie ein Schuss den Jeep traf. »Beeilt euch!«, schrie McCann, der das Feuer erwiderte.

Graham kämpfte damit, Sam vorwärtszuschleppen, und Clarisse warf den Rückwärtsgang ein, um die Position der beiden Männer vor den feindlichen Schüssen zu schützen. Alle schrien Graham zu, sich in Gottes Namen zu beeilen. Eines der Motorräder zog jetzt an ihnen vorbei. In dem Moment als Graham und Sam sich ins Fahrzeug gezwängt hatten, legte der Motorradfahrer genau auf Clarisse an. Sie gab daraufhin Vollgas, der Jeep machte einen Satz nach vorn und der Körper des Feindes knallte zuerst auf die Motorhaube und dann gegen die Windschutzscheibe. Die Wucht des Aufpralls ließ die Scheibe bersten, aber sie gab trotzdem weiter Gas. Doch Clarisse konnte nichts mehr sehen, deshalb schob sie ihre Faust kurzerhand durch das Glas, um zumindest eine Art Guckloch zu schaffen.

Der Motorradfahrer hing noch immer quer über der Motorhaube, entweder war er tot oder bewusstlos. Wenn er nicht schon tot war, würde er es bald sein.

McCann schoss weiter auf den anderen Motorradfahrer, und Clarisse nahm an, dass er ihn erwischt hatte, als das feindliche Feuer plötzlich aufhörte. Sie trieb den Jeep weiter durch die Nacht.

»Sind wir die Verfolger los?«, fragte sie.

»Keine Ahnung!«, schrie McCann zurück.

»Haltet die Augen offen«, sagte Graham ruhig und kletterte über Daltons bewusstlose Gestalt auf den Beifahrersitz, wo er das Schiebedach des Jeeps öffnete. Er zog seine Pistole hervor und schob sich bis zur Hüfte durch die Öffnung.

»Pass auf!«, rief Clarisse und drehte sich dann kurz zu Sam um. »Bist du okay?«

»Mir geht es gut«, sagte Sam schwach.

»Bitte bleib wach, Sam«, flehte sie ihn an.

Graham beugte sich vor und bekam auf diese Weise den Körper des Mannes zu fassen, der über der Motorhaube des Jeeps hing. Mit dem kratzenden Geräusch von Glas auf Metall glitt der Körper von der Motorhaube und verschwand anschließend im Straßengraben. Graham kletterte zurück auf den Beifahrersitz und sagte: »Der war schon sehr tot.«

»Gut«, antwortete Clarisse.

»Wohin fahren wir eigentlich?«, fragte Graham. »Wir dürfen sie auf keinen Fall zu den anderen führen.«

»Das sehe ich ganz genauso. Wir müssen also einen anderen Ort ansteuern. Westlich von hier haben wir ein Vorratslager«, meinte sie.

»Wie geht es denn Dalton?«, fragte Graham und versuchte seinen Puls zu fühlen.

»Der wird schon wieder.« Sie musste einfach fragen, hatte aber Angst vor der Antwort. »Und wie geht es Rick?«

»Ich kann zumindest seinen Puls spüren. Beim Angriff mit den Mörsergranaten hat ihn irgendetwas am Kopf erwischt«, sagte McCann.

Graham legte seine Hand auf Clarisses Schulter. »Warum hältst du nicht kurz an und lässt mich anschließend fahren.«

»Nein. Ich weiß, wo wir hinmüssen und wir sind schon fast da«, sagte sie. Sie wusste, dass Graham nur versuchte, es ihr leichter zu machen, weil er Angst hatte, dass sie bald zusammenbrechen würde. Was er aber nicht wusste war, dass sie ihm schon weit voraus war. In diesem Moment machte sie sich keine großen Sorgen um Rick, Sam oder Dalton. Sie würde sich um sie alle kümmern, sobald Zeit dafür war. Sie dachte jetzt an einen der ihren und an das Vorratslager mit der Ausrüstung, die sie brauchen würden, um ihr nächstes Ziel erreichen zu können. Denn sie musste unbedingt zurück zu Dutch, bevor die Sonne aufging.

DIE FLUCHT

Reuben hielt auf der Lichtung an, faltete die Karte auseinander und sah mit einer Taschenlampe nach, wo sie genau waren. Lucy beugte sich vom Rücksitz vor, Tala saß neben ihr. »Haben wir uns verfahren?«, fragte sie beklommen.

Er warf einen Blick zurück auf ihre sanften grünen Augen und ihre blasse Haut, die im Dunkeln sanft schimmerte. Er hatte während ihrer Flucht kaum mit seinen Begleiterinnen gesprochen, da er seine gesamte Energie darauf hatte verwenden müssen, sie in Sicherheit zu bringen. Denn der Feind war rücksichtslos gewesen, Clarisse war wahrscheinlich tot, und Dalton würde ihn dafür verantwortlich machen … das hieß, falls einer von ihnen es lebend aus dem Lager geschafft hatte, woran Reuben ebenfalls so seine Zweifel hatte. Er sah die anderen Fahrzeuge der Prepper im Rückspiegel. Die Gegner waren einfach zu zahlreich, egal welche Asse sie aus ihrem Ärmel zauberten.

»Nein, ich weiß, wo wir sind. Ich warte nur auf das Signal.«

»Oh«, sagte Lucy und fragte dann: »Wo sind denn die Hunde?«

»Die sind im ersten Fahrzeug. Wir dachten, es wäre am besten, sie als zusätzlichen Schutz für die Kinder mitzunehmen.«

Plötzlich erregten drei blaue Lichtblitze, die weit vor ihnen im Dunkeln aufstiegen, Lucys Aufmerksamkeit.

»Ist es das Signal?«, fragte sie.

»Ja, das ist es.« Reuben legte den Gang ein und steuerte den Truck von der Lichtung zurück in den Wald, während Mark vor ihm den Weg frei machte.

Der Gedanke, dass er schlechte Nachrichten überbringen musste, entmutigte Reuben immer mehr. Der Plan war absolut reibungslos verlaufen, bis Dalton plötzlich beschlossen hatte, eine verrückte Kommando-Aktion daraus zu machen. Jetzt musste Reuben sie anführen, bis die anderen auftauchten … wenn sie überhaupt je wieder auftauchten. Der Anführer der Gruppe zu sein, war eine riesige Verantwortung, und er war sich nicht sicher, ob er schon bereit für diese Aufgabe war.

Zumindest sah es so aus, als hielte Mark sich an den Plan, was ein gutes Zeichen war. Er ließ das Fenster herunter und Mark stellte sich auf das Trittbrett des Trucks. »Fahr weiter. Der Weg macht da vorn eine Biegung nach rechts«, flüsterte Mark.

»Wer ist noch hier draußen unterwegs?«

»Macy hat die Spitze übernommen. Mach dir keine Sorgen, an ihr kommt niemand vorbei. Genauso wenig, wie jemand an Lawoaka vorbeikommt, ohne dass ich es mitbekomme«, sagte Mark.

»Ah.« Reuben verstand jetzt, denn seine Tochter hatte einen verdammt scharfen Blick und keinen Sinn für Humor. Es machte ihm Sorgen, dass die Kinder auf diese Weise aufwuchsen. Sie trainierten täglich, um sich zu verteidigen und um zu lernen, wie man tötet. Von nun an würden sie töten müssen, oder sie würden getötet werden. Dies war ihre einzige Chance, zu überleben. Er war sich nicht sicher, ob er das für sie wollte … vielleicht wäre ein schneller Tod gerechter und menschlicher. Er hatte sich noch nicht entschieden, aber diese Frage marterte seine Seele unentwegt.

Vor einer verwitterten, grauen eingeschossigen Jagdhütte hielt er schließlich an. Mark öffnete die hintere Tür für Lucy und Tala.

»Du hast es geschafft«, sagte Mark und umarmte Tala glücklich.

»Hallo, Mark. Geht es allen gut?«, fragte Tala besorgt.

»Ja, soweit sind alle wohlauf. Wo sind Graham und McCann?«

Sie sah kurz zu Reuben hinüber und sagte dann: »Wir hatten einige Schwierigkeiten, aus dem Lager herauszukommen. Wir hoffen, dass sie auf dem Weg sind, aber wir haben noch nichts von ihnen gehört.«

»Über Funk kam nichts?«, fragte Reuben ihn angespannt.

»Wir haben den Funkverkehr noch nicht wieder aktiviert. Wir wollen ja nicht auffindbar sein, richtig?«, fragte Mark.

»Das war ja auch eine Fangfrage. Ja, du hast recht. Entweder tauchen sie auf, oder sie tun es nicht«, antwortete Reuben.

Marcy erschien nun hinter Lucy und Tala, um die beiden in die schwach beleuchtete Hütte zu führen.

»Hattet ihr Probleme auf eurem Weg hierher? Irgendwelche Angreifer?«, fragte Reuben Mark, während sie zurück zum Eingang gingen.

»Keine Seele«, sagte Mark. Im Dunkeln rannte Sheriff an seine Seite.

»Hey, Kumpel. Passt du auch immer schön auf, dass niemand aus der Reihe tanzt?«, fragte Reuben, als Sheriff ihn beschnüffelte.

»Ja, Sheriff ist ganz nervös, seit wir hier sind. Ab und zu haben wir Wolfsschreie gehört, das macht ihn natürlich fertig. Seid ihr sicher, dass hier in der Gegend niemand ist?«, fragte Mark.

Reuben blickte sich um, zumindest soweit er die Umgebung im Mondlicht erkennen konnte. »Wir sind uns momentan über gar nichts sicher, mein Sohn. Ich habe mich nur an diesen

Ort erinnert, als wir fliehen mussten. Vor zehn Jahren war ich hier mal während eines Jagdausflugs. Ich habe euch drei mögliche Standorte genannt, und dieser hier war zum Glück nicht bewohnt. Wir werden ein paar Tage warten, bis die anderen eintreffen, und dann entscheiden, ob wir weiterziehen oder erst mal hierbleiben«, sagte Reuben.

»Für den Moment ist es hier vollkommen in Ordnung. Die Hütte ist groß genug für alle und lässt sich gut verteidigen«, meinte Mark. Dieser siebzehnjährige Junge machte sich als Erstes Gedanken darüber, wie sie sich hier verteidigen konnten, dachte Reuben bitter. Er lernte nicht für seinen SAT-Test oder schraubte an einem alten Moped herum. Es ging um Leben und Tod, und sein Überlebensinstinkt dominierte bereits seine Persönlichkeit. War das etwa der Weg, wie die Menschheit künftig weitermachen sollte?

Plötzlich berührte Reuben eine Hand am Rücken, und er war schon dabei, ganz automatisch seine Waffe zu ziehen. »Verdammt noch mal! Lass das gefälligst!«, warnte er Macy.

»Hi, Reuben«, sagte sie lächelnd und umarmte ihn.

»Im Ernst, wenn du dich unbedingt umbringen lassen willst, solltest du dich auf jeden Fall weiter so anschleichen«, sagte er.

»Du würdest mich doch niemals erschießen«, erwiderte sie lächelnd.

»Nur, wenn es zu deinem Besten wäre«, sagte er trocken. Macy hob eine Augenbraue, zuckte aber dann mit den Schultern. »Wo sind denn die anderen? Sie sollten doch eigentlich bei dir sein.«

»Es gab einige Probleme. Sie sollten aber bald hier ankommen.«

»In einer Stunde wird es bereits hell«, gab sie zu bedenken.

»Wir werden trotzdem auf sie warten«, sagte Mark, »solange es eben dauert.«

AMERIKANER

»Wer seid ihr?«

»Amerikaner!«, schrie Dutch in wütendem Protest. Es war die einzige Antwort, die er ihnen geben würde.

Er lächelte den Feind mit seinen blutigen, gespaltenen Lippen und einer Nase, von der er wusste, dass sie gebrochen war, trotzig an. Das Atmen bereitete ihm einige Probleme. Mit hinter dem Rücken gefesselten Händen kniete er vor ihnen. Der Mann, der ihn am Nacken gepackt hielt, stieß ihn jetzt nach vorn. Er ging mit dem Gesicht nach unten zu Boden.

»Sag uns, wie viele ihr seid!«

Zuerst würden sie ihn foltern. Er wusste genau, wie das ablief, schließlich hatte er es immer wieder gesehen. Zur Hölle, die meisten Amerikaner hatten keine Ahnung, wie diese Männer ihre Gefangenen folterten, bevor sie diese enthaupteten … dabei war es ihnen außerdem vollkommen egal, ob sie Männer, Frauen oder Kinder vor sich hatten.

Sie waren wie wilde Tiere und sie gefielen sich in ihrer Wut und ihrer Brutalität. Sie fühlten sich als die Überlegenen, und die Unterwerfung ihrer Gefangenen empfanden sie deshalb als ihr Recht. Ebenso wie jede ihrer Handlungen, egal wie abscheulich sie war, zu dieser Unterwerfung beitrug.

Ich bin tot. Es dauert nur noch wenige Minuten, dachte Dutch.

Sie hatten ihn schon für einige Zeit an seinen Händen

von einem Baum hängen lassen. Seine Schultern hatten das Gewicht seines gesamten Körpers tragen müssen und fühlten sich deshalb jetzt so an, als würden die Gelenke jeden Moment herausspringen. Sie hatten ihn anschließend mit Stöcken geschlagen, während sie ihn verhört hatten. Als das nicht funktioniert hatte, hatten sie ihn achtlos zu Boden fallen lassen, wo er liegen geblieben war.

Dutch versuchte den immensen Schmerz auszublenden. Seine Gedanken waren jetzt bei Lucy, die zum Glück überleben würde. Seine Prothese war nirgendwo zu sehen, er erinnerte sich allerdings auch nicht mehr daran, ob sie ihm das Teil abgenommen hatten.

Ein Stiefel landete jetzt auf der Rückseite seines linken Ellbogens. Sie rissen ihn anschließend gegen den Druck des Stiefels nach oben und wiederholten ihre Frage noch einmal: »Wie viele? Spezialeinheiten?«

Er würde ihnen nichts sagen, außer, dass sie nicht gewonnen hatten. »Amerikaner« war alles, was er sagen würde. Das Wissen, dass er Lucy vor dieser Hölle gerettet hatte, würde ihm einen letzten flüchtigen Atemzug in Frieden ermöglichen.

Der Gewehrkolben seines Entführers traf Dutch jetzt am Kinn. Vorerst waren sie offenbar mit ihm fertig. Er stürzte mit dem Gesicht auf die Erde und blieb einfach liegen, bis er ohnmächtig wurde.

DAS VORRATSLAGER

Clarisse hielt in der Nähe des versteckten Bunkers an.

»Das ist es?«, fragte Graham.

»Ja.« Sie zeigte auf eine Baumgruppe. »Hinter den Bäumen befindet sich ein Metallbunker mit einigen Vorräten und Ausrüstung. Lass mich schnell die Tür öffnen, dann bringen wir die Jungs hinein. Wir haben viele Wochenenden damit verbracht, die verschiedenen Standorte einzurichten. Wir haben hier auch medizinische Versorgungsgüter und genug Platz für uns alle – fürs Erste zumindest.« Sie und Graham rannten nun zu den Bäumen und schoben die Büsche auf dem Weg beiseite. »Irgendwo muss das Tastenfeld sein«, sagte Clarisse und suchte unter den Zweigen.

»Hier ist es«, sagte Graham und legte das kleine Gerät frei. Clarisse tippte den Code ein und der Riegel schnappte sofort auf. Sie warf einen Blick auf den Nachthimmel und versuchte abzuschätzen, wie viel Zeit ihnen noch blieb, bis der Tag anbrach. Graham sah ihr fest in die Augen.

»Ich gehe mit dir zurück«, sagte er. Sie hatte sich nicht vorstellen können, dass er ihre Absichten so einfach erraten würde.

»Nein, das schaffe ich schon allein«, erwiderte sie.

»Nein, schaffst du nicht … falls es überhaupt eine Chance gibt, dann nur, wenn wir es zusammen machen«, erwiderte Graham. Clarisse musste zugeben, dass er recht hatte.

»Lass sie uns reinbringen und dann brechen wir schnellstmöglich wieder auf.« Sie schob das Metalltor hoch und betrat den Bunker.

»Auf der rechten Seite ist ein Lichtschalter«, sagte sie zu Graham. Als er den Schalter drückte, begann ein fluoreszierendes Leuchten aufzuglimmen, das rasch an Helligkeit zunahm.

»Beeil dich. Wir müssen diese Tür schnell wieder schließen.«

McCann war schon dabei, Sam hereinzubringen. Dieser war voller Blut und hielt sich gerade noch so mit einem Arm fest.

»Bring ihn her«, wies ihn Clarisse an. Sie wollte ihren Augen nicht trauen. Überall war so viel Blut. Sie eilte in den Bunker hinein, der insgesamt acht Fuß breit und zehn Fuß lang war, holte ein Feldbett und stellte es auf, damit Sam sich darauf legen konnte. McCann stellte zwei weitere Feldbetten dazu, während sie die medizinische Ausrüstung aus den Regalen holte.

Jeder Bunker war gleich aufgebaut und enthielt Waffen, Lebensmittel und medizinische Ausrüstung.

»McCann, ich brauche deine Hilfe mit den anderen«, rief Graham.

Clarisse kniete sich an Sams Seite. Er war blass, kaum noch bei Bewusstsein und seine Augen waren erschreckend glasig. Sie überprüfte seine Wunde und riss schließlich kurzerhand sein Hosenbein auf, nur um zu entdecken, dass seine Oberschenkelvene verletzt war. Wenn noch mehr Zeit verstrichen wäre, hätte der Blutverlust ihn getötet – so konnte sie ihm gerade noch helfen. Sie ließ die behelfsmäßige Schlauchbinde vorerst, wo sie war, und sorgte dann für eine Infusion.

Sie lächelte ihn an. »Das ist noch mal gut gegangen, Sam.«

»Ich weiß. Meine Zeit ist noch nicht gekommen.« Er fasste Clarisse am Arm und fügte hinzu: »Das gilt auch für dich … ich weiß, dass du vorhast, zurückzukehren. Dutch ist sich darüber im Klaren, dass er tot ist. Du kannst ihn nicht retten, also lass den Versuch bitte.«

»Ich verschaffe dir jetzt etwas Schlaf, Sam. Mach dir keine Sorgen, mein Freund. Ich habe noch ein paar Tricks auf Lager.«

»Aber nicht genug, Clarisse. Nicht genug für so etwas«, sagte Sam, bevor er in einen tiefen Schlaf sank.

Sie arbeitete schnell. Sie desinfizierte zuerst sich und dann sein Bein. McCann öffnete in der Zwischenzeit das sterile chirurgische Set für sie.

»Du musst jetzt hier übernehmen«, sagte sie zu McCann. »Wir werden hoffentlich nicht lange weg sein. Falls wir allerdings bei Sonnenuntergang immer noch nicht zurück sind, bringst du sie in den Truck und fährst mit ihnen zum geplanten Ort. Es tut mir leid, dass ich dir das überlassen muss«, sagte sie und fühlte sich schuldig, diese immense Verantwortung einem so jungen Mann aufbürden zu müssen. Sie sah zu McCann hoch, der ihre Technik, mit dem Skalpell umzugehen, aufmerksam beobachtete. Wie immer hatte er einen Zahnstocher im Mund; Clarisse hatte keine Ahnung, woher er diese Dinger immer nahm, aber er schien offenbar einen endlosen Vorrat davon zu haben.

»Ich kriege das schon hin, Clarisse«, sagte McCann. »Mach dir keine Sorgen um mich. Dalton braucht erst einmal nur Ruhe. Ansonsten geht es ihm gut. Bei Rick bin ich mir allerdings nicht so sicher. Seine Vitalwerte sind zwar in Ordnung, aber er hat eine Kopfverletzung erlitten, und im Moment ist noch vollkommen unklar, ob er das Ganze überstehen wird oder nicht. Sam ist beinahe verblutet, aber jetzt, wo die Blutung gestillt ist, wird er hoffentlich wieder auf die Beine kommen.«

»In Ordnung, hier sind die Verpflegungspakete, dort das medizinische Material und da drüben noch mehr Munition. Lies bitte die Etiketten, halte die Tür von innen verschlossen, und *a*uf keinen Fall darfst du das Funkgerät einsetzen. Versuche, ein bisschen zu schlafen, wenn du kannst. Wenn alles gut läuft, sind wir vor der Mittagszeit wieder zurück.«

»Mach dir um uns keine Sorgen. Hol Dutch da raus, wenn du kannst.«

Wenigstens habe ich seine Unterstützung, dachte Clarisse und drehte sich zu McCann um. »Er ist jetzt soweit versorgt. Du kannst die Wunde vernähen. Ich mache danach alles sauber, dann brechen wir auf«, sagte sie und wandte sich an Graham.

»Ich lade schnell noch ein paar Sachen ein«, sagte Graham und holte Vorräte aus den Regalen, von denen er dachte, dass sie nützlich sein könnten.

»Auf jeden Fall nehmen wir *davon* etwas mit.« Sie zeigte auf ein rechteckiges, armeegrünes Bündel. »Und *hiervon* bitte auch eine ordentliche Menge.«

Graham hob die Augenbrauen.

»Wir wollen doch nicht mit leeren Händen zurückkehren.«

In ihrem ärmellosen T-Shirt stand Clarisse da und übergoss beide Arme erneut mit Kochsalzlösung, um das Blut abzuwaschen, das sich weit über ihre Handschuhe hinaus auf ihr verteilt hatte. Das Wasser war kalt und das plätschernde Geräusch klang in diesem kleinen, ruhigen Raum seltsam fremd.

Drei der stärksten Männer, die sie jemals gekannt hatte, lagen jetzt hilflos vor ihr. Der Feind hatte ihnen das angetan, und es konnte gut sein, dass dieser Kampf niemals endete. Möglicherweise würden sie für immer auf der Flucht sein, bis schließlich der Letzte von ihnen umgekommen war.

»Ich bin bereit«, sagte Graham. »Auf geht's.«

Clarisse zog ihre blutverschmierte Jacke an und beugte sich noch einmal zu Dalton hinunter. Sie streichelte sein vernarbtes Gesicht und küsste ihn sanft.

»Ich liebe dich, Dalton. Auf Wiedersehen.«

ZURÜCK

Graham hatte den Tank des Jeeps vollgefüllt, bevor sie aufbrachen. Sie fuhren schweigend, während die Sonne langsam aufzugehen begann. Graham warf Clarisse auf dem Beifahrersitz einen kurzen Blick zu. Sie war offenbar tief in Gedanken versunken und schien weit weg zu sein. Keiner von beiden verspürte das Bedürfnis zu sprechen, aber die Zeit war gekommen, um einen Plan zu schmieden.

»Das ist unmöglich. Das ist dir schon klar, oder?«, fragte er daher.

Er sah sie erneut an, um herauszufinden, ob sie ihn einfach nur ignorierte oder gedanklich schon dabei war, ein mögliches Rettungsszenario zu entwickeln.

Sie schüttelte den Kopf. »Es ist nicht unmöglich. Sie gehen immerhin davon aus, dass wir geflüchtet sind, und sie rechnen ganz sicher nicht damit, dass wir zurückkommen.« In den nächsten Augenblicken waren nur die Fahrgeräusche zu hören.

»Das ist einfach nicht fair«, sagte Clarisse und zeigte auf den herrlichen, karminroten Sonnenaufgang, der gerade im Osten zu sehen war. »Eigentlich dürfte die Welt in so einer Situation nicht so schön sein.«

Graham beschleunigte, denn sie mussten ihr Ziel bald erreichen. Er konzentrierte sich darauf, nur an zwei mögliche

Ergebnisse ihrer Unternehmung zu denken, und beide beinhalteten die Rettung von Dutch.

»Wenn wir über den Kamm kommen, haben wir jede Menge Deckung. Wir sehen sie frühzeitig, was umgekehrt nicht unbedingt der Fall ist … zumindest, bis wir die Raketen abfeuern. Anschließend haben wir noch genug Zeit, um von dort zu verschwinden«, erklärte er.

»Oder wir sorgen dafür, dass niemand mehr übrig ist, der uns verfolgen kann«, antwortete sie kalt. Beide wussten, dass diese Mission ihr Todesurteil bedeuten konnte.

»Sie dürfen uns auf keinen Fall verfolgen können«, sagte Graham. »Selbst wenn wir sie alle töten, werden Weitere nachkommen. Sie werden nicht einfach aufhören. Wir müssen also einen Weg finden, unsere Spuren anschließend komplett zu verwischen«, sagte Clarisse.

Graham nickte, obwohl er keine Ahnung hatte, wie sie das bewerkstelligen sollten.

Bäume flogen an seinem Fenster vorbei, bald würde er anhalten, und sie würden ihre Ausrüstung anlegen, alles zusammenpacken und den Rest des Weges durch den Wald laufen, bis sie auf den Kamm gelangten, der das ausgebrannte Lager der Prepper überblickte.

»Hier kannst du anhalten«, wies ihn Clarisse an und traf die Entscheidung, bevor er es selbst tun konnte.

Graham steuerte den Jeep von der Straße und hielt am Rand des Waldes an, der zum Lager führte, dann fuhr er den Jeep rückwärts in dichtes Buschwerk hinein, sodass er nicht zu sehen war, ihnen aber dennoch ein schneller Fluchtweg verblieb, wenn es nötig werden sollte.

»Das wird perfekt laufen«, sagte Graham optimistisch.

»Hoffen wir es, denn es ist unsere einzige Chance. Lass den Schlüssel stecken.« Als sie den fragenden Ausdruck auf

Grahams Gesicht sah, fügte sie hinzu: »Falls einer von uns es nicht schafft, müssen wir uns keine Sorgen darüber machen, wer den Schlüssel bei sich hat.«

Graham ließ den Bund auf dem Sitz liegen und fragte sich, ob er sie wiedersehen würde. Nachdem Clarisse die Heckklappe des Jeeps geöffnet hatte, zog sie ihre Jacke aus, band sie um ihre Taille und begann Munition nachzuladen und anschließend welche in jede mögliche Tasche ihrer Kleidung zu packen.

Graham hängte sich die Tasche mit dem Granatwerfer mit Raketenantrieb vorsichtig über die Schulter und legte mehrere Raketen in Clarisses Rucksack. »Fall bloß nicht hin«, sagte er und versuchte damit, der Situation etwas Humor abzugewinnen. Schließlich ergriff er Ricks Gewehr und so viel Munition, wie er tragen konnte.

»Brauchst du auch deine Brille?«, fragte er, während Clarisse ihr kastanienbraunes Haar zu einem Pferdeschwanz band. Er bemerkte eine Gänsehaut an ihren Armen.

»Nein. Ich bin weitsichtig, und sie ist sowieso zu Bruch gegangen, als ich aus Reubens Jeep gesprungen bin.« Sie lachte, wobei sie sich aber nicht sicher war, warum sie das Ganze lustig fand.

»Lass es uns durchziehen«, sagte er, und mit der nun voll aufgegangenen Sonne hinter sich betraten sie die relative Dunkelheit des Waldes … komme, was da wolle.

WARTEN

»Die Sonne ist jetzt aufgegangen. Was denkst du?«, fragte Mark Reuben.

»Wir halten erst einmal still, bis wir etwas hören.«

»Verdammt, ich wünschte, ich wäre bei ihnen geblieben.« Mark hatte gerade seinen Posten mit Marcy getauscht. Der Stress der letzten vierundzwanzig Stunden hatte sie alle mürbe gemacht – das galt vor allem für den Kampf der letzten Nacht.

»Ich bin mir ziemlich sicher, dass Graham die richtige Entscheidung getroffen hat, soweit es um dich geht. Es war seine Entscheidung, und du wirst hier gebraucht, um dich um all diese Menschen zu kümmern«, erinnerte ihn Reuben.

Sie hatten sich gerade in der Hütte getroffen, und während die anderen weiter Wache hielten, fing Olivia sie an der Tür mit Essensrationen ab und befahl ihnen mit warnender Stimme: »Esst jetzt und dann schlaft.« Danach widmete sie sich wieder den Kindern und ihre Stimme nahm sofort einen sanften Ton an, als gäbe es nichts Falsches auf der Welt. Reuben wunderte sich, wie sie das so schnell hinbekam. Seine Frau hielt gerade zusammen mit Lucy und Tala Wache, und er hatte keine Ahnung, wie sie alle es schafften, einfach so weiterzumachen. Er war der Anführer und musste alle positiv gestimmt und einsatzbereit halten, falls der Feind sie aufspürte. Aber dass sie das Schicksal der anderen nicht kannten, belastete sie alle schwer.

»Ich glaube nicht, dass ich etwas essen kann«, sagte Mark.

Reuben drehte seine Ein-Mann-Ration auf die lange Seite und riss sie so auf, anstatt an dem dafür vorgesehenen kurzen Ende. »Du tankst entweder auf und sammelst Kraft, oder du lässt es und sie sterben«, meinte Reuben und deutete mit seiner Plastikgabel auf die Kinder, die im Hauptraum spielten. »Vollkommen egal, was auf der Verpackung steht, du isst es und trinkst sauberes Wasser dazu. Dann schläfst du, wenn du kannst, und du stehst wieder auf und beginnst von vorn. Alles klar?«

»Verstanden«, sagte Mark und ahmte Reubens Technik nach, die Packung auf der Längsseite zu öffnen.

Reuben fischte eine gehäufte Gabel voller kalter Nudeln mit Tomatensoße aus der Packung und schob sie in seinen Mund. »Mmmm«, machte er, als Mark mehr Wasser trank. Bald waren ihre Rationen geleert und beide legten sich mit ihren Matten entlang der Wand im Gemeinschaftsraum auf den Holzfußboden.

Reuben konnte die Kleinen im Nebenzimmer flüstern hören. Besonders Kades junge Stimme stach heraus. Olivia war gut darin, ihre Welt einigermaßen in Frieden zu halten. Eine freundliche Erinnerung, dass sie leise sein mussten, genügte, damit sofort Ruhe einkehrte.

Es war Reuben nicht verborgen geblieben, wie Addy, Hunter und Bang ihn angestarrt hatten, als er angekommen war. Keiner hatte sich getraut, die Frage zu stellen, die ihrer aller Gedanken dominierte. Sie machten sich Sorgen um ihre Eltern. Olivia versuchte sie abzulenken und ein wenig Normalität zu simulieren. Diese Kinder waren Clarisse weit voraus, vermutete er.

Sein letzter Gedanke, bevor er zumindest in so etwas Ähnliches wie Schlaf fiel, galt seiner Tochter Lawoaka und wie sie und ihre Mutter ihn in diesem Moment beschützten, während er seine Batterien aufzuladen versuchte, damit er nachts über sie wachen konnte. *Das darf nicht so weitergehen. So nicht.*

ALLES IST VERLOREN

»Ich muss es wenigstens versuchen!«, rief Dutch. »Es ist der einzige Weg, sie zurückzuhalten!«

»Nein!«, brüllte Dalton. »Es ist zu spät dafür. Sie gewinnen immer mehr an Boden!«

Eine neue Explosion erschütterte ihre Umgebung. Dalton brach zusammen. Geschosse schlugen vor ihm in den Boden ein, und er begann in Richtung des Jeeps zu kriechen, um Deckung zu finden. Sie mussten sie irgendwie aufhalten.

Doch dann wurde sein schlimmster Albtraum wahr. Sieben Dschihadisten sprangen aus dem Wald und stürzten sich auf ihn. Im Nahkampf verlor er seine Waffe und versuchte sie mit bloßen Fäusten abzuwehren, doch einer der Angreifer hielt einen Taser in der Hand und verpasste ihm Stromstöße, weshalb er gellend aufschrie. Schließlich schlugen sie ihn mit ihren Pistolen bewusstlos.

***

»Nein!«, schrie Dalton. Er wachte im schwachen Licht der Laterne auf und war schweißgebadet. Die Erinnerung kam augenblicklich zurück und er drehte seinen Kopf zuerst in die eine Richtung und dann in die andere. Entsetzen durchfuhr ihn. Sein ganzer Körper fühlte sich an, als ob er in Flammen stehen würde. Er wusste nicht, wo er war, und für eine Sekunde befürchtete er, ebenfalls gefangen genommen worden zu sein. Er hob die Arme und bemerkte, dass er nicht gefesselt war, obwohl er große Schmerzen hatte.

Zu seiner Rechten lag eine Gestalt auf einem ähnlichen Feldbett und zu seiner Linken ebenfalls. Er starrte an die Decke und ihm wurde bewusst, dass das Wellblech nur eines bedeuten konnte: Sie befanden sich in einem ihrer Bunker.

Er hob den Kopf und sah sich weiter um. McCann saß an der Wand in der Nähe des Eingangs, hatte sein Gewehr auf dem Schoß und schlief.

»Hey! Was zum Teufel ist hier los?«, fragte Dalton. »McCann?«

»Er schläft«, sagte Sam leise neben ihm.

»Sam?«

»Ja, ich bin es.«

»Was zur Hölle ist passiert?«

Sam stieß einen langen Atemzug aus. Die anschließende Pause erschreckte Dalton.

»Ich weiß nicht, wo ich anfangen soll«, gab Sam zu.

»Sag mir zumindest, ob es meinen Jungs gut geht.« Dalton dachte, es wäre gut, an der Stelle den Anfang zu machen und sich dann weiter vorzuarbeiten.

»Ja, die Kinder sind entkommen und es geht ihnen gut.«

Dalton erinnerte sich daran, Clarisse gesehen zu haben und wie sauer er auf sie gewesen war. Er musste schwer schlucken, bevor er nach ihr fragen konnte, denn bei dem Gedanken daran schnürte sich seine Kehle zusammen.

Er erinnerte sich plötzlich wieder daran, wie er zu einem Jeep gerannt war, aber dann wusste er nichts mehr. »Ist Clarisse … wo ist Clarisse?«

»Sie hat es auch geschafft, Dalton, aber sie ist mit Graham zusammen zurückgefahren, um Dutch zu befreien. Ich konnte sie einfach nicht aufhalten. Es tut mir so leid.« Sams Stimme brach.

»Sie kommen wieder zurück«, sagte McCann in die Dunkelheit hinein. »Ich weiß, dass sie zurückkommen werden.«

GRAHAMS ENTSCHLOSSENHEIT

Graham und Clarisse marschierten durch den Wald und alles erschien ihnen wie ein Traum. Es roch nach Gegrilltem, je näher sie der Lichtung an den Klippen kamen. Außerdem erfüllte ein fremdländischer Gesang die Luft. Als sie nahe genug herangekommen waren, um das Lager der Prepper sehen zu können, hielten sie entsetzt inne. Rauch stieg aus den Ruinen des Lagers auf, und die Überreste eines von McCanns Pferden, das nicht hatte entkommen können und brutal abgeschlachtet worden war, lag auf dem Boden.

»Geh in Deckung«, sagte Graham leise, und sie bückten sich hinter die Spitze einer Felswand. Bäuchlings schlichen sie vorwärts, bis sie die Lichtung, auf der noch eine Nacht zuvor das Lager gestanden hatte, komplett sehen konnten. Wenn sie aus dieser Position auf die Dschihadisten feuerten, würden sie ihre Aufmerksamkeit sofort auf sich ziehen und ihren Standort preisgeben, aber es würde dennoch eine Weile dauern, bis der Feind die Felswand überwunden haben würde.

Die Klippe bot außerdem ausreichend Schutz vor Schüssen, solange sie geduckt blieben. Wie bei allem anderen war es jedoch nur eine Frage der Zeit, bis sie entdeckt werden würden. Sie mussten deshalb unbedingt einen Weg finden, Dutch zu retten, und das so schnell, dass sie selbst auch davonkamen.

»Was machen sie da?«, fragte Graham flüsternd. Einige der Dschihadisten sangen, andere waren auf die Knie herabgesunken und verbeugten sich immer wieder.

Clarisse lachte bitter auf. »Sie beten. Sie sind schließlich gute und tugendhafte Bürger, erinnerst du dich?« Sie schüttelte angewidert den Kopf und packte ihre Munition aus. »Ich hatte sogar muslimische Freunde, die unter ihren Händen gestorben sind. Im Namen der Religion haben sie einen ganzen Planeten getötet.«

»Ich bin mir ziemlich sicher, dass dies die Handschrift von Luzifer selbst ist, wenn du mich fragst. Nicht, dass ich ein besonders religiöser Mann wäre«, sagte Graham. Clarisse nickte zustimmend, während Graham das Gewehr auf einen Ständer stellte, damit er zielen und herumschwenken, aber das Visier dabei trotzdem ruhig halten konnte.

Er überflog den Bereich. »Entdeckst du Dutch irgendwo?«

Clarisse sah auf die verkohlten Überreste des Prepper-Lagers unter ihnen, aber er war nirgendwo zu entdecken. »Nein. Üblicherweise führen sie ihre Enthauptungen aber immer bei Sonnenaufgang durch. Es sieht auch nicht so aus, als hätten sie seinen Körper irgendwo zur Schau gestellt, wie sie es in der Vergangenheit gemacht haben. Also würde ich sagen, dass wir es noch rechtzeitig zu den Feierlichkeiten geschafft haben. Er muss in einem dieser Trucks sein oder hinten im Wald, außerhalb unserer Sicht«, sagte sie. »Wie können wir zu ihm gelangen?«

»Die sind alle einigermaßen gut verteilt. Wir könnten …« Graham wurde jetzt von einem lauten Schrei unterbrochen, der von unten heraufdrang. »Verdammt«, sagte er und beeilte sich, das Zielfernrohr auszurichten.

»Oh, mein Gott«, flüsterte Clarisse entsetzt, als sie Dutchs nackten, wundgeschlagenen Körper auf die Lichtung schleppten. Die Dschihadisten bildeten einen Halbkreis um ihn. Die wilde Erregung dieser Männer ekelte Graham unfassbar an. Er hatte so etwas schon viel zu oft in Videos im Internet gesehen. Er wusste ganz genau, was als Nächstes passieren würde. Jeder wusste, was als Nächstes passieren würde.

»Wir … wir könnten den Raketenwerfer abfeuern und dann mit allem schießen, was wir haben. Vielleicht schafft es ja einer von uns rechtzeitig zu ihm«, sagte Clarisse atemlos.

»Nein, dabei würden ihn höchstwahrscheinlich auch erwischen, und außerdem – sieh sie dir doch mal an. Das sind mindestens fünfzig Mann. Die wären bei uns, bevor wir es schaffen würden, Dutch freizuschießen.«

Zwei der Dschihadisten stießen Dutch jetzt durch die Menge vor sich her. Seine Arme waren hinter seinem Rücken gefesselt und seine Beinprothese fehlte. Sie warfen ihn zu Boden, wie man einer gefräßigen Meute Hunde ein Stück Fleisch zum Fraß vorwirft. Die Männer kreischten vor Freude und schossen mit ihren Waffen ausgelassen in die Luft.

Grahams Herz begann wie wild in seiner Brust zu schlagen.

Ein weiterer Mann tauchte auf. Dieser hielt ein Messer in der Hand.

»Gottverdammt«, murmelte Graham. Clarisse packte ihn am Ärmel, während er die schreckliche Szene unter ihnen durch das Zielfernrohr betrachtete.

Clarisse zog an ihm. »Graham! Graham! Du musst das beenden. Töte ihn! Töte Dutch! Lass ihnen nicht das Vergnügen!«

Er wusste, dass sie recht hatte. Aber er hasste den Gedanken, Dutch töten zu müssen, doch es gab offenbar keine andere Wahl mehr. Es war der einzige Weg, ihn zu retten. Er hatte schon einmal gezögert, ein Leben zu nehmen, als all dies begonnen hatte, und dieses Zögern hätte beinahe ihm und den Zwillingen das Leben gekostet. Es war eine Lektion, die er gelernt hatte: töte oder stirb. Aber hier lag die Sache anders. Es hieß töten oder jemanden mit den furchtbarsten Mitteln sterben lassen.

Er nahm Dutch deshalb durch das Zielfernrohr ins Visier, während sich der Mörder vor ihn hinstellte und einen bösen Singsang intonierte. Der Dämon packte Dutchs Kopf, hob das Messer und sang in einer Sprache, die Graham nicht verstehen konnte, und die er auch in einer Million Jahren nicht verstehen wollte. Der Attentäter begann nun, das Messer in Richtung von Dutchs Kehle zu schwingen. Der Gesang wurde lauter.

»Jetzt! Tu es jetzt!«, bettelte Clarisse erneut.

Graham zielte auf Dutchs Kopf. Dutch starrte geradeaus und sah zu Grahams Position … als ob er wüsste, dass sie zu ihm gekommen waren. In dem Augenblick, als die Klinge eine purpurrote Spur auf Dutchs Hals zu ziehen begann, verlagerte Graham das Ziel um ein Haar nach Norden und feuerte einen einzigen Schuss ab.

Dutch wusste, dass er sterben würde, aber er würde bestimmt nicht ohne Kampf untergehen wollen.

Blut spritzte in Zeitlupe nach hinten. Das Geschoss beendete nicht nur augenblicklich das Leben des Attentäters, auch der Gesang brach abrupt ab. Vollkommene Stille breitete sich aus. Dutch nutzte seine Chance, rappelte sich auf, wand seine Hände aus den Fesseln und riss dem Mörder das Messer aus der toten Hand. Ein anderer sah zu ihnen nach oben und schrie: »Allahu Akbar!«

Mehrere Dschihadisten stürmten jetzt auf Dutch zu, und Graham setzte einen nach dem anderen außer Gefecht. Er sah, wie Dutch einen Satz nach vorn machte und einem der Angreifer den Bauch aufschlitzte. Blut spritzte über den Boden. Dutch griff nach der heruntergefallenen Waffe des Mannes, und mit einem Messer in der einen und einem Gewehr in der anderen Hand schob er sich vom Boden nach oben, bis er auf seinem verbliebenen Bein stand. Dutch empfing den nächsten Angreifer mit offenen Armen, und Graham schoss weiter auf jeden, der sich ihm näherte.

Clarisse hatte bereits den Raketenwerfer scharfgemacht, ihn auf die Schulter gehoben und abgefeuert, als sich Graham gerade daran machte, die sich zerstreuenden Männer auszuschalten. Sie lud nach, zielte und feuerte erneut. Unten brach daraufhin die Hölle aus, aber Clarisse feuerte eine Granate nach der anderen ab. Die Bäume fingen Feuer, und wieder ließ sie die Apokalypse auf sie herabregnen. Tränen liefen ihr über das Gesicht.

Dutch metzelte so viele von ihnen nieder, wie er konnte, aber der Glückstreffer eines Dschihadisten beendete schließlich sein Leben. Wie in Zeitlupe sah Graham, wie Dutch von hinten getroffen wurde und auf den Boden sackte.

Er hörte Clarisse schreien, doch das Geräusch schien weit weg zu sein.

Ein Blutbad breitete sich vor ihnen aus, doch noch immer rannten einige Männer über den Platz und suchten Deckung. Geschosse schlugen in die Felswand ein, hinter der sie sich versteckten.

»Zeit, von hier zu verschwinden«, sagte Graham und ergriff Clarisses Arm. Sie flohen, so schnell sie konnten, durch den Wald. Gewehrfeuer ließ Holzsplitter von einem Baum direkt vor Graham durch die Luft fliegen. Er zog Clarisse hastig hinter sich her und warf sich dann in Deckung.

Sie feuerten beide auf ihre Verfolger und schickten drei weitere Feinde zu Boden, bevor die übrigen sich dafür entschieden, hinter dem nächsten Baum in Deckung zu gehen. Graham feuerte erneut, als Rascheln und Bewegungen im Unterholz die sich nähernden Gegner verrieten.

»Zum Jeep!«, schrie er und schob Clarisse vorwärts. Sie rannte, während er ihr Deckung gab. Clarisse sprang auf die Fahrerseite und Graham sprintete mit letzter Kraft zum Jeep, nachdem er den letzten Verfolger erledigt hatte.

Sie rasten davon. Graham konnte nichts mehr hören, nur seine Augen nahmen noch etwas wahr. Er drehte sich um und sah den auffliegenden Dreck, den die Reifen des Jeeps hochschleuderten, aber keine Anzeichen einer Verfolgung. Danach warf er einen Blick auf Clarisse. Diese weinte hemmungslos, während sie den Wagen steuerte und sich immer wieder mit dem Ärmel die Tränen abwischte, um etwas sehen zu können. Der Abstand zwischen ihnen und dem Feind nahm immer mehr zu.

Die ganze Szene spielte sich noch einmal in Grahams Gedanken ab … das Erkennen in Dutchs Gesicht … die überraschte Stille … wie Dutch seine Chance ergriffen hatte, um gegen sie zu kämpfen … wie Dutch im Kampf gestorben war. Er war als Held gestorben.

Ich habe ihm eine Chance verschafft. Er hätte nicht ohne Kampf untergehen wollen.

DIE IMMIGRANTEN

»Sie sollten inzwischen schon zurück sein«, sagte Dalton angespannt und seine raue Stimme war voller Besorgnis. McCann überprüfte erneut seinen Blutdruck.

Dann sah er ihn mit einem beinahe panischen Blick an. »Sie kommen zurück, Dalton. Ich weiß, dass Graham nicht scheitern wird.«

»Hört ihr das auch?«, fragte Sam auf einmal. Das Geräusch eines hochdrehenden Motors kam immer näher.

»Die Tür öffnen … sofort!«, befahl Dalton. Sam griff nach seinem Gewehr und postierte sich neben der Tür, bereit, jeden entgegenkommenden Feind gebührend zu empfangen.

McCann warf Dalton sein Gewehr zu und griff ebenfalls nach seiner Pistole. Rick lag immer noch regungslos auf seinem Feldbett und bekam nichts von den Ereignissen um ihn herum mit.

Dalton sah, wie Sam durch die leicht geöffnete Tür spähte. »Sie sind es! Sie sind zurück! Es ist unser Jeep, und sie fahren, als wäre der Teufel hinter ihnen her«, erklärte Sam.

»Werden sie denn verfolgt?«, fragte Dalton beunruhigt.

»Sieht nicht so aus. Vielleicht braucht Dutch ja medizinische Versorgung?«, spekulierte Sam.

Clarisse brachte den Jeep schließlich zum Stehen und rannte wie ein Reh, das vor einer Gefahr flieht, auf sie zu. McCann hielt ihr die Tür auf und Clarisse warf sich in Daltons einarmige Umarmung. Er umarmte sie mit einer Heftigkeit, die zeigte, dass er befürchtet hatte, sie vielleicht nie wiederzusehen. Sie zitterte und Dalton umklammerte sie fester. »Was ist los? Was ist passiert? Bist du verletzt?«, fragte er ängstlich.

»Nein, ihr ist nichts passiert«, antwortete Graham von der Tür aus. »Packt alles zusammen. Wir müssen von hier verschwinden. Sofort!«, befahl Graham.

»Dutch?«, fragte Dalton nur und hielt Clarisse so fest an sich gedrückt, wie er konnte.

Graham schüttelte den Kopf. »Er ist tot.«

»Verdammt«, sagte Sam traurig.

Dalton streichelte Clarisse über den Rücken. Jetzt wusste er, warum sie nicht sprechen konnte, und versuchte sie zu trösten. Sie musste wahrhaft die Hölle gesehen haben.

»Jetzt macht schon!«, sagte Graham ungeduldig, während er und McCann schon damit anfingen Rick hochzuheben und ihn zum Jeep zu tragen. »Ich bin mir sicher, dass sie uns folgen werden.«

Sam deckte sie, bis alles verladen war. Sie nahmen so viele Vorräte mit wie möglich, aber vieles blieb im Bunker – gut gesichert für eine andere Zeit und einen anderen Tag, an dem sie vielleicht zurückkehren würden.

»Wir kommen wieder«, versicherte Dalton ihnen.

Graham fuhr jetzt in Richtung der Koordinaten, die Dalton ihm vom Beifahrersitz aus mitteilte. Clarisse saß mit Sam und McCann auf dem Rücksitz und Rick lag auf der Ladefläche, wo sie ihn im Auge behalten konnte.

Nach einer Weile griff Dalton nach hinten und suchte Clarisses Hand. Sie zitterte immer noch wie ein zerbrechliches Blatt im Sturm, und er nahm an, dass sie Schreckliches gesehen hatte. Mit der Zeit würde sie ihm davon erzählen und alles verarbeiten müssen, und er würde für sie da sein, wenn es so weit war.

»Wohin fahren wir?«, fragte Graham, während sie Meile um Meile zurücklegten.

»Nach Norden, um die anderen zu treffen«, antwortete Dalton.

»Und dann? Wie geht es weiter?«, fragte Graham und starrte auf die leere Straße vor sich.

Dalton sah aus dem Fenster. Sie rasten jetzt den Highway 20 entlang, vorbei an den verschwimmenden Baumreihen, die den Skagit River säumten, bis er Graham schließlich nach links auf die Forststraße 1060 abbiegen ließ. Vor ihnen ragten nun kalte, graue Berge auf. Dalton hasste es, diese Gegend verlassen zu müssen und er hasste es, sie dem Feind überlassen zu müssen. Er schwor sich, dass er und die anderen wieder zurückkehren würden. Ihre Abwesenheit würde kurz sein, gerade lang genug, um sich zu sammeln und ihre Stärke zurückzuerlangen, und dann würden sie wieder heimkehren.

VEREINIGUNG

Sie fuhren über einen Straßenabschnitt, der genauso aussah wie die übrige Landschaft, an der sie in der letzten Stunde vorbeigefahren waren.

»Hier ist es irgendwo«, meinte Dalton und setzte sich aufrecht hin, um den Wald nach einem Zeichen für den Eingang abzusuchen.

Graham fuhr langsamer. »Bist du dir sicher?«

»Ja, zumindest laut Reubens Karte«, sagte Dalton. Graham hielt an und Dalton öffnete vorsichtig die Tür, nur um ein deutliches Zungenschnalzen zu hören.

Mark tauchte wie aus dem Nichts aus einer Wand aus immergrünen Sträuchern auf und grinste ihn an. »Du hast es tatsächlich geschafft, Cousin! Wir haben uns schon langsam Sorgen um euch gemacht.«

»Ja, die meisten von uns haben es geschafft«, sagte Dalton. Mark winkte Graham zu. Als sich Marks Gesicht verfinsterte, wusste Dalton, dass er bemerkt hatte, wer fehlte.

Mark schob die immergrüne Tarnung so weit zur Seite, dass sie hindurchfahren konnten.

Dalton ging zum Jeep zurück, und als Graham den langen gesäumten Weg entlangfuhr, verließ sie der Tag und es wurde plötzlich dunkel, was perfekt zu ihrer düsteren Stimmung passte.

Er stoppte den Jeep vor einer großen grauen Jagdhütte, die in den letzten Jahren eindeutig nicht gepflegt worden war. Tala erschien mit Sheriff an ihrer Seite in der Tür und lächelte. Dalton machte sich währenddessen Sorgen um Lucy.

Sie stiegen aus, und während sich noch alle begrüßten, erklärte Dalton ihnen, dass sie sich leider von einem der ihren hatten verabschieden müssen. Er sah sich nach dem Mädchen mit den flammend roten Haaren um. »Mark, wo ist Lucy?«

»Ihr seid vorhin an ihr vorbeigefahren. Sie hat einen der Vorposten übernommen. Ich glaube, sie weiß es schon«, sagte Mark bedrückt.

Dalton blickte zurück zu dem Weg, den sie gekommen waren. Clarisse berührte ihn sanft am Arm. »Ich werde sie suchen gehen. Ich sollte ihr die Nachricht persönlich überbringen«, sagte sie.

»In Ordnung«, räumte er ein. Er sah Clarisse hinterher, als sie die Auffahrt zu Lucys verborgener Position entlangging. Sheriff und einer von Dutchs Hunden liefen neben ihr her.

»Ihr habt es geschafft!«, sagte Reuben erleichtert und schüttelte Daltons Hand.

»Gerade so eben«, sagte Dalton und ging mit den anderen in die Hütte hinein.

***

Nachdem die Neuankömmlinge gegessen hatten, versammelten sich einige der Erwachsenen um einen rustikalen Holztisch herum, der eindeutig schon bessere Tage gesehen hatte. Sie saßen auf umgestürzten Eimern, Baumstümpfen und anderen Gegenständen, die sie in der Nähe gefunden hatten.

Dalton rief die anderen zur Ordnung und begann dann das Treffen, obwohl er immer noch Lucys gedämpftes Schluchzen in einem der anderen Räume hören konnte. Clarisse hatte ihm gesagt, dass sie die Nachricht so gut wie eben möglich aufgenommen hatte und dass es ihr bald wieder besser gehen würde.

»Uns allen dürfte klar sein, dass wir hier nicht lange sicher sind, denn wir sind nicht weit genug von ihnen entfernt«, meinte Reuben.

Dalton stimmte ihm zu. Diese Jagdhütte war auf lange Sicht leider keine Lösung.

Jetzt meldete sich Rick zu Wort, der auf einem Feldbett im selben Raum lag. »Ich sage, wir teilen uns auf. Die Jungs bleiben hier und entwickeln einen Plan, um sie zu bekämpfen, und die anderen gehen weiter nach Norden.«

Dalton schüttelte den Kopf. »Es gibt nichts, was ich lieber tun würde, Rick, aber wir sind noch nicht bereit. Ich bin es nicht und du bist in deinem gegenwärtigen Zustand auf keinen Fall in der Lage, etwas gegen sie auszurichten. Nein, das wird nicht funktionieren.«

»Aber wohin sollen wir dann gehen?«, fragte Graham.

Dalton breitete eine Karte auf der unebenen Tischoberfläche aus und fuhr mit dem Finger langsam von ihrer ungefähren Position aus nach Norden. Irgendwann tippte er mit dem Finger auf eine Stelle.

»Hierhin! Das ist die einzige Stadt in unserer Reichweite. Dort werden wir mehr Ressourcen finden können, um wieder auf die Beine zu kommen, unsere Wunden heilen zu lassen und einen Plan zu entwickeln.«

Graham sah auf die Karte hinunter.

»Wie heißt die Stadt?«, fragte Tala von der anderen Seite des Tisches aus.

»Hope! Wir fahren nach Hope in British Columbia«, verkündete Graham.

Dalton blickte in die ernsten Gesichter am Tisch und versuchte sie zu beruhigen. »Wir werden bald wieder zurückkehren, und wenn wir zurückkommen, werden wir bereit sein«, schwor Dalton.

–ENDE–

LUZIFER
VERLAG